雪
Snowflake
by—
Louise Nealon

[爱尔兰] 路易斯·尼伦 著
徐阳 译

四川文艺出版社

献给我的父母汤米和希尔达，
感谢他们的智慧、爱与支持。

目 录

旅行拖车　　　　1

走读生　　　　10

不是茅德·冈　　　　21

西尔莎　　　　29

被放荡刺伤　　　　32

圣体龛　　　　37

阿诗玲　　　　41

封面女郎　　　　44

水做梦的地方　　　　52

赐　福　　　　63

穿落难裤的少女　　　　68

二十五　　　　74

甜蜜蜜　　　　80

男朋友　　　　88

列　车　　　　96

梦　魇	100
海　螺	102
起死回生	105
牛奶浴	109
梯　螺	113
文学理论	114
蝙蝠侠	120
出　分	131
祛病术	139
动力输出	145
守　灵	149
毛毛虫	158
楼　梯	161
饭店世界	167
爱的技术	171
饮酒课	180
驾驶课	191
十二月八日	198
拱廊下的爱丽丝	212
刺　猬	225
魔法师的袖子	228

疯　牛　　　234

咖　啡　　　238

雪　　　243

光滑阿耳忒弥斯　　249

第一印象　　　255

十二个小酒馆　　　267

内　部　　285

内　莉　　289

沙　人　　292

原　因　　294

奥菲利娅　　　298

布拉克内尔夫人　　　301

雪　花　　308

珍奇柜　　313

蒲公英　　316

格洛丽亚　　　320

探测者　　325

开胃菜　　333

黄房子书店　　　342

银色小岛　　　347

旅行拖车

我舅舅比利住在我家屋后那片草地的一辆旅行拖车里。我第一次在路上看到另一辆旅行拖车时，还以为有人——某个孩子——冲着我来，把他绑架了。直到那时我才明白，旅行拖车按理说应该是旅行用的。比利的旅行拖车哪儿也不去。它落在一片混凝土块底座上，从我出生那天起就在我近旁。

从前，夜里我不敢入睡时总会去拜访比利。比利说只有窗口能看见月亮我才可以走出房子，而且我还要从花园给他带"愿望"。八岁生日那天晚上，我一看见圆圆胖胖的月亮就立刻下楼了，从后门出去，赤脚踏上湿漉漉的草地，树篱带刺的灌木抓住我，扯着我睡衣的袖子把我往回拽。

我知道"愿望们"在哪儿出没。树篱另一边，有一簇长在旅行拖车附近，像女巫们开大会。我把它们一朵朵摘下，草茎"啪"地轻声分离，断裂口分泌出黏黏的汁液，毛茸茸的白色脑袋相互碰撞，让我心满意足。我用手罩住它们，像在保护风中的蜡烛，小心翼翼，不想让任何一缕愿望被碰坏、遗失在夜色中。

采摘它们的时候，我的脑袋里回旋着几个音节——蒲公英，蒲公英，蒲公英。那天早些时候，我们已经用比利床底下的那本大词典查过这个词了。他解释说，英文"dandelion"源自法语"dents de lion"——狮子的牙齿。蒲公英最初是个漂亮的小家伙，一圈尖尖的黄色花瓣像极了芭蕾舞裙。

"这是它白天的裙子，但花儿终归是要睡觉的。它凋谢的时候看起来疲惫而憔悴，就当你以为它快不行了的时候"——比利举起他的拳头——"它变成了一个绒毛脑袋。"他舒展开自己的手指，从背后变出一朵白色棉花糖蒲公英。"一轮泡泡裙月亮。一次愿望的圣餐。"他让我像吹生日蜡烛那样把愿望吹开。"由梦组成的星座。"

比利打开旅行拖车的门，被我献上的愿望花束惊呆了。为了让他高兴，我采了许多。

"我知道，"他说，"我就知道月亮会出来为你庆祝生日。"

我们在一只空果酱罐里装满水，把蒲公英棉花似的脑袋吹进去，它们的羽毛漂浮在弯月面上，像小小的仰泳者。我把罐头盖上，摇一摇，赞美它们，看它们舞蹈。我们把罐头放在一沓阴冷潮湿的报纸上，让它凝视旅行拖车的塑料窗外。

比利在燃气灶的炉架上热了一锅牛奶。他的厨房看起来就像我梦寐以求的圣诞玩具。每次见它当真可以用,我都会大吃一惊。他让我搅牛奶,一直搅到冒泡、结成一层层可以用勺背挑开的薄衣。他倒巧克力粉,我用勺子迅速搅拌,一圈又一圈,直到胳膊酸疼。我们把冒着热气的棕色溪流倾入一只瓶子,把它带上屋顶去看星星。

蒲公英的种子要过很多天才会完全浸入罐中。它们紧抓水面,悬在水幕天花板上,直到看似放弃或厌倦。正当世人都以为它们必死无疑时,小小的绿尖出现了,像水中长着尾巴的植物美人鱼。比利把我叫过去,为这些倔强的小东西而惊叹——这是拒绝死去的心愿。

※ ※ ※

今天是我的十八岁生日。敲比利的门时我有点紧张。我现在晚上不怎么去找他了。旅行拖车的表面碰在我的指关节上,凉凉的。它四周封着一圈橡胶条,像冰箱的门。我用指甲挖进松软的橡胶条,抠下来一点点。光滑的一条就此落下,如同火腿上剔下的一丝肥肉。一阵唰啦啦的翻纸声,地板上急促的脚步声,比利打开门,尽量掩饰看到我时的惊讶。

"噢。"他说着走回自己的扶手椅。

"睡美人呀。"我问候道。他今天早上没起来挤奶,是我替他的。

"嗯,对不住。"

"还是我生日呢。"我说。

"哦真他妈的要命。"他扮个鬼脸,"圣詹姆斯怎么没任你赖床①呢。"

"他不知道。妈妈忘了跟他讲。"

"我们太没诚意了。这次是什么?甜美十六岁?"

"自负十八岁。"

让他拧出一副被逗乐的笑脸是我小小的胜利。我等他转身灌水壶。

"大学录取通知书今天下来了。"我说。

他关上水龙头回头看我。"是今天?"

"嗯。我被圣三一②录了。下个礼拜开学。"

他看起来很难过。然后他用手抓住我两边肩膀,发出一声叹息。"我真他妈的为你高兴。"

"谢了。"

"去他妈的茶,"他说着挥手把这个念头打发走,"去他妈的茶,我来拿威士忌。"

他在橱柜里胡乱翻找。盘子哗啦啦响,碗堆倒塌。比

---

① 此处原文中"床"一词为爱尔兰语"leaba"。——译者注(若无特别说明,本书脚注均为译者注。)
② 都柏林圣三一大学,是爱尔兰最古老的大学,欧洲最著名的高等学府之一。

利试图用膝盖抵挡陶瓷餐具大雪崩。我本来等着帮忙清理,好给自己找点事做,可他已经起身,得意地握着一瓶尊美醇①从柜子里冒出来。

"生日快乐,黛布丝。"比利说。

"多谢。"我从他手中接过那瓶威士忌,好像在领取彩票大奖。

我们都尴尬地站着。我真心希望不必由我来提议。可按理说我现在是成年人了。我不能再坐等事情发生。

"今夜天空晴朗。"他终于开口。

"也真他妈的冷。"我说。

"柜子里有热水袋,如果你需要的话。"比利伸手去够天花板上的门,把通往屋顶的折叠梯拉下来。他穿着靴子噔噔地拾级而上,睡袋拖在身后,像个准备去睡觉的孩子。

我把水烧上。旅行拖车里的奇怪什物注视着我。一架老式木头飞机模型悬在他床铺上方。一个小人像荡秋千似的坐在上面,手里拿着一副望远镜。我们用有法语味儿的"皮埃尔"给他命名,因为他长着一撮小胡子。

热水袋的橡胶温暖着我的手。我两级并作一级爬上梯子,晚风扑面。感觉像是在船上。我们钻进睡袋的茧,躺在庇护着比利家的镀锌金属板上。我手底下的屋顶冰冷而光滑,感觉像躺在一块冰上。我们望着天空,好像没有我

---

① Jameson,一款很受欢迎的爱尔兰威士忌。

们它就撑不住似的。

我慢慢长大，旅行拖车顶上的视野是唯一没有变小的东西。我们能听见奶牛的蹄子沙沙掠过草地。它们闲逛着，嗅来嗅去，看看有什么动静。我呼吸着睡袋上的汗味，湿冷，夹杂着霉味。比利浑身散发着香烟和柴油的味道。套头衫的袖子耷拉在他的无指羊毛手套上。一丛胡子茬扎在他嘴边，向他的颧骨延伸，与他耳后的头发相接。

"给我讲个故事。"比利说。

"我不想讲。"

"你想的，"他说，"我来挑一颗星星。"

我假装毫无兴致，玩起睡袋的拉链。我把头发拢到耳后，等他登陆某个星球。

"能看见北极星吗？"

"不能，它只是夜空中最亮的星星罢了。"

"其实不是。天狼星才是最亮的。"

"你跟我说是北极星的。"

"噢，那我说错了。"

"开什么玩笑。"

"那你看到了？我以前指给你看过？"

"也就几百次吧，比利，但你跟我说它是夜空中最亮的星星。"

"是第二亮的。"

"那我得自己找出第二亮的吗？"

"旁边有 W 的那个。"

"没错,我懂,是那颗看起来最亮……实际上却不是。"

"我得搞清楚我们是不是在说同一颗。妈的真要命。所以你看到它附近组成微弱'W'的那五颗星星啦?"

我眯起眼睛在天空中搜索,试图把那些点连接起来。从前我喜欢假装自己也能看见比利看到的东西。我讨厌那种努力却得不出结果的尝试。根据我的经验,这和读盲文很像,只是换成了亿万英里之外的闪烁光点。太多了——它们成群结队地瞪着我,叫人无所适从。

随着年龄的增长,我找得愈发努力。比利把星星拆解成图画和故事,这样辨认起来容易一些。W 就是比较好认的图像之一。

"嗯,我知道,"我说,"那个看起来像把摇椅的。"

"没错。"他说。他食指朝上,划出流畅的直线,把星星逐一连在一起,我顺着他的手指望过去。"卡西俄佩亚的椅子[①]。"

"我记得她。"

"很好——给我讲讲她的故事。"

"你知道那个故事的,比利。"我说。

"我没听你讲过。"

我叹口气来争取时间。人物开始在我脑海里聚集。

---

① 即仙后座。

"来吧。"比利催促道。

"卡西俄佩亚是古代的一位王后——她是刻甫斯的妻子,"我解释说,"他也在上面呢。卡西俄佩亚是个有趣的人物。她挺漂亮的,但人们觉得她很怪。她披头散发,光着脚到处走,人们觉得很震惊——她可是皇室成员啊。她生了一个女儿,叫安德洛墨达,她教导女儿要自尊自爱——在当时算是激进的思想了。她的自由精神被人当作傲慢。人们渐渐都知道了,有个光着脚到处跑的嬉皮士王后,她爱自己,也教女儿这样做。波塞冬可忍不了。他决定要给人类提个醒,掌控权不在他们手里。于是他派了一只海怪去破坏她丈夫的王国。卡西俄佩亚得知拯救王国的唯一途径是用女儿献祭,于是就照做了。她用链子把安德洛墨达拴在悬崖边缘的一块岩石上,让她自生自灭。"

"真是个婊子。"比利说。

"唉,她别无选择。要么照办,要么眼睁睁地看着海怪害死所有人。"

"希腊人真他妈的是疯子。我能猜猜安德洛墨达最后怎么样了吗?"

"猜吧。"

"让白马王子给救走了?"

"那当然啦。"我说。

比利把那瓶威士忌递给我。它灼烧着我的喉咙。

"珀尔修斯杀完美杜莎,回来的路上顺便杀了海怪,出于礼节，安德洛墨达得嫁给他。"我说。

"经典。那卡西俄佩亚后来怎样了呢？"

我用手指着她。"她在那里呢，坐在摇椅上。波塞冬把她绑上去了，让她绕着北极转的时候头朝下，脚朝上。她被困在椅子里，一直转到时间的尽头。"

"天啊。"比利说，"一半时间都被倒挂着。这也许能让你用全新的眼光看世界。"

"我只会觉得头晕。"

"也许刚开始的确会，但没准习惯就好了。"

"我觉得有重力挺好的，谢谢。"

"好到我可以把你从屋顶上推下去？"

他使劲推我的睡袋，我边滚边叫。"你个讨厌鬼，比利！这可不好玩。"

"不喜欢生日惊喜啊？"

"少来。"我说，但我的内心快乐而温暖。我想着自己的故事，又对着瓶子闷上一口。第一小口威士忌已经让我飘飘欲仙。

走读生

这是我上大学的第一天,我却误了火车。比利坚持说我肯定来得及。他挤奶晚了,忙活完才送我去车站。所以这下我要迟到了。我也不确定迟到会错过什么。或许我应该努力交朋友——我担心好朋友一上午就会被抢完。这是迎新周,我看过那种讲述大学生活的电影。如果我能邂逅未来的闺密或恋人,肯定是在第一天。

我只见过十二月的都柏林。比利每年都带我去看圣诞彩灯。我对都柏林最初的记忆,是五六岁的时候跟比利一起在奥康奈尔大桥等车回家。巴士终于来了,单是上车避开瓢泼大雨和能把伞吹到翻面的狂风就已经叫人舒心。比利拍拍司机的窗户,把一张十欧的钞票拿给他看。他把钞票折起来,试着像变魔术一样把它塞进投币口。

司机看着他。"这你叫我怎么办啊?"

比利取出那张钞票,让我们后面的乘客们先投币。"老板,你零钱肯定够的。"他冲叮当作响的硬币点头说道。

"我长得像自动售货机吗？"司机瞪着我们，一直瞪到比利后退。

我们下车回到雨中。后来，我们都是坐火车。

看比利跟陌生人打交道感觉怪怪的。他似乎心里没底。每次他让我牵住他的手，我不知道这是为我好还是为他好。

但我们还是找到了适合我们的城市漫游方式。一年又一年的记忆叠印，融为一体：路过邮政总局①，向库丘林还有其他小伙子们致意，然后过桥走上大坝街，有时会走到托马斯街去某家面包房，从一位皮肤像油酥糕点的可怕女士那里买五十分钱的香肠卷。有一次，比利给运河边的一位流浪汉递了一支烟，我们和他一起在椅子上坐下聊天，就像一些人弥撒过后聚在教堂门口闲聊那样。

在格拉夫顿大街上，我们望着布朗·托马斯②橱窗里的一个木偶用锤子和钉子拨动一只鞋，玩具火车沿着它们既定的轨道咔嚓咔嚓地前行。比利问我长大后想做什么。我指着一位装扮成青铜雕塑的街头艺人说，我不介意成为他们中的一员，因为他们的任务是让人快乐。要不就去当神父。他笑着说："祝你好运。"

比利一直希望我申请圣三一。"这是唯一值得去读的大

---

① 位于都柏林市中心的奥康奈尔大街，爱尔兰1916年的复活节起义大本营，内设博物馆。奥利弗·谢泼德（Oliver Sheppard）以爱尔兰神话人物库呼兰（Cúchulainn）之死为题材创作的青铜雕塑因被选为1916年复活节起义的官方纪念物而置于该建筑内部。
② Brown Thomas，爱尔兰高档百货公司。

学。不过他们封得严严实实的。"他指向纳索街侧门高高的石墙和尖头围栏,我们从来没进去过。我觉得他可能不知道校园是开放的。我总觉得圣三一的情形和《肖申克的救赎》正好相反 —— 你需要用好烟贿赂摩根·弗里曼,然后自己挖个地道钻进去[①]。

去年学校带我们去某场升学就业指导会时,圣三一的摊位没派摩根·弗里曼。一位灰着脸、身穿海军蓝套装的女士给了我一本手册,她瞥了一眼我脏乱的校服,告诉我说,想进圣三一很需要脑力。她错了。真的不需要多少脑力。想进圣三一,不见得要多聪明,够倔就行。

❉ ❉ ❉

我在进城的列车上弄丢了车票。到康诺利站[②]的检票口时才反应过来。我走到标着"问询"的小亭子跟前,向玻璃窗后的那名男子诉说我的遭遇。

"你在哪里上车的?"他问。

"梅努斯。"

"票多少钱买的?"

"我记不得了。"

[①] 在电影《肖申克的救赎》中,主人公入狱后请摩根·弗里曼饰演的罪犯搞来一把小锤子,坚持偷偷挖洞,最终成功越狱。
[②] 都柏林主要的火车站之一。

"证件能给我看下吗?"

"我一个也没带。"

"你叫什么名字,甜心?"

"黛比。呃,黛博拉·怀特。"

"你满十八岁了吗?"

"嗯。"

"哎呀,黛博拉,你要被罚一百欧了。"他指着玻璃窗下角的一块写有"定额罚款"的小牌子说,还从窗口滑过来一张纸。我仔细看了看:"二十一天内执行 —— 若不缴纳 —— 或将收到法院传票 —— 判决后或将面临高达一千欧元的罚款。"

"我的票丢了。"我说。

"亲爱的,如果你买过票应该会记得一张多少钱。"

"可我真不记得。"

"这我就说不准了。把罚单拿给门口那个人看,让他放你出去。"

※ ※ ※

我第一次独自进入都柏林,是以有罪之人的身份。

13

※ ※ ※

我不知不觉地跟着一位上班途中的女士。她穿着运动鞋，铅笔裙，紧身裤袜，一手拿着外带咖啡，一手拿着公文包。她走起路来好像是在拼命追赶当天剩下的时间。我保持几步之遥跟在她身后。我们穿过一座宽阔的桥，它在我们所有人脚步的重量之下震颤，蹦蹦跳跳，像是给我们鼓劲。

我一直走到奥康奈尔大街才鼓起勇气请一位保安给我指圣三一的方向。他嘲笑了我，我脸红了，打心眼里讨厌自己。我朝着他指的方向走去，换上一副全新的坚定神情，看起来好像十分清楚自己要去哪里。

我在大门的围栏旁边等了一会儿才进去。我看着人们从通往大学的小耗子洞里进进出出，心想为什么要把入口修得那么小。这让我想起六岁时曾偷听到的一集令人心神不宁的《奥普拉脱口秀》。我外公还在世的时候，日间电视节目就是他的软肋。中午吃完饭，他就坐下来看《奥普拉脱口秀》《法官朱迪》[1]或《智者为王》[2]里的安妮·罗宾逊[3]。在《奥普拉脱口秀》的某一集中，有位头发乱蓬蓬的心理学家

---

[1] Judge Judy，美国法庭真人秀节目，由曾任法官的朱迪·辛德林（Judy Sheindlin）解决现实生活纠纷。
[2] The Weakest Link，源自英国的电视竞赛节目。
[3] Anne Robinson，《智者为王》中的知名主持人，以对参赛者冷嘲热讽而著称。

说,穿门而过可能会引发短暂失忆。女性观众们倒吸一口凉气,点头赞同,回想起自己离开房间后要去做某事却毫无头绪地挠头的时刻。

看完节目之后,我不肯离开起居室,坚信自己很清楚那扇门要搞什么鬼——它想把我的记忆抹去。我死死抓住扶手椅,一头埋进垫子的褶皱里,妈妈想拉我起身,我踢来踢去,咬她的手。到晚上我才放弃抵抗,她把我拖进厨房吃晚饭。我一边跨那门槛,一边担心多久之后我会彻底忘记自己是谁。

这里的门好像也有类似的力量。我是谁,无关紧要。一旦穿过那扇门,我就会被改变。我还没准备好。感觉我好像该为自己举办一场葬礼。

我假装在等人,以防有人在观察我。我看看手机,看看手表,扫视路过的稀奇古怪的往来人群。中性的格郎基[1],私立学校风格的校服,七分裤,阿伯克龙比 & 费奇[2]套头衫,拉尔夫·劳伦[3]T恤,点缀着不知名政治运动徽章的托特包。

一个穿黄雨衣的女孩从她的自行车上下来。她骑的是那种前面带柳条筐的复古自行车。我不知道她是怎么扯下那

---

[1] grunge,20世纪90年代初的一种音乐和穿搭潮流,吵闹的摇滚,邋遢老旧的着装,亦称"颓废风""垃圾摇滚/文化"。
[2] Abercrombie & Fitch,美国青年休闲服饰品牌。
[3] Ralph Lauren,美国知名时装品牌。

件雨衣的。黑头发、刘海、小雀斑、鼻环。她看起来很开心——兴奋,却很自然。

我穿着自己最好的牛仔裤还有比利的一件格子衫,袖口卷起,看起来就像要下地去挖土豆。我望着那个女孩消失在耗子洞里,走向通往前广场的入口。深吸一口气,我在她后面跟了上去。

※ ※ ※

站在印着"迎新周"几个字的横幅底下,我非常清楚自己是新来的。我不知道自己到底期待看到什么——或许是一个专门用于交友的小角落吧。我习惯于在冒险开口说话之前就知道对方的名字、他们的狗、他们老爹喝醉了是什么样。那儿的摊位和帐篷里挤满了人,似乎彼此都是熟人。不同的英语口音撞击着鹅卵石。我四处游荡,像一个自我意识极强的幽灵,等着被人注意到。

"你好啊!"

"我的老天。"

"不好意思,我不是故意吓你的。"一颗大胡子牛油果在跟我说话,"我是严格素食主义协会的,为了澄清关于严格素食主义的谬论,我们来玩一个词语联想游戏。像这样,如果我说'严格素食主义者',你脑子里首先会想到什么?"

"希特勒。"

"啊?"

"希特勒是严格素食主义者,至少我听人这样说过。也可能只是宣传吧。或者乱讲的。"

"嗯,有意思。可你还是把这词和那个传言联系在一起了,尽管有证据表明它是假的。"

"关于希特勒的一些事儿就是刻进脑子里了。"

"你会考虑成为严格素食主义者吗?"

"说不好。我们家是开奶牛场的。"

"乳业把牛宝宝从妈妈跟前抢走。"他说。我听不出来他到底是开玩笑还是当真。"为了人类的饮食,几个世纪以来奶牛的基因一直在被修改。它们都成了弗兰肯斯坦[①]的怪物,每一头都是。"

"但弗兰肯斯坦只造了一个怪物。"我说。

他停下思考片刻,直到结论最终在脑海里形成。"没错。"他用手点着我说,好像自己冲破了终点线,赢了整场对话。

"你叫什么名字?"我试着问。

"里基。"

"里基,"我重复道,"我会尽量记住的。"

"你不会的。"里基似乎想说点什么,却没有说出来。

[①] 弗兰肯斯坦,玛丽·雪莱小说中的主角,一个热衷于生命起源的科学家,他通过一系列实验创造出了一个不受控制的"怪物",令弗兰肯斯坦陷入悲剧。

"做个严格素食主义者。"他挥着拳头说了这句。

※ ※ ※

我排到一行队伍的末端,好让自己看起来没那么闲散。

"注册是在这排队吧?"那个穿黄雨衣的女孩在跟我说话。

"我觉得是吧。"我说。

"太好啦,我今天就是来注册的。你是哪个专业的?"她问。

"英文。"我说。

"哦太好啦,我也是。你住学生公寓吗?"

"啊?"

"学生公寓。大学宿舍?"她问。

"不呢,我住家里。路上大概一个小时。"

"噢,你是走读生!感觉如何?"她说起来好像真的很关心我的幸福感。

"呃,今天是头一回。"

"噢对,是啊,这个问题蠢得很。"她顿了一下。"对了,我叫'桑蒂'。"

"很高兴认识你,桑蒂。你这个名字很酷。"

"非常感谢。我父母特别迷希腊神话。"

"噢。"我还没听过哪个希腊人叫"桑蒂"呢。

"你叫什么?"桑蒂有一双我只在音乐短片里见过的那种绿眼睛。

"黛比。"

她笑起来。"对不起,只是——你刚才指着自己。"

"我指了吗?对不起,我不太习惯做自我介绍。"

桑蒂是都柏林人,但她说话并不像都柏林盖尔语区的那些耍酷的孩子,那些人听起来跟外国人有一拼。她听起来很正常,很靠谱,很自然。她肯定多少有点不对劲。

"桑蒂!"一个戴贝雷帽的女孩朝我们走来。她矮矮胖胖的,戴着高档眼镜,背着一个棕色的皮革小包。

"嗨!黛比,这是我舍友,奥尔拉。她是克莱尔郡[①]的。"

"很高兴认识你。"我说着同那个女孩用力地握了一下手。任何一个乡下人都是我的竞争对手,这里只容得下一个来自无名之地的蠢蛋。可我的担心是多余的。奥尔拉说起话来像是个皇室成员。

"我们今天要干什么?"她问桑蒂。

"我要注册。"桑蒂说。

"太棒了,我也是。"奥尔拉从小包里抽出一个文件夹。"我东西应该都带齐了。"

"我们还要带东西来?"我问。

"你没带表格?"奥尔拉问。

---

① 爱尔兰西部一郡,临大西洋。

"什么表格？"

"你得先在网上注册。他们发邮件了。"

"我还没看到。"我说，"我们家网太烂了。"

"哦天啊，"奥尔拉看起来都替我尴尬，"没带表格就真没必要排队了。"

桑蒂把头歪到一边望着我，好像我是她从后花园捡来的流浪狗。"没事的，这个礼拜随便哪天都能注册。"她说，"他们也就是给我们发发避孕套和防狼哨。"

"男生也有防狼哨吗？"奥尔拉好奇道。

"我觉得有吧，"桑蒂说，"如果不是人人都有，那就是性别歧视。"

"你知道哪儿有电脑吗？"我问。

"你去图书馆看了吗？"奥尔拉显然觉得我是个白痴。

"噢对啊，不好意思。"我说，然后一路道歉钻出队伍。

"在那边。"奥尔拉指着相反的方向说。

"谢了。"

我假装朝图书馆的方向走。我打开钱包，数出购买返程火车票的硬币。

不是茅德·冈

我把包丢进厨房,径直走向院子。我在一个牛圈里找到了正准备用瓶子饲喂新生牛犊的比利。他紧紧抓着一只大塑料盒,上面有根管子从盖子垂下来。他见我在看着,就故意迈着夸张的步子偷袭他的受害者。比利的手一摸到她,那家伙就开溜了。

"给我过来,你个婊子养的。"他说着抓住牛犊的尾巴,把她拖到自己跟前。

"婊子。"我纠正他。"她是个姑娘。大奶牛也一样,你总是喊她们'婊子养的',其实她们是女的。"

"要是哪天我开始关注奶牛的性别身份,就该躺平来一针安乐死了。"他把塑料管推进她嘴里,推进脖子,接着把瓶子倒过来举过头顶。牛初乳从瓶子里缓缓流进小牛犊的胃。我很想知道她能不能尝出味道。

"你看起来蔫头耷脑的。"比利说。

"是啊。"

"今天怎么样？"

我摇摇头，感觉自己脸红了。

"有这么糟？"

"你为什么从没跟我说过有希腊人叫桑蒂？"我问。

"啊？"

"我遇到的一个女孩。她叫桑蒂。"

"好名字。"他说。

"我以为你什么都知道。"

"希腊人？整个古希腊文明？你抬举我了。"

"你说起他们好像什么都知道似的。"

比利用舌头从口中抵住面颊，好像在脑子里盘算着什么。"让我理理头绪。你跟我生气，是因为我没有跟你说我觉得你本来就已经知道的事情。"

"不，我跟你生气，是因为你说起话来好像一切都尽在掌握似的。"

"哎哟喂——这指控可不轻。"

我跳过门，在干草堆上盘腿坐下。"这下子我听起来像个蠢蛋了。"

"的确。这姑娘……她不会是叫赞茜吧，是吗？X-a-n-t-h-e。那倒是个希腊名字。"

"噢妈的真要命。"我瘫倒在干草堆上。血液直往我头顶上冲。"我一直在用圣诞老人的小名叫她。"

"嗯，这下你知道了。"

"我什么都不知道，这么多年是怎么活下来的?"

"'我知道我什么都不知道。'苏格拉底说的。对了，其他人也知道他。我可没一个人霸着他。"

我捡起一绺干草，在手指上缠绕着。在我左眼一睁一闭之间，它从模糊的两缕拧成一股。"我讨厌当傻瓜。"

"你不傻。或许，只是，天真?"

"哟，真是居高临下。"

"这没什么居高临下的。'天真'是个很棒的词。你应该查一查。"

"歇歇吧。"

"Naïf①，源自表示自然或天生的'nativus'。它和表示出生的法语动词'naître'同源。"他把管子从牛犊嘴里抽出来。管子拖在干草上像根脐带。"我们都很天真。我们别无选择。"

"当个知识渊博的人一定很累。"

"我已经把我知道的都教给你了。"他说着哐啷啷地把门打开。

"我觉得问题就出在这儿。"

"你还给我准备下午茶吗?"

"我有的选吗?"

---

① "naif/naive"的另一种拼写变体。

我伸出手,他把我从干草堆上拉起来。

走出牛棚,我们路过三头堆叠在一起的死牛犊。

"发现那头有什么不对劲了吗?"比利戳戳中间那头说。

"死了?"

他用靴子把那头牛犊踢得翻了过来。"腿正好勒在肚子中间。"

"简直是切尔诺贝利现场,"我说,"另外两头怎么了?"

"它们太大了。牛犊太大,姑娘们推不出来。我尽力了,但这俩还是死了。"

"噢。"我点点头,努力控制这条信息激起的情绪,好像了解之后就能够缓解麻烦似的。

※ ※ ※

我从冰箱里取出火腿、圣女果和黄油,把它们扔到桌上。

"我说'严格素食主义者',你想到的第一个词是什么?"我问。

"希特勒。"比利说。

"我也是。"

"尽管他可能并不是。"

"是啊,我知道。"

我开始对半切圣女果。"我没赶上助学金申请。"

"怎么会呢?"

"我对现实过敏。"

"那你必须解决。我怎么才能帮你交今年的学费？"

"你负担不起的。"

他从壶嘴把水壶灌满。"不上大学你输不起。你是想离开这里的。"

"我没准备好。"

"什么叫没准备好？你应该迫不及待要走了。"

"唉，我没有。"我说，"咱们家连像样的网络都没有。"

"我从我这玩意儿的屋顶都不见得能收到信号。"比利说。

"我没钱买笔记本电脑。"

"就因为这？你不能上大学，是因为我们家宽带太烂了？"

"不只是这个，还有很多。就比如说，谁来照顾妈妈？"

"那个你不用管。"

"你说是这么说，但总要有人照看她。那个人也不是你。"

"说实话，你干那事儿也不在行。"他在桌边坐下。"你什么时候变成特蕾莎修女了？按理说你应该等不及要离开了，结果却找借口留下来。"

"就一年而已。我休学一年。我可以把课程往后推一年，明年再上。好好开始。"

"做任何事情都没有百分之百合适的时候。"

"有。我想搬到城里住。"

"等等。"他举起一只手，吞下嘴里的三明治，"让我理一理。你在那个地方待了几个小时，受了重创跑回来，现在你又说你想搬过去住？"

"我要申请学校宿舍。"

"在那个把你吓得屁滚尿流的城市里。"

"我今年开始攒钱。你给我的工钱不用像给詹姆斯的那么多。"

"那个你放心。我给他的钱还不够付他在院子里干的活儿，更别提他照看你妈的时间了。那都纯属是做慈善。"

"只要够我明年的住宿费就行了。"

"把钱浪费在去城里租小格子间上？"

"别人都那样。"我说。

他像小孩子那样舔舔食指，沾起黑面包屑。"我得考虑给你也弄一辆旅行拖车。"

"那就是讲定啦？"

"放屁。"

"唉，反正我不回去。我不能。"

"你能，而且你会。"

"你又不能逼我去。"

"我天，黛布丝，听听你自己在说什么。你没发现自己听起来有多任性吗？在都柏林待一天你就成这样了。"

我仰起头，努力把眼泪憋回去。我很容易哭。我因为这个讨厌自己，结果却哭得变本加厉。我抽抽鼻子。

比利叹口气，被我的眼泪弄得尴尬。"好了好了，别那样。打起精神来，小雪花①。"

"别那样喊我。"

"别那样喊我。"他模仿我。

"别装小孩了。"我说。但他的效果达到了。我已经止住哭泣，用衣袖抹去眼泪。

"黛布丝，"他等我抬眼看他，"那个城市吓到你了。别被吓倒。去了解它。"

"你知道吗？我在这座城里的唯一经历，就是跟你一起逛柯林斯军营②和邮政总局。"我说。

"我那是在努力让你变激进。真不像茅德·冈③。"

"她也不激进。一个出生在英国的爱尔兰革命缪斯。这点她改变不了吧？"我把一块无花果卷浸入茶水中。

"她父亲是梅奥④人。生在英国又不是她的错。无论如何，她超越了自己的出身。"

---

① "雪花一代（snowflake generation）"在英文中指情感脆弱、过于敏感的年轻人，类似于中文的"玻璃心"。本书作者称："我知道人们觉得我们这代人过于天真，但我认为天真也是一种优点。"将作品命名为"雪花"，是她为自己这代人以及用于这一群体的贬义词正名。参见《爱尔兰时报》(*The Irish Times*) 2021 年 5 月 8 日埃德尔·科菲（Edel Coffey）采访文《路易丝·尼伦："爱尔兰文化中存在着压倒性的沉默和羞耻感"》("Louise Nealon: 'There is an overwhelming silence and shame in Irish culture'")
② Collins Barracks，现为爱尔兰国家博物馆装饰艺术与历史分馆，历史上曾用作军营。
③ Maud Gonne (1866—1953)，爱尔兰民族主义者、演员和女权主义者，诗人叶芝追求无果却一直思恋的对象。
④ 爱尔兰西部一郡。

我一口咬住湿漉漉的糕点,刚好没让它沉进茶里。"她任由别人把自己变成神话。"

"那是件坏事吗?"

"我觉得是。"

比利站起来,脚蹬袜子滑到后门口。"你今年就去读大学,"他说,"要是我得埋单,那就埋单。"他弯腰穿上靴子。"把车学了,我来解决网络问题。"他说罢砰地关门离开。

西尔莎

我家的房子卡在山脚下的一道弯里。我们管这座小山叫"时钟山",因为住在山顶小屋里的人叫"时钟"。我不知道他的真名,也不知道为什么大家都喊他"时钟"。"时钟"每天去商店买报纸都会经过我家门口。他从来不打招呼。他闻起来就像古老的泥炭,而且他是我认识的人里唯一抽烟斗的。有时我们转移牲口,詹姆斯会招他来帮忙,让他站在围栏口,那种时候,我觉得自己有义务和他说话,因为他又老又孤单。他不怎么爱说话,但偶尔会猜猜我多大了。他总是把我想得比实际年龄小得多,要是我纠正他,他还会满脸狐疑地看着我。

一条路从"时钟"家的房子舒展开来铺向村庄,我们的牛群散布在公路两旁的地里。教堂尖顶露出树梢。路旁两棵橡树相向而立,枝条框出一幅风景画,树篱的修剪与之相称。一块写着"Fáilte(欢迎)"的牌子栖在小山弯道内侧,正对我家房子,欢迎那些穿过我们村通往别处的人们。

我们曾在大门口的墙上挂过一块木牌。我七岁生日时比利做的。我真的很想要一匹小马驹,但妈妈不同意。我只好给房子取名,虽然那完全是两码事。比利把它做成了木牌,因为这不花一分钱。我给了它原本属于小马驹的名字:西尔莎[①]——我想象着从小山"嗖嗖"地奔驰而下冲进我们家院子的自由。

这个名字用了几个月,直到某天夜里一辆车在我们的花园里出了车祸。那是一辆气流偏导器在尾部扬起的蓝车,它在碰撞的作用下左摇右摆,一头栽进我家的树篱。它下山的时候跑得太快了,滑到弯道路面一片难以看清的薄冰上,瞬间失控,径直撞上那块写着"西尔莎"的牌子。一名十九岁的男孩死了。某些纪念日,他的家人会在入口那儿的围墙留下一束白百合。我们看着那些花儿在脏兮兮的塑料包装里枯萎。

那辆车撞上我家围墙的那天夜里,我做了个梦。梦中,我是个男孩,在开车。我不太记得梦里的经过,但我记得结局。直到最后一秒,我才看见山脚下的急转弯。我猛踩刹车,随后察觉到了轮胎下的冰面,说实话,那感觉很优雅。紧接着一个美丽的念头随之钻进我的脑海。周围的世界绕着我旋转,就像是一位女子出乎意料地领你在舞池里旋转一样,你感觉有点傻,似乎自己的男子气概被削弱了,

---

[①] Saoirse,在爱尔兰语中有"自由"之意。

但没关系，这只是找点小乐子，而且你觉得她很可能迷上你了呢……

妈妈说我尖叫着醒来，随后我们就听见那辆车撞到了围墙上。我悲痛欲绝。那个男孩的死是我的错。他冲进了我的脑袋，我挡住了他通往天堂的路。他碎成许多片，就像我们不时能在花园里发现的汽车残骸一样。我总是突然放声大哭，在睡梦中哀号。妈妈竭尽全力安慰我。

我晚上开始去旅行拖车那儿。有一次，比利对我失去了耐心。我告诉他，我睡不着是因为那个男孩还在我身体里面。他狠狠扇了我一巴掌，直到现在我都觉得难以置信。"那场车祸跟你没关系。"他大喊道，然后他捂着脸跟我说，他不是生我的气，他是生我妈妈的气。

我们再也没有换上新的"西尔莎"木牌。比利忘了，我也不敢提醒他。有些夜晚，我依然会坐在床上不敢入睡，等着下一辆车、下一个幽灵撞进我们的花园，踏上通往遗忘之境。

被放荡刺伤

我向厨房的窗外望去,看到我母亲在我们的后园里,赤裸着在一丛荨麻里跳舞。它们的茎爬到她的胸口,就像一大群人在挥舞着示爱的棕榈帽。她扭转脊柱,肩头交替亲吻她颔下的空间。她的手在周身划着半月弧线,好像涉水而过。乍看她似乎一点都没被刺伤,可等她从荨麻丛里出来就能明显地看出,她已经将自己点燃。

等小伙子们回来吃午饭时,她已经把刺伤挠到出血。比利假装没看见。有一次他喝醉了,说那是"被放荡刺伤"。

妈妈给詹姆斯递午餐时,他伸手抚摸散落在她肌肤上的红疹子和白色肿块。

"你怎么了?"他问。

"我被一些荨麻刺伤了。"

"一些?你浑身都被扎了。你栽进去了吗?"

"不,我跳进去的。"

"啊?"

妈妈向他保证,她是成心挨刺的。

"你怎么会想出干这种事儿的?"

"里面有血清素。所以它们才会扎人——它们是为你注射快乐化学物质的天然小针。对你有好处的。"

"真是这样?"

"嗯。"

詹姆斯思索片刻,然后点点头。"有点道理。"

"小吉姆[①]很乐意陪你一头扑进荨麻床呢,梅芙。"比利说着头也不抬地剥土豆。

"啊,现在我可不一定了。"

"我能想到更好的麻醉法。"比利说。

"比利,两'感':快感和痛感。它们被配成一对是有原因的。"詹姆斯说。

"不过对他来说要换成两'醉':烂醉和宿醉。"妈妈补充道。

这并没有多好笑,但詹姆斯却大笑起来,连桌子都跟着一起发颤。

"我们都知道,酒鬼的类型和天上的星星一样多,我很高兴我是那种喜欢和人打交道的。某些人血清素够多,可以躲在屋里,躺在床上一瓶一瓶地灌下去——"

"天啊,比利,淡定。开玩笑而已。"詹姆斯说。

---

① 詹姆斯的昵称。

"呀,有时候笑话反而是你可以说的最严肃的话。"

午餐时间就是这样。妈妈和詹姆斯对战比利和我。组队始终不变,坐下来吃饭前就分好了。

❈ ❈ ❈

我怎么也想象不出我母亲把我生下这件事。我似乎更有可能是像某种地狱维纳斯那样从泥塘里冒出来的,或者是从奶牛屁股里挤出来的。如果詹姆斯是我爸也完全说得通,因为他很爱妈妈,可我出生时他才六岁。詹姆斯从娘胎出来时就被缝进了他穿的那身约翰·迪尔[①]工作服,生在一个没有土地的家庭。外公去世的时候他十六岁,在他母亲的小酒馆里给人打啤酒。比利叫詹姆斯来给我们干活。他简直是无所不能:挤奶,修篱笆,夜里任何时候都能出去给牛犊接生。经历了丧父之痛的妈妈一蹶不振,詹姆斯的出现让她精神百倍。

詹姆斯只大我六岁。我夜晚趴在枕头上幻想亲吻的第一张脸就是他的。从前他早上来吃饭时,我总会笨拙地跟他玩捉迷藏。厨房里能藏的地方不多。我把自己裹进窗帘,腿就会露出来,更有不知道多少次,我躲在桌子底下尽量避开他的腿和脚,结果被一条伸到桌底下的毛乎乎的胳膊

[①] John Deere,美国知名农机设备公司。

抓住，我放声尖叫。我试过躲进后门厅的衣帽架，但那里和厨房隔得太远，他忘了去找我。

我把詹姆斯当作迪士尼王子来爱。我习惯把对他的幻想和现实中的他区分开来。詹姆斯不在乎我母亲的声誉。酒馆打烊时，詹姆斯跟她一起回家，上她的床，丝毫不在意酒馆里人们的窃窃私语。

他们的年龄差并不明显，因为妈妈看起来年轻，詹姆斯显得老成。比利说詹姆斯一个下午就把青春期过完了。这是真的。上一秒他还是个小男孩，下一秒就变身成年男子了。他身高六英尺七英寸，是我们这儿的板棍球[①]队长。他每一场比赛我们都去，看球从天而降，落进他伸出的手掌，仿佛那是来自上帝的礼物。

※ ※ ※

我一直都不知道我父亲是谁，但我觉得我知道自己是在哪里被孕育出来的。我们这儿的一片地里有座石器时代的巨石墓——国家历史文物，上面有一块来自政府的告示牌，破坏该区域将受到法律的惩罚。这是青少年们经常跑去喝啤酒的地方。通往那片地的路上有块牌子写着："钥匙可从威廉·怀特先生处获取。十字路口左转，左手第一辆旅行

[①] 亦称"爱尔兰式曲棍球"。

拖车。"比利就是那个给偶尔造访这座土墩的考古狂热者做向导的地方史学家。他受托保管钥匙，却常常让门敞开。

路边有两级标识入口的石阶，一条小径通往被栅栏围起的墓穴。简洁的青冢从地面隆起。一扇厚重的金属门引向巨石墓穴内部，踩扁的啤酒罐还有偶尔出现的避孕套包装点缀着这古老的墓葬。神圣的石头上刻着名字，歪歪扭扭的"舔我"在巨石的之字和圆圈铭文旁清晰可见。

这处文物叫福尔诺克斯（Fourknocks），名字源于两个爱尔兰单词：表示寒冷的"fuair"和表示小山的"cnoic"。我母亲被收入了福尔诺克斯的民间传说。1990年夏天，男孩们在巨石墓结束童子之身。妈妈只有一条规矩：不和同一个男孩交欢两次。没人当着我的面说这些故事，但他们知道我知道。地方史学家比利跟我说过。

圣体龛

我母亲大部分时间都在睡觉。上午与她并无交集。她的闹铃中午才会响起。佩屈拉·克拉克的《闹市区》①循环播放。两点钟她会及时醒来给小伙子们做午饭。饭后她又回到床上。今天是星期天,是妈妈一周中唯一需要早起的日子,她要去参加十点的弥撒。

我把黄油刀的刀片插进锁眼扭转,直到听见咔哒声。门嘎吱一声打开。佩屈拉·克拉克的声音从屋里向外扩散。我把闹铃关掉,望着妈妈在呻吟中回归现实。

"早。"我说。

"早。"

"我给你端咖啡来?"

"请吧。"

---

① Petula Clark,英国女歌手,1932 年生,本句提及的"Downtown"为其代表作。

给妈妈煮咖啡是防止她再次昏睡过去的绝招。等我端着一杯麦斯威尔回来时,她已经裹着写作专用毯坐在桌前。

※ ※ ※

妈妈在她的桌前坐下,在一本旧练习簿上记录昨夜的梦。她用蓝笔写,要是找不到蓝色的笔就会很失落。我出生前,妈妈就在写一本关于梦的书了。她跟别人说她是作家,但她写的东西从来没有发表过。她对杂志投稿和比赛都没多大兴趣,这兴许是件好事。

我们把妈妈的卧室称作"圣体龛",因为门被漆成金色,而且她锁门用的钥匙和神父弥撒上用的那种差不多。只要有一片私人空间,周遭世界全部崩塌她也不介意。"圣体龛"可以充当艺术装置或地下剧院化妆间。有时我会趁她熟睡撬开门,只是为了到里面看看。

走进那间屋子就像步入一本立体书中。她从书里撕下一些页面,把它们贴在自己卧室的墙上。一页页纸构成一幅诗歌、小说和哲学书的拼贴画 —— 全是关于梦的。她把它们放在一起,好像在设法寻找关联线索。

这些纸张用遮蔽胶带[①]粘在一起。把一页页纸撕开能带来一种满足感。它们发出嘴唇张开前那种"啵"的一声,

[①] 作画或刷油漆时用来遮盖无需上色部分的胶带,作画或刷漆结束后可轻松揭下。

不情不愿。揭起一页飞舞的纸，下面躺着另一层梦。拉开约翰·菲尔德[①]某一首夜曲的封面，整本曲谱就从墙上翻滚出来。

一串刻着螺纹的锡贝壳穿在一股麻花辫上，从天花板垂下来。这些贝壳闪耀着异于尘世的光泽。我本以为触摸时它们会叮当响，可那却是令人失望的"嘎啦嘎啦"声，好像美丽的女子开口却是一副破锣嗓。

妈妈在床底放了一只装满明信片和艺术杂志图画剪报的褪色饼干桶，还有一筐小瓶装白葡萄酒，那是詹姆斯定期从他母亲的小酒馆里给她顺来的。一个小小的天青石蓝色头骨摆在她的窗台。一盏海军蓝的台灯立在她床尾的梳妆台上，活像一位戴着宽檐帽的胖夫人。它的光线将妈妈的影子投在墙上——她颀长的剪影延伸，去拥抱那够不着的沉睡躯体。

妈妈很少冒险走出门，除非是参加弥撒、去超市或社会福利办公室。比利会提醒她每周领取失业救济金。比利说那是她的艺术基金。他掌管着妈妈的银行账户。让妈妈自己管钱简直就是灾难，我们有过沉痛的教训。比利每周开车载她去采购一次食物，她购物，比利在车里等。有时她只拿了一瓶奶昔和一只甜甜圈就回到车里，别的什么都没买，遇到那种情况，比利就打发她再进去一次。

[①] John Field（1782—1837），爱尔兰钢琴家、作曲家，对"夜曲"形式有较大的贡献。

妈妈只有在参加弥撒时才会努力做个正常人。外公笃信宗教。他在世的时候，我们每晚都要一齐跪在起居室里念诵《玫瑰经》。外公自尊心也很强。他希望全家参加弥撒时都保持良好的形象，所以妈妈把宗教同良好的个人造型联系起来了。今天出席弥撒的着装她已经选好。她要淋浴，花上至少一个半小时做准备。

淋浴前，妈妈先光着脚走到屋外。她小心翼翼地踏上草地，如同踏上一方舞台。然后她闭上眼睛，双手垂在两侧，掌心朝外，慢慢将空气深深吸入肺部——吸入一丝丝新鲜的现实，呼出她自己的梦。

阿诗玲

我以前在"圣体龛"和妈妈一起睡。九点新闻过后外公就会让我们上床。我们换上睡衣，一起刷牙。那时我还够不着洗漱池，只好把牙膏吐在抽水马桶里。

我们把毯子拉到妈妈头上，把床变成一顶帐篷。她从前会给我读一本立体书版的《爱丽丝漫游奇境记》。我很喜欢爱丽丝。她蓝色裙子上的白围裙恰能突显她细小的腰肢。我指着书页上的她，手指都显得比她胖。她看起来就像一个迪士尼公主。

爱丽丝看见白兔的时候，妈妈会用手指做出兔耳朵的形状，在墙上投射影子。它在灯光中摇曳，就像老式电影放映机在施展魔法。我最讨厌的是最后一页——漫游结束，河岸边，爱丽丝在姐姐身旁醒来的时候。我撕了封底页，露出下面的卡纸。

妈妈念《爱丽丝漫游奇境记》时总会偏离。这一般发生在读到爱丽丝的担忧时："我在想，我夜里是不是被改变了呢？让我想想：今天早上醒来的时候，我还和以前一样吗？我差不多记得自己的感觉有些不一样。但如果我不一样，那么问题来了：'我到底是谁呢？'"

"爱丽丝不再是原来的她了，因为她消失过，"妈妈解释道，"爱丽丝掉进兔子洞潜入了奇境，她从自己掉出去了。我们每个人都会这样。睡着的时候，我们会从自己掉出去。"

我一直都不太确定这到底是好事还是坏事。妈妈描述梦的方式，让我想起比利指着星星时让我努力跟上的感觉。

"那是猎户座的腰带。"他会这么说。于是我就会郑重其事地仰望天空，什么都没瞧见，只是反复琢磨着"猎户座的腰带"这个词组。我从没看到过猎户座，也没看到过他的腰带，但是有这种神秘感就够了。感觉更棒。

梦的神秘感对我来说同样足矣。我努力跟随妈妈的逻辑，但中途她放开了我的手。

❄ ❄ ❄

从前，妈妈会给我讲一个睡前故事，关于一粒不相信雪花存在的微尘"阿诗玲"[①]。阿诗玲每天夜里睡觉的时候，冷水袭来，把她变成一片雪花。等清晨降临，太阳升起，阿

[①] "Aisling"在爱尔兰语中有梦境、幻象等意思。

诗玲醒来前又融化为灰尘，完全没有意识到睡着时她变成了自己不相信的那种东西。她感觉有冰凉的东西拉扯过她，但是这种记忆麻木而冰冷。她直接把它归结为一场梦。

故事讲完的时候，妈妈会跑向杂物间的冷冻柜。我穿着睡衣追着她下楼，光着的脚丫拍打着油毡地板。冷藏柜的门像棺材那样转开，烟像雾一般升起。我们用指甲在侧壁刮雪。妈妈告诉我，要想真正看清雪花需要用显微镜，虽然它们近在眼前。

"就像比利要用望远镜看星星那样？"我问。

"没错，"她说，"不过正好反过来。望远镜把遥远的东西带到我们眼前，好让我们看清。显微镜帮助我们观察那些因为离得太近而看不清的东西。它在我们之间制造距离。透视。"

"如果阿诗玲有显微镜，她会相信雪吗？"我问。

妈妈想了想，然后又给我讲了一个故事，关于第一个给雪花拍照的人。"他们叫他'雪花人'。他用黑天鹅绒接住雪花，然后用镜头上装了显微镜的相机把它们拍下来。他在雪花融化之前捕捉到了雪花晶体结构的形象。但照片不是实物。"接下来她严肃地说，"雪花是捉不住的。我还没见过能把梦捉住的人。"

封面女郎

我在城里可以一整天不和任何人说话。我常常在火车上消失，在文科大楼里消失，在都柏林的街上消失。上课时我自己一个人坐。为了避免与人互动，我甚至会从自动售货机买咖啡。经历了头几天屡战屡败的交友尝试之后，现在主动决定不和任何人说话反而让我宽心。

我尿意频繁，所以大半天都可以耗在进出厕所和蹲坐休息上。厕所是我充电的地方，在那里我可以哭泣，打起精神，至少可以恢复成人形，让自己看起来很坚实。背包勒得我肩膀生疼。我一边在黏糊糊、汗津津的腋窝和双乳之间喷除臭剂，一边读墙上的涂鸦。它们大多是匿名的求助。我感受到小隔间向我推来的责任。卷纸筒上某句潦草字迹的主人有自杀倾向，还有其他一些算不上危急的沉思："我并不享受性爱，是不是很奇怪？"下面有一句回复："收缩宫颈，放松，姑娘！"我很好奇这到底是什么原理。

从厕所出去时，我撞上一个刚进来的女孩，跌跌撞撞地从我身边经过之前，她活泼地抛出一句"对不起"，冲撞的力量让我受惊。我感觉轻飘飘的，甚至可以想象我就这样被从自己体内撞出，飘进了她的身体。

"等等，黛比！"

是赞茜。她没穿黄雨衣，我没认出来。

"嗨！"

"有空一起喝咖啡吗？"

"现在吗？"

"如果有空的话？"

"嗯，好啊。"

"太棒了，我先方便一下。"

❋ ❋ ❋

赞茜从厕所里冒出来，看起来就像香水广告女郎。她穿着阔腿裤，一件蓝色针织套头衫，那顶低圆帽要是出现在比利的旅行拖车里也不奇怪，可戴在她头上却调和了一身搭配。

"走读感觉怎么样？"我们汇入快速流动的下楼的人群中时她问道。

"挺好的。"

"你来都柏林路上要多久？"

"火车大概四十分钟。但我们住的地方离火车站开车差不多要二十分钟,加起来一个小时左右吧。"

"所以你住在地地道道的乡村呀?"

"嗯,我住在农场上。"

"那很棒啊。你们养哪些动物呢?"

"我们只有奶牛。是个奶牛场。我舅舅的。"

"你在里面干过活吗?"

"今天早上是我挤的奶。"

"我天!要多久?"

"大概一个半小时吧。"

"你一个人挤奶吗?"

"嗯,但詹姆斯打扫牛棚的时候会顺便关照我。"

"詹姆斯是你舅舅?"

"不,詹姆斯只是在农场干活。我舅舅早上起不来。他昨晚出去了。"

"哈哈,礼拜二晚上就出去?"

"对比利来说,每天晚上都可以出去。"

我跟着她从一扇我之前从没留意过的侧门走出去。一辆救护车飞驰而过。我准备过马路,她却依然站在路缘,望着我。

"怎么了?"

"你刚才是在胸前画十字吗?"

我脸红了。"哦是啊。习惯了。"

"太可爱了。"

我想叫她立刻滚蛋。

"抱歉,这话有点居高临下。"她说。

"挺好的。"

"我是想说,那是好事儿。"

"我不太信教。"我说。

"我明白。我是说,我也讲不好。我不说啦。"

✳ ✳ ✳

我们穿过马路,走进一家咖啡馆。里面挤满了学生和游客,窗户上都凝结满了水珠。咖啡机声音大作,听起来好像是在施工现场。

"我去找张桌子。"赞茜喊道。

我不确定队伍从哪里开始排。

"你在排队吗?"一位女士问我。

"抱歉,不是。"我说着挪到一边。

赞茜凑到我耳边。"我给咱俩在那边找到位子了。"

"太好了,谢谢。你想好喝什么了吗?你要先点吗?"

点餐就是一种折磨。我饿坏了。我想吃午饭,但价格不菲。赞茜点的是花草茶,所以我点茶和巧克力蛋糕。没有会员卡,我向收银女孩连连道歉。

❈ ❈ ❈

我把我的那块蛋糕往赞茜那边推。"一起吃吧?"

"不用啦,谢谢。"

"我说真的,帮我一起吃。"

"我吃不了。我坚果过敏。"

"噢。"

"是啊,我以前根本就想不到自己会过敏。我以为过敏的都很弱。结果发现我自己就很弱。"

"你喜欢薄荷茶?"我指着她的茶问。

"不,也没有吧。"

"那你还点?"

"我在努力适应花草茶,因为它们有益健康。"

"花草茶让我想起我小时候喜欢做的雏菊香水。把花碾碎放进水里。就连小时候我都没傻到去喝它。"

"听你这么说我感觉好多了,花了五块买这玩意儿。"

"你逗我呢?"

她指指收银台上方的黑板。

"简直就是抢钱。"我说。

❈ ❈ ❈

在一个小时的谈话中,我如实向赞茜诉说了自己的人生经历。

"你妈妈和一个二十四岁的人约会?"

"没错。"

"她多大了?"

"三十六。她十八岁那年怀上我的。"

"哇哦。那你爸爸也很年轻?"

"她从没跟我说过我爸是谁。"

"连你都没说?"

我摇摇头。"说实话,我觉得可能连她自己都不知道。"

"她听起来很棒啊。以后你结婚的时候等着瞧吧。乡村版《妈妈咪呀》。"

赞茜总是滥用"很棒"这个词。她不喜欢谈论自己。关于她,我只知道她坚果过敏。

"你的手指是怎么一回事?"她问,好像已经察觉到我想在提问游戏中赶超她。

我伸出我的左手。"童年事故,"我说,"被门夹了。"

※ ※ ※

每年春天,妈妈都会到我们家附近的地里去采灯芯草,为整个教区的人编圣布里吉德十字[①]。二月伊始,她会带上

---

① 爱尔兰传统的草编十字,用于2月1日的圣布里吉德节,象征辟邪和保护。

一个装满十字的柳条筐去参加弥撒，神父会在圣坛上向她致谢。

七岁那年，我想给她帮忙。长着灯芯草的那片地叫作沼泽——靴子踩上去吧唧响的童年中间地带，我一直都没弄清楚围着我的那片草到底生长在地上还是湖里。过去，我常常想象有河马泡在灯芯草草丛后面。

妈妈用剪刀利索地剪下灯芯草，把它们绑成一捆一捆的，装进一个粗麻布袋。我跟在她后面，试着自己拔灯芯草，但它们就是纹丝不动。通常，我越是努力讨好妈妈，她对我就越没耐心，但这次她忍了我，因为外公在附近挪围栏。我问能不能帮忙，她让我跟在后面拖那只装灯芯草的袋子。

我们带着灯芯草回到家。我尽量不出声，但就连我的沉默都能把她惹恼。

"出去玩，黛比。"

"但我想帮忙。"

"我不需要帮忙。"

"求你啦妈咪。我会很乖的。"

"我没空教你怎么编。"

"我知道怎么编，我们在学校里用烟斗通条编过。"我得意地冲她笑笑。

她从桌上抄起灯芯草就朝自己屋里走，那捆草像婴儿一样被她抱在怀里。

"我想帮忙，求你了，妈咪。"我开始哭，她开始跑。我追着她在走廊一路跑，伸手不让她关门，但她把门摔上了。我的手突然痛得眼前一黑。

※ ※ ※

那天，我失去了两根手指的末端——左手的中指和无名指。比利带我去了医院。等我们回到家，妈妈没提我的伤情，却给我泡了杯茶。那天夜里，她趁我熟睡把一封信塞到我枕头底下。这封信佯装道歉，实际上，她解释了为什么出现那种状况是我的错。

礼拜天，妈妈带着圣布里吉德十字去参加弥撒，神父在圣坛上向她致谢。人们出教堂回家时各拿走一个。这种十字是放在门廊上保护全家人免遭伤害的。

水做梦的地方

妈妈死缠烂打，詹姆斯只好同意带我们去海滩。刮着风，下着雨，湿漉漉的一天。大晴天，妈妈绝不会起兴去海滩。天气越糟，她下海游泳的冲动就越强烈。这个想法是宙斯用闪电劈进她脑袋里的，他的雷声怂恿着她。今天的天气既疯狂到让妈妈想去，也安全到詹姆斯同意带她去。

"左转。往左！"妈妈说着替詹姆斯打开转向指示灯。

"你说我另一个左边吗？也就是我的右边？"

"不，左边！"

"梅芙，你想开吗？"

妈妈把詹姆斯的手从她膝盖上挪走。眼下他们的情绪都很坏。妈妈和詹姆斯只会因为"紫罗兰"发生争执。"紫罗兰"是辆九八款紫色丰田小福星。有一天，比利去找一个人谈买狗[①]的事情，带回来的却是"紫罗兰"。每年爱尔兰

[①] See a man about a dog，意思是去去就来，鉴于书中该词组涉及儿时的误解，文中直译呈现。

全国车检，妈妈都要为她祷告。她每次都能勉强通过，詹姆斯手持证书归来，像个自豪的父亲那样拍拍她的引擎盖，眉开眼笑。妈妈喜欢"紫罗兰"，只是不喜欢开着她跑而已。

詹姆斯的狗雅各布开车都比妈妈强。詹姆斯开车时，雅各布坐在他腿上，开心地伸着舌头哼哧，脑袋探出车窗。他傻到家了。按理说，他可是牧羊犬。他还是个小狗崽的时候，詹姆斯就成天唠叨他长大后会成为怎样的好帮手，但长大之后，他只是变得更胖，更懒。如果雅各布是人，他可以当男模——你懂的，那种靠脸吃饭的。糟糕的伙食和健身计划并没有毁掉他的魅力，他的基因非常好。他有点哈士奇血统，毛发浓密发亮——黑白相间，略带棕色，他还有一双大大的金色眼睛。

可我的天啊，他总是把事情搞得一团糟。有一次，他大半夜的把奶牛从地里赶出去了，牛吓得半死，撞破两处电围栏，最后在墓地里踩来踩去，在墓碑和鲜花上到处拉屎。比利半夜把我叫醒，说奶牛闯进墓地了，我可以想象出小母牛如何努力地把屁股塞进侧门，像卡在十字转门的胖夫人一样尴尬地瞪眼。尽管如此，你还是不能当着詹姆斯的面抱怨雅各布。他会像护着妈妈那样护着雅各布的。

在我的印象里，詹姆斯一直在教妈妈开车。从理论的层面上来说，妈妈知道怎么开车。她很懂车，这同一些人痴迷"世界大战"不无相似之处——可以抽象地探讨，却不见得乐意身在其中。打开引擎盖，她能说出每个零部件和它们的功用。可让她点火,她就会瞬间凝固。她会开启自我防御模式。詹姆斯称之为"非理性恐惧"。她却坚称自己是理性的。他们时不时就会为此争论。

"梅芙,要是你看不惯我开车,为什么不自己来开?"

"你不明白。"

"为什么我能开你就不能?"

"你能看清东西之间的界线,我不行。朝挡风玻璃外面望,我看不见把两样东西分隔开的线条。东西在我脑袋里糊成一团。"

❋ ❋ ❋

妈妈自己只开过一次,是去弥撒。两百米而已,但对她来说却是光辉时刻。她把车停在教堂外,给了詹姆斯一个大大的拥抱。詹姆斯吻了吻她的头顶。

弥撒过后,她朝我们家大门开时转弯打过头了,车撞到墙上,正好撞在那个十九岁男孩死去的地方。我们把"紫罗兰"送到修理处,她蹦蹦跳跳地回来了,但妈妈却没有恢复。从那以后,詹姆斯不再教她开车。

❋ ❋ ❋

一到停车场我就胸口一沉。我讨厌海滩活动。一想到沙子夹在脚趾间我就发怵。妈妈却要在沙子里打滚。还把它撒到自己头上。从海滩回来几天过后,她还会把手伸进裤子里,因为发现屁股缝儿里藏着沙子而微笑。

唯有妈妈对大海的热情才能压过她在屁股缝儿里发现沙子的热情。她总会没完没了地说,人体是多么神奇,居然可以适应海洋的水温。水一拍到她的脚趾,她的肺就会苏醒。潜入水中时,她念起大海不同分层的名字。"日光层,暮光层,午夜层,深渊……"她等到自己做好准备,就把脑袋泡进水中低语:"冬之冥后普西芬尼[①]的超深渊。"

✤ ✤ ✤

妈妈说她喜欢在大海里游泳,但实际上她根本不游。她不会。她只是站在海里。詹姆斯犯了个错——去年圣诞节送她游泳课当礼物。她只去了一次就生着闷气回来了,詹姆斯努力掩饰自己的失望之情。她说教练不喜欢她。

"我们还要在头上戴安全套——那种把头发从我头皮上扯开的橡胶玩意儿。水是死的。每个人都盯着我看。"

"那下次就别去了。"我说。

"你觉得詹姆斯能理解吗?"

"当然。"我说,尽管我希望他无法理解。

[①] 古希腊神话中宙斯和得墨忒耳之女,冥王哈得斯将其绑架娶为冥后,但允许她每年离开冥府一段时日重返人间,以此维持四季的正常运转。

我希望他们为这事吵起来。但詹姆斯当然可以理解。他甚至因为她讨厌其他人看自己穿泳装而觉得她愈发可爱。那又是另一件事了。为了上游泳课，妈妈要买泳装。她去海里游泳，是赤身裸体地进去，就像出生时那样。

※ ※ ※

詹姆斯不停地劝我跟他们一起下水，但和妈妈一起裸泳想来还是太可怕了。我努力不看她脱衣，却依然忍不住去看她那平坦的小腹、脊椎底部的腰窝、后背的曲线还有异常活泼的胸部。她阴毛不多——和她胳膊上的汗毛一样纤细金黄。

詹姆斯不会光着身子下水。总之下水前不会。至于进去以后会发生什么我就不清楚了，不知道她会不会把他的泳裤扒了。他们接吻。妈妈用自己包裹他。他很喜欢那样。

※ ※ ※

我是来海滩捡贝壳的。我们家窗台上到处是各种海滩上的战利品——鸟蛤、竹蛏、扇贝、蛤蜊、蛾螺、玉黍螺……浴室里有一碗宝贝贝壳。妈妈把最好的贝壳留给"圣体龛"窗台——条纹帘蛤、长鼻螺，像小小瓷蝴蝶一样张开翅膀的樱蛤。我从"圣体龛"的窗台上偷过一只鹅足螺放在自己枕头底下。第二天早上醒来后,我发现它不见了。枕头下空留细细的沙痕。我想象着是牙仙[①]把它从我合拢的拳头里撬走还回"圣体龛"的。

我们曾捡到过一只女王凤凰螺。妈妈说,如果我把它贴在耳边,就能听到海浪的声音。然后她告诉我,其实我真正听到的是自己的脉搏——我身体里的那片海。

❋ ❋ ❋

潮已退去。妈妈和詹姆斯所站之处海水只没到膝盖,但浪花依然很有冲击力——那是一堵堵崩塌的墙,企图将他们撞倒。我降低视线,开始在一片零碎中翻拣。有些贝壳和蛋壳一样单薄,有些和牙齿一样厚实。我跳过竹蛏、贻贝和鸟蛤——它们只是大海的小卒子而已。换作小时候,我这会儿肯定已经大丰收了——每只鸟蛤都是宝——不过我现在更有鉴赏家的做派,只弯腰查看最稀奇的。有些根本就不是贝壳。啤酒瓶的玻璃碎片被大海收留,那些平平常常的棱角被洗得干净而奇异。某次我觉得捡到了一块骨头。我不敢拿给比利看,生怕他跟我说那是某种更平常的东西。

[①] 传说中趁孩子们熟睡取走他们放在枕头下的脱落牙齿、留下硬币的人物。

※ ※ ※

我在想那个弥撒时站在后面的男孩。他总是一直站着。他那么酷,才不会坐下呢。他更喜欢站着晃悠,以此表明自己的不可知论。弥撒时我和他调情。准确地说,试着调情。我偷偷瞥他。每当四目相接,我就会发慌,然后移开视线。这样真是又蠢又吓人。说实话,很尴尬。

中学的时候我们是同校同班的,但我从不跟他说话。我现在依然会下意识地回避他。每次被迫和他互动,我都担心会打破我们之间的某种东西,可以说我害怕我会擅自闯入现实。就连迷恋他都缺乏原创性——人人都迷恋他。所以我生他的气,因为他将我变成了一种陈词滥调,哪怕我们并没有像样地聊过天。

从前,我们每天早晨都会在储物柜旁把书包靠在一起。一想到它们整天都躺在彼此身边我就高兴。这令人感到慰藉。毕业了,我很是想念。比利说把升学考试叫作"离开[①]"太伤感了。从学校毕业是一件奇怪的伤心事。

我最怀念的是那个没和我说过话的男孩。我对他的幻想仅停留于校园之内,那里像一座日渐被侵蚀的记忆陵墓。能让我重温这个白日梦的唯一途径,就是在弥撒上见到他,

---

[①] 爱尔兰高中毕业证书称"Leaving Certificate",高中毕业参加的考试则称为"Leaving Certificate Examination",字面意思即"离开证书考试"。

把他的形象转移到海滩这类地方来。我望着妈妈和詹姆斯，努力想象他和我。在现实生活中跟他说话会让我觉得难以承受，此刻我却可以在想象中为他全裸。我在大海里吻他。

我俯身从沙子里拔出一根白色的羽毛。它很小，毛茸茸的。我把它包在一张纸巾里，放进口袋，就像私藏了一个秘密。

※ ※ ※

我在矮石墙上垫一块毛巾坐下，膝盖抱在胸前。风把夹克衫的连衣帽吸到脑袋一侧，感觉像被兜在帐篷里。妈妈和詹姆斯出水，瑟瑟发抖地去拿毛巾。詹姆斯冲向汽车拿东西。

"感觉怎么样？"我问。

"太棒了。"妈妈答道。

"真他妈的冷。"詹姆斯喊道。

他去后备厢取出大购物袋。里面有包在锡纸里的三角火腿三明治，还有奶酪洋葱味的泰托薯片[1]、一只茶壶、一包巧克力消化饼干、两瓶热水。他在茶壶里倒满水，把妈妈的羊毛帽盖在顶上，像个保温茶壶套。

我将视线从正在穿衣的妈妈身上移开，把夹在我三明治

---

[1] Tayto，爱尔兰深受欢迎的薯片品牌。

里的薯片压碎。她拉起毛茸茸的夹克。最后戴上这顶被茶壶烘暖的羊毛帽。

"黛布丝,这儿有好贝壳吗?"詹姆斯问。

"还行。"

"我发现了一些不错的疣荔枝螺。"妈妈说。

"可它们都一副备受摧残的样子。"

"还记得我因为你那篇海滩故事被叫到学校去的那次吗?"妈妈问。

"嗯。"我很惊讶,她居然还记得。我很想知道她会怎样添油加醋地讲给詹姆斯听。

※ ※ ※

大概是我八岁那年,妈妈发现我在海滩上抓了一把贝壳。我问她能不能把它们留下,她说如果我能记住它们的名字就可以。

"名字是有魔力的,"她说,"给东西取名字很重要——否则它们就不存在。你能想象我叫你菲奥娜或路易丝吗?"我摇摇头,八岁的我一想到存在其他的"我"就觉得恐怖。

我们从海滩回来后的那一周,妈妈被叫到学校里去了,老师要跟她谈谈我写的一个故事,故事的题目叫"我的暑假"。在我暖心的旅程中,我成天在海滩上收集和鉴别贝壳,直到妈妈喊我回家。每次妈妈都会用不同的名字呼唤我，比如"菲奥娜""路易丝"什么的，喊到别的名字时我就分身两半，被叫错的那一半走进大海。故事的结尾，死亡率奇高。老师指着页面上的一个词让我念。"自杀。"我说，因为自己知道如此艰深的词而自豪。

妈妈和老师见完面，回家时面带微笑。她为我俩各泡了一杯茶，像跟成年人说话那样和我探讨故事。

"那些女孩们 —— 她们应该走进海洋，"她说，"而不是大海。"

我点点头。

"海洋，"她又说一遍，"别叫它大海 —— 太俗了。用恰当的名字。叫它海洋。"

"海洋。"我试着说。

"好多了不是吗？你可以在嘴里尝到它的声音。"

✳ ✳ ✳

那天夜里，她在我枕头下留了一封信，用兴奋的潦草字迹书就。文字我早已熟读成诵，尽管不太确定它们到底是什么意思：

> 海洋。大声说出来。你可以在嘴里尝到它的声音。海洋（ocean）这个词来自希腊海神俄刻阿诺斯（Oceanus），他巨大的水体包裹着地球。无论水身在何

方，最终都能找到回家的路，回到自己的身体里，在海浪平稳的呼吸中被摇睡着。海洋是水做梦的地方。

睡着的时候，我们会前往一个词语消解并失去意义的地方，如同雨水落进海洋。雨一旦滴落海面，就不再是雨。做梦的人一旦进入梦境，就不再是做梦的人。唯有梦。

赐 福

我们从海滩回到家，詹姆斯去挤奶，我们花上一个半小时为墓园礼拜天做准备。每个人都会突然造访墓园，参加一年一度的户外晚间弥撒。这是一项既新奇又艰辛的活动——沉默的朝圣和全世界最无聊的户外音乐会在此结合。我们在逝去的亲人之上站一个小时，好事地窥探别人家的墓碑维护得怎样。

错落的墓碑整齐地排成行。小山顶上有一座大大的木十字架——四米高，两米宽——规格明显是参照了髑髅地[①]背负的十字架。从前，这座十字架上有一尊真人大小的基督像，但有某个蠢货把他抢走了，空留一只孤独的左手钉在十字上。

这位神父是第一次主持墓园礼拜天，一看就知道。他

---

① 耶稣被钉死在十字架上的地方。

的双脚在福特全顺[①]尾部拖车搭起的简易圣坛上颤颤巍巍。不过他是个很有风度的人。约翰神父身材瘦小，菲律宾人。他和蔼可亲，不炫耀智商，就像担任圣职的路易斯·泰鲁[②]，这个社区很快就喜欢上了他。足球队成功把他收编。事实证明，他是个干净利落的边锋。他似乎也很享受周六晚上跟小伙子们一起出去喝酒，顺着他们说那个"明早弥撒见"的老掉牙玩笑。

　　墓园祝福一直都是糟糕的表演，但今年的表现差到了极点。合唱团想用莱昂纳德·科恩[③]的歌曲替代赞美诗糊弄过去。《哈利路亚》[④]是透过发挥状态不稳定的话筒尖叫出来的。他们唱到把他"绑上厨房椅"那一句。詹姆斯用胳膊肘碰碰妈妈，小声说些什么，他们两人都轻轻地笑起来，肩膀颤动。

　　人们当然会注意到詹姆斯站在我们家墓地这边，没站到自己家墓地跟前。他挤奶耽误了时间，我们家的墓地离门更近，所以他正好溜进来站在妈妈身边。他母亲雪莉一张臭脸，但她从来不说他。

————————

① Ford Transit，汽车品牌。
② Louis Theroux，1970年生于新加坡的编剧、制片人、导演，拍摄过关于厌食症、酒瘾患者、跨性别儿童和自闭症等特殊人群和社会话题的纪录片。
③ Leonard Cohen（1934—2016），加拿大著名诗人、小说家、创作歌手，常在作品中综合探讨宗教、爱情和人际关系等主题。
④ 科恩原创歌曲，其中一句歌词是："She tied you to her kitchen chair."（她把你绑上她的厨房椅。）

我嫉妒妈妈能站在詹姆斯边上。他本人似乎就是地心引力，高高大大，宽阔的肩膀，有力的大手。我们的小吉姆，手跟铲子似的，比利说。只有比利不喊詹姆斯的大名。吉姆，吉米，小吉姆。如果他喊"詹姆斯"，那就是在讽刺——往往是为了逗弄妈妈。这是在展示权力，我觉得。光听他们说话，谁都会以为詹姆斯才是农场的主人。他是发号施令的人。来后门叫人的从来都不找比利，总是叫詹姆斯。詹姆斯来之前，他们找我外公。比利喜欢那样。院子里要是出了什么状况，责任都不在他。

我们站在我外祖父母坟前。我是以我外婆的名字"黛博拉"命名的。看到自己的名字刻在墓碑上感觉有点怪。家里人告诉我，外婆是在睡梦中去世的。后来我才知道是用药过量。没人跟我直说，这是从比利醉酒后多愁善感的言论推断出来的。

再后来，我听说了那件事，得知某天晚上小酒馆快关门时教堂圣器保管员贝蒂对比利说了什么。贝蒂是个紧张兮兮的小个子女人，喝酒总是控制不住自己。比利逗她开心，她却突然喊起来，说黛比·怀特是魔鬼的婊子，不该被埋在神圣的教堂墓地里。比利直截了当地告诉她，要是她敢再说一个关于他母亲的字，就请自选一扇窗户——被丢出去。在酒馆里，他们依然尊称比利"选一扇窗户"。

约翰神父开始巡回，踏着拖车的台阶走下来，朝墓上洒圣水。九十高龄的科赫兰夫人在轮椅里，是被人推到墓碑边上来的，一整条厚被子拉到她的下颌处。她看起来好像快要在她丈夫身边躺下了。

比利不信教。这是他为了给父母扫墓每年唯一参加的弥撒。他会把墓地打扫干净，给花浇水。圣诞节，他会为他们献上圣诞花。眼下装点墓碑的是一盆黄色报春花。报春花是我外婆最喜欢的花。

※ ※ ※

我不是来看外祖父母的。我想看一眼弥撒时站在后面的那个男孩。我看到他和家人一起走进来了。他穿着沃特福德的运动衫和牛仔裤。他的皮肤晒成了棕褐色，绝不可能是在爱尔兰消夏晒的。他肯定去了别的地方。我望着他祖父的墓。他躲在墓碑后面，但我恰好能看见他的胳膊肘。如果说我见过圣胳膊肘，那么非它莫属。

他好像感觉到我在望他，因为他挪进了我的视线。我往别处看。结果我和从前的钢琴老师奥德丽·基恩四目相对。她微微一笑，又低头看自己的脚。没有报以微笑，我有点儿内疚。奥德丽·基恩拥有我心目中最棒的卫生间。我以前会把大半节钢琴课都用来上厕所。她肯定觉得我膀胱有问题。我记得自己曾把食指掘进水箱顶部香薰蜡烛的蜡块里，把上蜡的指头伸到水龙头下面，惊叹于隔着蜡层居然无法感知水流。

有人跟比利说奥德丽·基恩在接受康复治疗，从那以后比利就不带我去学琴了。在我们教区，只要你没接受治疗，当个酒鬼也能被人接受。在这里，嗜酒是一种生存方式。如果奥德丽一直默默地在家喝，人们还是会送孩子去学琴的。奥德丽的麻烦在于她承认自己有麻烦，麻烦在于人人都爱的酒。

我想象不出我钢琴老师醉酒的模样，想破脑袋也想不出来。从前我夜里躺在床上时会努力将那位柔声细语、手指修长、穿戴整洁、耐心给我示范 C 大调音阶的女士，同酒馆里我知道的那些醉眼蒙眬的啤酒肚男人联系起来。完成康复治疗后，她用于打扮的精力要少得多。她任由头发变灰。我觉得这很适合她。我很好奇她戒酒多长时间了，到底有没有真正戒掉。

月亮早早地露脸。新月滑入天空，如同一枚硬币从投币口滚落。我感到一滴雨落在面颊上，骂起没有撑到弥撒结束的好天气。我等着更多的雨点落下，却没有等来。这感觉意味深长——那是一片微云从天空落下，如同赐福。

穿落难裤的少女

　　每天我至少都会把学生卡、钱包或手机弄丢一次。每次都一样。我拍拍口袋。摸索摸索外套。我倒出包里所有东西。各种念头都在赛跑，我的大脑超负荷，我无法正常呼吸。我感到脸越来越烫。我的喉咙里好像有个肿块，我的手瑟瑟发抖，我似乎与周围的一切都脱节了。我飞奔或疾走，不知所往。我没去上课是因为在找学生卡。我一整天都没吃东西，直到最终在康诺利站的失物招领处寻回手机。我拥抱了某家星巴克在卫生间里捡到我钱包的咖啡师。每次团聚都激动人心，漫长的分别后更是如此。我看着它们，保证说这绝对是最后一次。说我会好好爱惜它们。我像个不靠谱的父亲那样，发誓绝不会再次离开它们。

✳ ✳ ✳

  值班室的那个人应该已经认识我了,但我还是得指着窗内展示的那一排待认领学生卡中的自己。

  "那个是我。"我说。照片里的我看起来像个小孩子。

  他把学生卡从窗口下面滑出来。

  "非常感谢。"我说,"我保证不会再把它弄丢了。"

  他抿一口咖啡,继续和身边的人聊天。

  我的手一摸到那张塑料卡,呼吸就恢复正常了。

  我朝推拉门边上的楼厅走去,但一节课刚好结束,我只得停下来让人群鱼贯通过。他们都在大笑——所有的人都在——享受着美好时光,而我,自己一个人跌跌撞撞,失魂落魄。

  我甚至都搞不明白自己为什么会惊慌。没什么好慌的。我的时间都耗在丢东西和找东西上。我开始怀疑,从某种层面上来说,我是不是故意的。我卡在一个恶性循环里。这是最枯燥的自我破坏形式。

  我去厕所喘口气。我排进队伍,瞥见镜中的自己。眼睛下方有青色的阴影。不断的自我折磨让我筋疲力尽。上大学之后我睡得更多,但那是让人越睡越累的睡眠。我在睡觉这方面的成绩快赶上妈妈了。昨晚我睡了十四个小时,可一到家就继续犯困。

  我把手盖在脸上,让面颊冷却。一位女士从隔间出来。

69

我迅速走向那片自由空间,将全世界屏蔽在外。我坐到马桶上,等自己恢复常态。

※ ※ ※

文科大楼外面的长凳是为小团体、吸烟者还有老练觅食的鸽子们准备的。就连鸽子都能吓到我。

"黛比!"

肯定是赞茜。我唯一的朋友。朋友?熟人?知道我名字的人?我转过身,却没有看见她。

"黛比!"

"噢,嗨!"

她和一个男孩坐在某条长凳上。男孩的胳膊搂着她。

"黛比,这是格里芬①。"

"很高兴认识你,黛比。"格里芬伸出手,我握了一下。我尴尬地站在那里,直到他指指凳子另一侧。"坐呀。"

我溜到板凳上。感觉像在面试。

"大一的?"他指着我的《诺顿美国文学选集》说。

"是啊。"

他点点头。"你知道这玩意在二手书店差不多十块就能到手吧?"

---

① Griffin,这个词在英文里也有狮身鹰首有翼兽的意思,本书用于该人物命名或为作者刻意为之。

"啊?我刚在霍奇斯·费吉思①花了一大笔钱买的!"

他们笑起来。

"也可能是其他什么该死的名字。"我脸红了,知道肯定是把名字说错了。

"你可以退啊。"

"那也不容易。说实话,他们态度真的挺好的。我还在我的会员卡上盖了几枚印花。"

"太真实了。每次去我都想把整个店买下来。新书闻起来是无与伦比的。"赞茜说。

格里芬嗅嗅我的包。"闻起来很贵。"他说着把烟灰从他的烟上弹走。

"你也是英文专业吗?"我问。

"哦天啊不是,我读完大学还想找工作呢。无意冒犯。我学物理的,最后一年了。"

"听起来很有意思。"

"的确。"

"格里夫②是个天才,"赞茜说,"他还拿奖学金呢。"

"奖学金?"

"我大二参加的奖学金考试。谁都可以考。如果考得好,学费不用自己交,食宿免费。还发点钱。真是件好事。"

---

① Hoggis Fidges,实为都柏林的霍吉斯·费奇思(Hodges Figgis)书店,黛比把两词中间的发音弄颠倒了。
② 格里芬的昵称。

"噢。"我默默记下要申请奖学金,一定要不惜代价地拿到它。

格里芬看起来像是甲壳虫乐队某个成员的青春期儿子。他有一头毛蓬蓬的卷发。一条硬币项链在他胸毛上荡悠。

"格里芬你是哪里人?"

"阿迪,劳斯郡①的。"

"你听起来不像阿迪人呢。"

"哇,谢谢。"

"我们那边有个打马掌的是阿迪人。"

"谁?"

"打马掌的。我不知道他叫什么。但他的口音特别逗。"

"你很少做自我介绍吧?你跳过了所有关于农业背景的介绍,直接说打马掌的。"他似乎竭尽所能让我尴尬。

"所以你已经想好毕业后做什么了?"我问。

"我想来想去还是打算专注于海洋学。"

"哇哦,研究气候变化什么的吗?"

"我读博打算专攻冰河世纪 —— 冰盖是怎样形成的,还有它们最后为什么会消退。"

"厉害。"

"他还是助教呢。"他的官方发言人赞茜说。

"偶尔。工资不多,但可以让我不愁吃穿。"

---

① 爱尔兰东北部一郡,北接英国北爱尔兰。

"我们真该去喝几杯，"赞茜说，"黛比，跟我们一起喝。"

"我就不了。我得回家。詹姆斯过生日。"

"噢，真好！没事，下次一起。"她转向格里芬。"你来陪我喝。"

"我得回家换身衣服。"格里芬说。

"瞎说，你看起来棒极了。"

"你这条牛仔裤真不错。"我说。

"谢谢。"他摸摸黑色破洞牛仔布中间裸露的膝盖。"这条是新的。汤米·希尔费格[①]。标签上说这条裤子落难了[②]。"

"它的存在感可真强啊。"

"你就是我那穿落难裤的少女。"赞茜说着揉乱他的头发。"多少钱？"

"不记得了。两百块？"

"你知道这玩意在二手慈善店差不多十块就能到手吧？"我说。

"哦——！"赞茜戳戳他的肚子。

他露出微笑，却想不出该拿什么来回敬我。

我道别离开，感觉自己扳回了一局。

---

① Tommy Hilfiger，美国高端休闲品牌。
② "distressed"既可表示"困难的；忧虑的"，也可表示"（面料）磨损仿旧"。英文中"a damsel in distress"指等待被男英雄搭救的落难年轻女子，后文赞茜一语双关，将格里芬称为"a damsel in distressed"。

二十五

　　我脑袋喝得昏昏沉沉，所以我任由它耷拉下去。我瘫在马桶座上，直到肚子贴着大腿内侧。我颠倒着看见自己几小时前第一次剃毛的某部位。此前我只是修剪 —— 用手指理顺硬毛，像母亲给宝宝剪卷毛那样修理。我在想，是不是每个人这部分修完之后都像拔了毛的鸡似的 —— 解冻后是粉色的，带着红点。唇部依然残留着象鼻末梢般的剃毛器刮不到的毛。一条舌头歪斜出来。以前我都没注意过它。很难相信它竟然一直都存在，在那一丛大胡子里探头探脑。

　　我希望厕所里还有其他女孩和我在一起，就像所有人都挤在一个小隔间里喝下各自手包里的小瓶酒然后轮流小解时那样。褪了毛却无人欣赏似乎是一种浪费 —— 甚至没有醉酒的姑娘 —— 来鬼鬼祟祟地偷看我把自己收拾得多整洁。我通常会等到最后一秒突然拉下内裤，夹紧大腿隐藏鸟窝，或干脆在外面等着，假装和坐在椅子上递出方块厕纸、保卫手头除臭剂和薄荷糖藏品的厕所保洁员展开友好的交谈。

不过我也没有什么女性朋友。学校里有些女孩会像容忍流浪猫那样容忍我。我最多只混进过一个在活动板房后面游荡的小团体，但这个小团体里男女都有。这仅持续了几个月。我去那里只是为了和那群人中的一个男孩厮混，他有了女朋友以后我们仍旧是普通朋友。他依然会试图往我嘴里丢彩虹糖，直到他女朋友勒令他不再这么做。然后他们开始去商店吃午饭，我也不敢跟着他们了，就自己一个人待在活动板房那边读书。

我细细查看从自己身体里喷出来的东西，然后再把它冲走。湿漉漉的金色上嘶嘶冒着泡，好像啤酒沫。我在马桶座上蠕动，开始甩头发，第一次是为了让它蓬起来，再来几下是为了找刺激——直到我一头撞在小隔间的墙上。

卡西迪酒馆的厕所有着冬日牛棚的魅力。一只鸟儿在天花板的角落里筑了巢，鸟粪在墙壁的瓷砖上飞溅。不过，我发现，为了给詹姆斯庆生，雪莉还是奢侈地拿出了一整块新肥皂。水龙头的顶盖掉在水池里，要拧一只生锈的钉子才能开出冷水。这很讲究技巧，所以每个人都宁愿挨热水烫。水池边摆着一面全身镜。我站在它跟前，被自己孕妇般的形象惊呆。我总会忘记收腹。我穿的是一条黑色无肩带绷带裙，还有一双已经让我脚磨出水泡的高跟鞋。

厕所的灯光不留情面。我的头发扁塌塌、油腻腻的。我眼圈发黑，我面色苍白，我是橘色的，脖子以下是一道道仿冒的日光浴棕褐。我膝盖上有个小疙瘩。我正准备把它挤破，又发现腿上还有没刮干净的汗毛。最让我沮丧的是，为了今晚我已经倾尽全力。我的确下功夫了。决定穿什么真是让我绞尽脑汁。我已经在精神和身体层面准备了好几天——甚至可以说好几周。

我抿了一口伏特加白葡萄酒，再次朝镜子里望去。奏效。那喀索斯①显然是在喝醉的状态下爱上自己的。

我考虑走出去找妈妈，却又不想卷入她与雪莉的新仇。妈妈想把自己给詹姆斯做的蛋糕摆在某张桌子上，但雪莉坚持认为它应该让道，因为她已经准备了一个像模像样的蛋糕。妈妈的蛋糕让人称奇。"2"用的全是煮熟的土豆，"5"则是八块黑面包，都是詹姆斯的最爱。公平地说，土豆是今天煮的，所以很新鲜，妈妈也主动请缨为客人分蛋糕、剥土豆、切面包，满足不同的需求。雪莉则说那会引发一场食物大战，扰乱派对，破坏她的小酒馆。

雪莉和妈妈永远无法和睦共处。这不仅仅是因为妈妈把詹姆斯引上歧途，还因为她们两人之间始终存在着一种奇怪的竞争。或者是嫉妒。我不知道。她们都渴求男性的关注，雪莉在吧台后得到了不少关注。她内心深处那只咯咯叫的母鸡无法容忍妈妈悄悄靠近她的客人们，让他们整夜心烦意乱。这里有个经久不衰的笑话：若是妈妈进门，酒馆打烊得会更早。

---

① 希腊神话中的美少年，因自恋水中倒影，相思而死，变成了以他的名字命名的水仙花。

我扫视人群，寻找比利。我细细观察女士们的脸，如同看相一般全神贯注，好像单从她们的表情就能读出她们爱给私处剃比基尼式，还是更偏向于机场跑道或巴西式。我望着阿兰娜·伯克，想象她那高腰牛仔裤里垫满硅胶。她以前从第四节课就开始用蜡给胳膊褪毛了。

✽ ✽ ✽

哦天啊，他在那儿。

那个弥撒时站在后面的男孩。

✽ ✽ ✽

我朝吧台老客区走。但愿他正在看我。或许，要是我假装他不存在，他就会注意到我。

"嗨——黛比。"一个喝醉的孩子说着跟跟跄跄地朝我走来，把手搭在我肩膀上，好让自己站稳。我记得他是康德伦家的。他肯定才十三岁左右。

"嗨。"我对他搭在我肩膀上的手说。

他尴尬得脸红到耳根，但酒精还是让他口不择言。"有机会跟你睡吗？"他问。

我把他的手从我肩膀上挪开，说："等你到了青春期再来找我吧。"

他那帮朋友们开始大笑，我感觉到自己脸红了，于是便走开。我的心跳加速，跟一个十三岁男孩交锋按理说不至于跳成这样。显然，年轻一辈中肯定已经传开：我愿意跟任何一个有脉搏的东西睡。他们只要开口，或让朋友帮忙开口就行。

我会出于好奇亲吻男孩。我能看出那是不是他们的初吻——通常还真的是，虽说我们现在都十八了。你会大吃一惊的。他们中有些人拿我当碰撞测试假人。还有的以为他们可以随意摸我的胸或把手伸进我的内裤，直到我纠正他们的那些念头。我坚持维护电影分级。曾经有人请求我还原那个倒立的蜘蛛侠之吻。还有个男孩下雨天给我发短信，请求课间在活动板房碰面，我们在雨中接吻。他嘴里弥漫着可怕的口香糖气息，吻后他不停地谢我。我担心他以后再次请求，而我不好意思拒绝。事情就是这样。你一旦开始说"好"，就很难说"不"。我吻过许许多多不喜欢的男孩，仅仅是因为我可怜他们。我为他们从幻想跌入现实的那一刻助力。然而这很悲哀，因为现实湿漉漉的，叫人扫兴。我不是他们的梦中女孩。而我自己也只有一个梦中男孩，他弥撒时站在后面。

一些男孩真的很贴心。汤姆·墨菲吻我前会先摘下眼镜——把它叠起来放在窗台上，那个特别的角度让人觉得它在凝视我们。他牵住我的手，用手抚过我的面颊，然后再把舌头伸进我嘴里。那年我们十四。那可能是我最喜欢的一个吻。我从来没有吻过自己喜欢的男孩。我不知道那会是一种怎样的感觉。

❈ ❈ ❈

音乐停下，DJ喊詹姆斯上台接受二十五个吻。詹姆斯二十一岁生日那年去美国度假了，妈妈总是哀叹他的二十一岁生日没有好好过。以二十一岁的主题过二十五岁的生日，他可能是有史以来的第一人。一群女孩排成队，我本打算加入，但亲吻詹姆斯会很奇怪——哪怕只吻面颊。板棍球队的几个小伙子骑在他身上。我们数到二十三，二十四。詹姆斯站起身来，把妈妈叫上来给了他第二十五个吻。

甜蜜蜜

我登进脸书（Facebook），又一次偷偷点入赞茜的主页。赞茜·伍兹（2345 个好友）。我只有 71 个。我真是饥不择食，即便是小学毕业后就再也没说过话的人发来好友申请我也会同意。理发师、健身私教，为了壮大好友队伍，某天我甚至接受了一个名叫"上帝力量"的组织。好友人数框在括号里，挂在我的名字旁边，压力真不小。

赞茜管理起自己的网络身份似乎毫不费劲。她的头像不是像素化的快乐大头贴——不，不，赞茜可不用这种基本款。她选的是一张鸟儿振翅高飞的黑白照。我翻看她用过的头像。映衬着蓝天的后脑勺。一张她盘腿坐在草地上读《米德尔马契》的俯拍图，耳后别着一朵小雏菊。

她可能一直都是这样做的。在现实生活中见过别人几次就上网跟踪，苦苦哀求他们把她加为好友。我想象她一经介绍就费尽心机、不动声色地问出对方的姓氏。

收到一条消息提醒，我的心跳到嗓子眼。我希望自己可以对这种事情淡定一点。是赞茜发的：

> 嗨，黛比！我们几个人今晚打算去喝两杯，不知道你有没有兴趣。要是晚了不方便回去可以住我家。如果没兴趣不勉强！见面聊×

她的×是"亲亲"那个意思，还是想说"看啊我名字的缩写是多么有特色"？我回复：

> 好啊！你住哪儿？

※ ※ ※

赞茜住在詹姆斯街的一栋公寓里，楼下有一家叫"甜蜜蜜"的成人用品商店。这家店在广告中自称"成人用品店和影院"。我努力不去想象这个影院是什么样。到达前她就警告过我，说有个流浪汉在公寓楼门厅里安营扎寨。我到的时候他正好不在，真是叫人松了口气。我不知道怎么用门禁系统，于是给她发信息："嗨！我在外面了。"几分钟后她推开那扇厚重的绿门。她穿着睡袍，刚淋过浴，头发湿漉漉的。

"嗨！你能来真是太好了！"她冲我咧嘴一笑，填充我们之间本该拥抱的空白。

"谢谢叫上我,你确定我可以在这儿过夜吗?"

"当然!沙发很舒服的。但愿你能接受。"

"当然,太感谢了。"我看看四周脏兮兮的奶油色墙壁和被磨损的棕色地毯。"我不知道为什么总以为你住在学生公寓呢。"

"哦,我倒是想呢。唉,我爸买这间公寓的时候楼下还没成人用品店。他觉得这是投资。"

"地主[①]是你爸?"

"哈哈,他肯定会喜欢这种叫法。让他听起来像个中世纪恶霸。除了我们家的房子之外,这是他唯一的地产了。他是个医生。其实他今晚就在马路对面的急诊值班。"

"真厉害。"我礼貌地微笑。

"是啊。不好意思,我们得爬楼。电梯坏了。"

"挺好,我很不健康,缺乏运动。"

我们来到一条开满门的走廊。听动静就知道哪一间是她家。一只细高跟在门口当楔子。看见它我如释重负。我本来拿不准该穿高跟还是平跟。

四个女孩挤在一间卧室里,各自做着准备。我认出了那个舍友奥尔拉。格里芬在角落里管理音乐播放列表。他们没看到我进来。空间很小。用比利的话来说,连个下脚的地方都没有。一间小小的厨房,一张面朝窗户的长沙发,

---

[①] 英文中"landlord(房东)"也有"地主"的意思。

还有一个似乎更适合安在监狱里的阳台。

赞茜伸出双手。"把这儿当自己家就好。"

"我来猜猜哪间卧室是你的?"

"猜吧。"

我指向离卫生间最近、铺着一床巨大针织毯的那间屋子。

"那么明显?"赞茜问。

"是啊。"我说。她跟在我后面走进屋。书沿着墙边往上堆。她床头柜上摆着香熏棒、一头瓷象和一台老式相机。"那是禄来福来[①]吗?"我问。

"没错,我二十一岁的生日礼物。"

她拿起相机对准我。我本能地抬起手捂脸,感觉自己就像刚走出法庭的罪犯。"你二十一了?"我问。

"嗯——唔,我之前在爱尔兰国立艺术设计学院读了一个艺术专业,然后决定再读一个文科专业。我过着安逸的生活啊。"我认识她那么久,她似乎第一次显得不舒服。

"很不错啊。"我说。我心里舒服点儿了。她入学轻车熟路,是因为以前就练过手。

"你喝什么?我给你拿奥乐齐[②]那种常温波兰啤酒?"

"哦不,那太奢侈了,我有利德尔[③]三欧一瓶的葡萄酒,灌下去应该就跟水似的。"

---

① Rolleiflex,德国相机品牌。
② Aldi,源自德国的连锁超市。
③ Lidl,源自德国的连锁超市,以廉价而著称。

"呀,我们酒杯不够,不过柜子里有马克杯。"
"完美。"我说。

❄ ❄ ❄

直到我脱下外套,其他女孩才注意到我。

"连体装很棒啊。"最令人生畏的那个姑娘说着,上上下下打量了我一番,然后又继续对着镜子弹眼线液。

"谢谢,是我妈妈的。"

"好看。"

她望望镜子里的赞茜。"我们包腿出去还是露腿出去?"

赞茜耸耸肩。"我还没想好。"

这就是我选择穿连体装的原因。它处于包腿和露腿的维度之间。包腿出去意味着走休闲风,穿牛仔裤,搭配好看的上衣。露腿出去就更费心思——剃腿毛,日光浴的棕褐色,还要穿裙子。

"夏洛特·兰普林①。"格里芬歪着脑袋说。他死死盯着我。我感到胸口和脖子上泛起一阵红晕。"略带《爱默戴尔农场》②贝尔·丁格尔的气质。"

---

① Charlotte Rampling,英国女演员,1946 年出生于伦敦,曾在多个影视剧表演奖项中得到提名或摘冠。
② *Emmerdale*,曾作 *Emmerdale Farm*,英国超长肥皂剧,背景设在农场,丁格尔是一名农家女。

"打住，格里夫，你个讨厌鬼。"赞茜说。

"你看起来有点像哈里·斯泰尔斯①。"我对他说。赞茜大笑起来。

"我觉得这么说是在损我。"

"我们今晚去哪儿？"我问。

"工匠俱乐部②。"

"那是哪儿？"

"码头那边。"

"听起来像在采石场里。"

那个令人生畏的女孩在我身边坐下，翘起二郎腿。"这么说你是从真农场来的？"

"还有假农场吗？"

从她的表情我可以看出，她对我印象不错。

※ ※ ※

我用老租客留下的儿童鸭嘴杯喝葡萄酒。杯子是亮粉色的，上面有个公主小姐③。灌下三小杯酒，我的乡巴佬气质

---

① Harry Styles，英国和爱尔兰乐队单向组合（One Direction）成员之一。
② The Workman's Club，都柏林知名俱乐部之一，有众多喜剧、乐队表演等。
③ Little Miss Princess，一套学龄前儿童漫画中的人物，是个穿粉色衣服的小公主。

立马暴露无遗。我在窗台上敲起节奏，教所有人一起唱克里斯蒂·摩尔[①]《别忘了你的铲子》。

※ ※ ※

赞茜换上红色紧身皮裤——穿在普通人身上要遭人笑话的那种——还有一件普普通通的白T恤。一头银色的大象在她脖子上摇摆。她穿着一双匡威。其他女孩一直穿着睡衣喝到现在。她们已经做好头发，画完妆，只等赞茜指示穿着。不出半小时，女孩们就轮流去卫生间换好黑色皮裤、T恤和平底鞋。我觉得自己穿高跟鞋显得很可笑。

赞茜似乎并没注意到自己的影响力。她坐在格里芬膝上喝着她的波兰啤酒。

"所以你们已经在一起啦？"我问道。所有人都大笑起来。格里芬伸手握住我的手。"你真是新人啊，我可太爱你了。"

"你们乡下没有男同吗？"一个女孩问道。

"啊？可你那么帅。"我说。

"我知道，"赞茜揉揉他的卷发，"姑娘们总是问我要多少酒才能把他灌直。"

"趁火打劫，你们这帮人。"格里芬说。

[①] Christy Moore，1945年出生于爱尔兰基尔代尔郡（与黛比家同郡）的民谣原创歌手。

我不可理喻地因为他俩生气——气赞茜设定了休闲装的标准，气格里芬让我误以为他在跟我打情骂俏。我原本坚信他是在跟我暧昧，结果感觉自己蠢透了。

"跟你说，我们刚见面的时候我以为你叫'桑蒂'，"我对赞茜说，"圣诞老人的小名。"

"哦天哪，这名字太适合你了，"格里芬颠着他膝上的赞茜说道，"我们有自己的圣诞老人呢。"

我起身斟酒，赞茜敞开双臂，拍拍自己的大腿。"坐到圣诞老人的膝盖上来。"我遵命，她搂住我的腰。我感到格里芬的胳膊搭在我背上，又继续唱起来。

男朋友

"我的天哪,求你了快醒醒。"

我的睫毛粘在了一起。我用一根手指拨开一只眼。我光着身子躺在一张从没见过的床上,被一个陌生人推醒。

"早啊。"我嘟哝道。

"感谢苍天,终于醒了。我说,实在是对不住,但我真的来不及了。"

"好,再见。"

"我不能把你留在这儿。"

"桑蒂呢?"

"谁?"

"桑蒂。"我皱着眉头说。

他在床边蹲下,看着我。"我得和我妈一起吃午饭,我不能把你留在我床上。"

"噢。"

"所以要是你能赶紧穿上点什么,我会感激不尽的。"

"行啊。"我在床上到处摸索内衣裤。

"在这儿呢。"他说着伸手摸向床的一边，把我的内裤砸到我面前。

"你有平跟鞋可以借我吗？"我含糊地说道。

"没。"

"这种时候我又不能穿高跟鞋跑出去。"

"你将就一下。"

"你是个板棍球手。"我想起来了。

"没错。"他不耐烦地说道。

"你打郡赛的。"

"我在小球队打，很久以前。"

"你用哪种尺寸的球棍？"

"32英寸。"

"不大啊。"

"没错。"

"你现在在哪儿打？"

"要是见我妈迟了我哪儿都打不成了。她会先打断我的腿。"

"你要把脏衣服带给她洗吗？"

他一听这话露出了微笑。"确实有这个打算。"

"我觉得咱俩这关系，见父母还是太早了。"我说。

"那是。"他赞成道。

※ ※ ※

没有尴尬的吻别。他给我指了去火车站的路。出于自尊，我没问我们为何不能乘坐同一种交通工具。他从口袋里掏出车钥匙，点开他那辆高尔夫 TDI 的门，朝市中心的方向驶去。

人们饶有兴味地看着我一路"咯噔咯噔"地走向火车站。胆大妄为给我带来刺激感。暗黑。狂乱。像个恶魔。然后我想起昨夜我在酒馆楼梯上绊倒时格里芬说的一句话。"自尊越低，鞋跟越高。"他肯定以为我醉得听不见。剧痛径直穿透了我酩酊的迷雾。

※ ※ ※

我把头靠在返城列车颤动的窗户上。看看手机。十一个未接来电。赞茜发来一条消息。

黛布丝，你没事吧？

桑蒂。我醒来发现在德拉姆康德拉①，和一个打郡赛的板棍球手在一起。回你家的路上。

---

① Drumcondra，都柏林北郊的一片街区。

哈哈你这个女人不简单。我在烧水了。

脑中编造出来的故事让我感受到了力量。和那个男孩出去——主要是拿他当托词。吻他意味着挺直腰板，摆脱赞茜和格里芬。热薯条灼烧着我的上颚。在路边坐了半天，又在雨中青黑色的街道叫了一辆出租车回了他家。在他们的起居室里和他的舍友玩了一场室内板棍球——肢体极不协调。然后滚到了床上，把我的脑袋靠在他温暖的胸前，什么也不想，也无惧睡眠。

※ ※ ※

我到的时候公寓里只有赞茜。她坐在床上，背靠着两只枕头，像住院病人似的。

"闻起来有男孩的味道。"

"格里夫不怎么算男孩。"

"他昨晚睡这儿的？"

"我们一起在床上晕过去了。我们可能接吻了。但没关系。他是弯的。"

"他到底多弯啊？当真？"

"很弯。"她叹口气，"我一直喜欢他的。然后他告诉我了，我有点松了口气。呀，不是我的问题，是我性别的问题。是不是很傻？"

"我觉得他挺讨厌的。"

"我知道。"她笑起来,"你表现得很明显。"

"哦妈的,我这么明显?"

"是啊,黛比。他知道你觉得他穿天价破洞裤很可笑。"

我耸耸肩。"好吧,他昨晚成功报复我了。"

"他这次又说什么了?"

"他笑我穿高跟鞋。大概是说,低自尊的表现是穿高跟鞋。"

赞茜皱眉。"换我就不会放在心上。格里夫这人挺好玩的。但他难免会嫉妒。"

"他嫉妒我什么呢?"

"你是个有魅力的姑娘,男孩们喜欢你。格里夫喜欢的恰好又是直男。他花了很长时间才接受自己的性取向。他还在努力适应中。"

"噢。"

沉默被壶里开水沸腾的声音填满。它震颤摇摆,然后咔哒跳停。

"你的茶里要加奶吗?"赞茜问。

"我是在奶牛场长大的。"

"噢,那燕麦奶可以吗?我只有这种。其实味道不错呢。是甜的。"

"嗯可以啊。你不能吃乳糖还是怎么的?"

"哈哈,不是。"她脸红了,"我是严格素食主义者。"

我倒吸一口气,佯装惊讶。"真的吗?"

"是啊,我尽量低调行动。"

"这个特点在你们同类里可不多见。"

"我知道,我们就像耶和华见证会成员一样稀罕。对了,那人怎么样?打郡赛的板棍球手?"

"挺好。他找我要号码,我给了个假的。"我撒谎说。

"为什么啊?"

我耸耸肩。"我们根本没有共同点。"

"你怎么知道的?"

"我总是喜欢上跟我没有共同点的男孩。"

"也许你只是没给自己机会去了解他们。"

"也许吧。你呢?"我问,"有男朋友吗?"

"其实还真有一个。上周单独约他了,我们也在发信息。不算太当真,但他挺不错。他在 UCD[①] 学理疗。对了,他也打板棍球,但他主页上根本看不到正脸照片,有点奇怪。只有打球的照片。"她点击屏幕找到头像,然后把手机转给我看。"这张其实看不出来。他戴头盔了。"

"我知道他。"我说。是弥撒时站在后面的那个男孩。"我们以前一个学校的。"

"哦我天!太巧了吧。他怎么样啊?"

但愿她听不见我耳朵里的心跳。"准确地说,我不认识

---

① University College Dublin,爱尔兰都柏林大学。

他。我记得我们几乎没说过话。"

"哦,那你喜欢他吗?"

"什么意思?"

"人怎么样。他人好吗?"

"你见过他了呀。你比我更了解他。"

"他是中后卫吗?他跟我说他是中后卫。"

"我敢保证他不会跟你撒谎的。我好多年没看过板棍球赛了。"我一直在当地报纸上关注他的动态。上周六他因为突破赢了分。

"他好像挺在行的。他总是说得停不下来。看来是真心投入。"

"嗯,是啊。"

"你看过他打比赛吗?"

"应该看过的。很多男孩都挺投入的。他们到哪儿都把球棒带着,连弥撒都要带去。他们进去之前把球棒放在教堂外面,圣餐结束后再去拿。"

"哦天啊,他还去弥撒?太可爱了!"

"是啊,我们那边没什么活动。弥撒更像是一种盯着邻居傻看的社交活动。"

赞茜露出微笑。"你们简直生活在十九世纪。"

"有时候的确是。"

"太不可思议了。很好,我觉得情况听起来不错。我们明天去看电影。我问问他认不认识你。"

"天哪,别。我是说,我们知道对方,但他不认识我。"

"我相信他肯定觉得你超棒。你们村听起来特别可爱。"

"谢谢。只是——"我指着卫生间说,"我得方便一下。"

"你不用告诉我啊。"赞茜说。

"告诉你什么?"我问。

"上厕所?"

"哦抱歉。昨晚喝多了。"我说着关上厕所的门。我的心脏在脑子里怦怦直跳。我的手在发抖。我可不会为一个自己几乎不认识的男孩掉眼泪。是昨晚喝多了,我告诉自己。绝对是。

列　车

本来我今天什么时候坐火车回家都可以，结果偏偏赶在晚高峰到火车站。车厢里满满都是人。高温烤箱。人们开始让渡个人空间。手伸向黄色的柱子或护栏，手指、肩膀、臀部和包挤在一起。我和这些陌生肢体的接触多过了我同家中任何一位家庭成员的肢体接触，而此时列车还没开出康诺利站。

我看见一个 GAA[①] 装备包闪进车厢，我心跳加速——不过不是他。我任由自己想象，如果是他将会发生什么。我们需要向彼此致意。东拉西扯。也许我们的眼睛会危险地对视一秒，然后转向别处，接下来对周围的世界重新进行校准。我们或许只是并肩而立，一言不发，我想知道，他能否听见我的心跳，大脑里是否也会产生同样飘飘然的刺激感。

---

① Gaelic Athletic Association，爱尔兰盖尔运动协会。

一名穿着入时的女子蹬着一双及膝长靴匆匆上车，一路挤向老弱病残孕专座。

"我怀孕了。"她宣布道。

我知道，人人心里都在想同一件事。她怀孕应该没多久。她还在穿高跟鞋，天啊。这节火车车厢里的人没准都先于她大部分亲朋得知这个消息呢。

我很同情三位老人家和那位挂着一副拐的人。一位七十多岁的老太太让座了。那位自称孕妇的女士坐下，翘起二郎腿，拿出一本杂志。我看见一位秃顶男子在咋舌摇头。他遇上我的目光，我把视线移开。别跟爱抱怨的陌生人打交道，我是有过惨痛的经历之后才明白的。

最后我被推挤到一名穿西装的英俊男子身边。他很瘦，体格却非常结实。他看起来很像机动人①，要是机动人在戈尔韦②郊外出生长大——没准某个盖尔语区——应该就是他这个样子。透过那件紧贴他身上的白衬衫，我能分辨出他的胸肌——衬衫像件紧身胸衣——扣子把他紧紧绷在里面。他是火车上少数既没戴耳机也没在看手机的人。他死死盯着地板。

列车缓缓驶入下一站，停下时猛然抽搐了。我撞到了他身上，嘟哝了一句对不起，但他并没有注意到我。我们的肩膀依然在摩擦着。我很疲惫。我把头靠在黄色的立柱上

---

① Action Man，超级英雄类动漫人物。
② Galway，爱尔兰西部港市，戈尔韦郡首府。

打起盹来。

※ ※ ※

列车颠簸了一下继续前行，醒来时我发现自己的脑袋靠在他的肩膀上。

"对不起！"我说着从他身上弹开。

"没事。"他咳了一声，抚平衬衫，"我也打瞌睡了。"

我感到自己脸红了。我还没来得及直视他的眼睛，却感觉我们已经看够了彼此。他挪向车门。我们已经到梅努斯了。列车宣布到站。他按下亮闪闪的绿按钮开门。

※ ※ ※

我现在看他的眼光不同于此前。我辨认他，就像看电影时努力辨认某位在其他影片中出现过的演员一样。他溜进了某一语境，点击进入了我的参照系。我刚刚醒来，睡梦中我潜入了他的脑海。我知道他打算怎样完成这件事。每天下班回家的火车上他都在想。他在计划最佳自杀方案。

这件事将于下个月的某时某刻发生。他会找借口出门，那时他怀孕的妻子正和他家的狗一起躺在L形沙发上看《权力的游戏》。妻子已经习惯他晚间独自一人驾车外出。她鼓励他这么做。她觉得他出门走走是件好事。自从十字韧带拉伤退出超长马拉松训练，他就一直失魂落魄。所以他会像此前许多次那样，开车出去，关掉广播，冲自己大吼大叫。他会让自己大哭，唯一能让他感到慰藉的就是结束这一切。急转冲出车道。一锤定音。他要制造出交通事故的假象，这样他的家人就会好过一些。

※ ※ ※

直觉让我想拍拍他的肩膀，但我选择置之不理。我还能说什么呢？向他传递某种加密信息？给他一个拥抱？我想象的每一个场景，在日常通勤的终点站都会显得过于戏剧化。所以我看着他和其他人一起，穿过十字转门并消失。

梦　魇

我们被人追赶。我们有一群人——我不认识但可以辨认出的人——梦里有时就会发生这种状况。我猜我肯定是跑在最前面的那一个，因为我没有停下来帮助其他人。这个梦轻轻地嘎吱作响，好像有一部分卡在转动的齿轮里，然后我被绞进去了。

我在一个山洞里。我们被铐在一起，一条人链拖着脚步走向一个水箱。他们把我们推进去。很烫——像液态的火焰。我从中游过，赤身裸体地被冲到一片沙滩上。一个小女孩在我肩上披了一条急救毯，好像我刚刚跑完一场马拉松似的，她示意我站进一列晒伤的人中排队等候。

这个地方的环境就像设在温泉度假村里的牙科诊所。我等着被叫到一个戴着圆锥帽的女人跟前去。她揭开我的毯子检查我。然后她拿出一把手术刀，仔细地沿着我的发际线切下去。

她开始揭下我尖叫的脸。带发的头盔像撞碎的椰壳那样从我头颅后面落下。她缓慢、有条不紊地操控手术刀,尽量保证我从头顶到脚后跟的一张皮完整无缺。

❋ ❋ ❋

我尖叫着醒来,摸着自己的脸。我在妈妈床上。她把我拉到她的那一半床垫上,把枕头翻到冰冷的一面。她紧紧抱住我摇晃,轻声在我耳畔哄我保持安静。我哭个不停,她听不清我在说什么,可我不停地重复:"我身体里面有个人,我身体里面有个人,我身体里面有个人……"

海　螺

　　我再一次醒来,手里握着某种又凉又硬的东西贴在耳朵上。是那只平时放在妈妈梳妆台上的海贝壳——一只比我手还大的海螺,上面有白色的涡纹,咧开的粉唇通向一张嘴。我把手指伸进去。内部光滑,近乎湿润,外面却像古瓷碗那样干燥。

　　"早。"妈妈坐在床尾。

　　"为什么?"我举起贝壳问。

　　"我有时候会用。"她耸耸肩,"我没逼你拿。我只是把它放在枕头边,你自己伸手拿过去的,它让你冷静下来了。你睡着的时候扭来扭去的。"她把手背搭到我额头上,"你发烧了。"

　　我感觉晕晕乎乎的。"几点了?"我问。

　　"无所谓。"

　　"我有课呢。"

　　"你记得你怎么来的吗?"

"我做了个噩梦。"我说。

"的确,"她说着从床上把手伸过来握住我的手,"你梦到了别人的梦。"

我从床上坐起来。"哈?"

"你不会以为那个梦是你自己造出来的吧?"

"我天,妈妈,我没事。"

她仔细地打量我,好像我自慰被她抓个正着似的。"我知道你知道那不是你的噩梦。"

我在床上躺下,把枕头盖在脑袋上。"我得上学去了。"

"现在下午两点了。"

"啊?你怎么不把我叫醒?"

"你需要补觉。"

"妈妈,别管我。"

"你在我床上。"

"那好,我走。"我甩开被子把腿悠下床。"你给我下药了吗?"

"啊?我为什么要干那种事?"

"没什么。"我说。

"你怎么会那样想呢?"

"妈妈,对不起。求你了。我做了个噩梦,现在想把它忘了,继续生活——准确地说,继续今天剩下的生活。"

"你没'做'梦。它不属于你。你'看见'了一个梦——见证了它。"她盯着我。"我身体里有个人?"

103

"你给我留午饭了吗?"我问,尽量转移话题。

她一屁股坐在床上。"你已经有很长一段时间没做过那种梦了。"

我一走出那个房间,胃里的恶心感即刻消失了。我想象着面前有一条布满门廊的过道,我在其中穿梭滑行,然后出门去找比利。

起死回生

　　我敲敲旅行拖车的门，可比利不在。桌面上有一台打开的笔记本电脑。银色的 MacBook，蓝色屏保，词语释义漂浮在显示屏上，像鱼在走 T 台，从海底滑过。我轻点触摸板，屏幕亮了起来，脸书的蓝色世界出现在眼前。这台笔记本登入了一个我从来没有见过的账户。头像缩略图是一个身着 20 世纪 40 年代服装的男子，好像来自另一个年代的网络骗子。我点开它。深褐色老照片，一个穿着呢子夹克的老小伙突然跳到我面前。被子从双层床下铺翻滚下来，比利钻了出来。

　　"哦美丽的新世界，有这样的人儿在！"[①]

　　"你在脸书上假扮帕特里克·卡瓦纳[②]？"我问。

[①] 此处引用的是莎士比亚《暴风雨》中 "O brave new world that has such people in it!" 的句子。
[②] Patrick Kavanagh（1904—1967），自学成才的爱尔兰诗人，被认为是 20 世纪最重要的爱尔兰诗人之一。

"我只是让他那种执拗的精神永垂不朽。"

"为什么啊?"

"我问自己,让哪个该死的家伙起死回生入驻网络空间最惨。待选项有:他本人,斯大林,还有叶海亚·汗[1]的眉毛。"

"怪不得,完全说得通了。"

"过来。"他边说边往外面跑。我跟他到门口。他敞开双臂朝着屋顶的卫星信号接受器膜拜。"看啊!我为你带来了全新的维度。也可以说,囚徒爬回山洞,崇拜起某种更加闪亮的新阴影[2]。"

"这花了你多少钱啊?"

"这是什么意思?是在说'谢谢,比利,我不会再向你提出任何可笑的要求,打算接受我读大学的特权了?'"

我露出微笑。"那是我的笔记本吗?"

比利摇摇头。"大小姐。我们得一起用。我还得更新我的悲惨状态呢。"

"你个没出息的,为什么不以你本人的名义注册呢?开玩笑,当我没说。你从哪儿来的这么多钱?"

"努力干活,也可以说,几乎啥也不干。"比利咧嘴笑道,"你妈跟我说你一直躺在床上。"

"我昨天夜里昏过去了。脱离尘世。根本不知道自己睡了多久,然后在她那儿醒了。"

---

[1] Yahya Khan(1917—1980),曾任巴基斯坦总统,眉毛又黑又浓。
[2] 此处暗指柏拉图政治哲学中的"洞穴之喻"。

"你刚刚才醒?这倒是新鲜事儿。"

"嗯。我做了个噩梦。"

比利看着我。"你不会跟你妈说了吧。"

"呃……"

"真他妈的要命,黛比。那是她自以为最懂行的事情。妈的,可千万别怂恿她。"

"我没跟她说。她自己发现的。"

"那她知道了。"

"我在她床上醒过来的。我肯定梦游了。又不是我自己跑去告诉她的。"

"呃好吧,显然是你自己跑去的。"

"睡着的时候我又不能控制自己。"

"又来了。跟你说,黛布丝,别记住你的梦,这是为你好。求你了。我就求你这一件事。"

"这我怎么才能做到?"

"简单。别做梦。这招对我就管用。"

"你是说你不记得你的梦。"

"不,我不记得。你也不该记得,要是你明白什么对你好的话。"

"听起来真像一条健康小贴士:忽略你的梦。"

"这么说吧,宝嘉康蒂[①]。河流一分两半,你划着小小的

[①] 迪士尼动画电影《风中奇缘》(Pocahontas)中努力在英国探险者和北美当地土著之间化解矛盾的原住民公主,片中有她在河中泛舟的场景。

107

独木船。你可以选择平稳的旅途,也可以划向险恶的水路。要是你抓着你妈那种必然翻船的思维死死不放,最后别跑来跟我哭。她病了,黛布丝。别让她把你拉下水。"

"一想到还得睡觉我就怕。"

"你小时候,她跟你说你是见证梦的小天才,把对上帝的恐惧放进你心里。我拼命控制自己才没揍她。"

"我不怎么记得了。"

"很好。别理她。"他拍拍我的背。"现在去吃点东西吧。然后回来教我怎么用优兔(YouTube)。"

牛奶浴

我害怕入睡。我想去敲旅行拖车的门,但我已经不再是小孩子了。我不能再继续盼着卧室窗口的满月了。我试着躲进手机的世界,可网速太慢。枕头凉凉的一面让我觉得脑袋浮在水面上。然后我想起妈妈给我洗牛奶浴的那一次。

我偷偷溜下楼梯,在睡衣上披了一件比利的外套。我打开后门,感受着夜风拂面带来的舒缓感。我的手机电筒照亮了犊棚,它看上去像一座银色城堡。我抓起奶杯和一只空桶。

奶水流出,一道丝滑的涡流拍击着桶底。我感到有人抓住了我的胳膊肘,转身却发现是一头小牛犊在吮吸我的胳膊。他往栅栏后面退。我伸出手,冲他扭扭手指。他又迈上前来,低下脑袋嗅嗅我。终于,他舔了一下我的指尖,让我把手指伸进他嘴里。

我的手指挤不出他想要的牛奶,他越沮丧,吮吸就越粗暴。里面热乎乎的。我能感觉到他上颚的轮廓。我把手抽出来。上面都是口水，湿漉漉的，把我的手指黏在一起。

　　牛奶桶贴着我的腿，我拎着它朝后门走去，感觉沉甸甸的。地里有一头奶牛正在放声哀嚎。我打开电筒找过去，见她跪着，正在产犊。牛犊还在羊膜囊里。我知道情况不妙。通常，那个粉色的小气球会自行爆破，荡在牛尾巴那里晃几个小时，最后啪嗒一声落地，等雅各布来吃。我看着那头奶牛把羊膜囊从自己体内挤出，好像那是一条大章鱼。它滑到草地上，还是黏糊糊的气泡。只要戳一下或捅一下就会爆开。我知道我该叫比利，但我不知道该怎么跟他解释自己为什么会在这个时候来到院子里。无论如何，我筋疲力尽，甚至都无法确定眼前是不是幻觉。

※　※　※

　　我慢慢走上楼梯，努力不让牛奶拍打桶壁。我在浴缸里放满热水，倒入牛奶。它像烟雾般在水下扩散开来。一束干薰衣草浮在水面，草茎交错。妈妈曾用过花园里那种长着漂亮白色花头，看起来像一枝枝满天星的草，但它们会让我起疹子。

　　有一次我做了一个很可怕的噩梦，妈妈给我洗了牛奶浴。我爬上她的床，用我冰冷的脚摩擦她熟睡的腿，把她弄醒了。她睁开眼的那一刻我屏住呼吸，但她并没冲我发火。她叫我下床，领我进了浴室，命令我在她去牛犊棚挤奶的时候把衣服脱了。在清晨的静谧中,我站在浴室地面凉凉的瓷砖上,看着水流从龙头里涌出,胳膊交叉在平坦的胸前。新的鸡皮疙瘩一波接一波地在我后颈泛起。青色的光将一切变蓝。

妈妈回来了,拎着一桶沉甸甸的牛奶,手里还有一把从花园采来的小雏菊。我把它们倒入浴缸,看着它们白色的小伞在水中翻滚起伏,花瓣尖儿染着些许紫色。

她试着教我在水下憋气。我才坚持半秒钟就冒出来了,把水拍出浴缸。她又把我的脑袋按下去,可我咬了她的手指。她揪着我的头发把我拖出来,拔掉浴缸的塞子。我看着下水口把我小雏菊的脑袋吞掉。

"这下你开心了?"她喊道,吼叫声在浴室的四壁中回响。我在狼嚎。"把头闷进水里。"她命令道。"能帮你对付噩梦。"

我努力了。我待在水下,直到炽烈的色彩闪烁,在我眼皮上灼出小洞。等我从水里冒出来,我的喉咙火烧火燎,但妈妈的脾气又变好了。她捞出小雏菊软绵绵的黄色花蕊,在我的后背画圈摩擦。然后她用粗暴而轻快的手法帮我擦干。"这下你可以睡个好觉了,"她说,她的气息扰动我的耳毛,"美美的一觉。"她说的没错。牛奶浴之后,那些梦消散了。

※ ※ ※

　　乳白色的浴水烫到我的脚趾，然后是脚，最后触及下颌，在我的脖颈周围形成一片小湖。乳脂浮到上层，在表面凝结成一座座白色的小岛。蒸汽从浴缸里升起，幻化成不同的形状，我把浴缸塞的链子缠在大脚趾上，越缠越紧，直到疼得恰到好处。

　　我待在水里，弓着腿，泡到指尖的皮肤皱缩成睿智的老妇人那般。那露出水面的膝盖冷冰冰的。我假装自己是躺在棺材里的尸体或赤身裸体的新娘，一捧薰衣草紧握在胸前。我用花束上上下下扫着自己的身体，扭动着，连两条腿后面，每一寸肌肤也不放过。花儿挠着我的脸。

※ ※ ※

　　用淋浴冲洗头发上的牛奶时，终于大哭起来。这是一种释放，一种慰藉，就像睡前触摸到自己的身体，确认我依然还在，我还是我，我还活着。

梯　螺

我醒来发现枕头底下塞了一封信。想必妈妈听见了昨晚的洗浴声。打开信封，一只小小的贝壳滚进我手中。我立刻就认出来了。这是我的最爱之一。它叫梯螺，在荷兰语里是"旋转楼梯"的意思，是根据这种贝壳里面的阶梯结构命名的。

贝壳管用。从海滩捡来。在浴室的水池里洗干净。把它们装进口袋当护身符。耳蜗会倾听。贝壳是思想的化石——骨化的梦。它们知道那种感觉：抛弃自我、空留一间用冰冷骨头建成的回音室、等人来占据。

我把这只白色的小贝壳握在掌心。从外表看，它像一颗长着螺纹的牙齿。朝里面看，却是一道螺旋楼梯，等着睡梦从上面滚下来。

文学理论

  我在大学只学进去一件事：如何隐藏。大部分情况下，我隐藏我的家人。我并非从不谈论他们，在谈话中我始终会提到他们，并把他们伪装成帕特·麦凯布[①]会写的那种人物。所以当赞茜从我笔记本里抽出一页纸的时候我很不高兴。她细细地研读起来，皱着眉头。是妈妈给我写的那封信。关于梯螺的那封。

  "你写的？"

  "不是，还给我。"

  她又看了一遍才还给我。"如果是你写的，你应该拿去投稿。"

  "不是我的。"

  "那谁写的？"

[①] Pat McCabe，1955 年出生的爱尔兰小说家、编剧，多部作品涉及受精神问题和性别问题等方面困扰的边缘人群，代表作有《冥王星早餐》和《屠夫男孩》等。

"我妈妈。"

"她是个诗人吗?"

我笑起来。"她希望是。"

"呀,的确是一篇佳作。"

"都是些蠢话。"

"不,写得很好。"

我不知道她是在逗我还是在损我。"没人会发表的。"

"当然有。我想见见她。你妈妈。"

"你圣诞节就能见到她了。"

赞茜打算放假时去男友家,鉴于他就住在我家附近,我们计划斯蒂芬之夜一起去小酒馆喝热威士忌。我已经想好了要穿哪一身去。

❋ ❋ ❋

今天早上我去健身房了。我的健身房常规运动仅限于跑步机,因为这是我唯一会用的设备。我没有勇气像个白痴那样研究其他器材。我的类固醇也不足以让我进入力量训练区。我怕被那些时髦的肌肉男打趴或推开。

我跑了十公里。有时,我会陷入消极对抗的竞争模式,努力比身边的人跑得更快 —— 如果那人长得好看我更会铆足劲。最后一公里我总是全力冲刺,哪怕感觉已经被掏空,加速只是想证明我依然存在。我的心跳直奔主题。我在这里。我还活着。

❈ ❈ ❈

健身之后我去文科大楼同赞茜和奥尔拉碰面。我们约了一起去野餐，吃特惠组合装薯片和小圆面包。我买了鹰嘴豆泥蘸面包吃。

要是奥尔拉不在就好了。每每赞茜设法将她甩开，我们总能聊得更开心，但她在的时候我们都会容忍她——这么说很不厚道，可事实的确如此。赞茜想办法拖我去练瑜伽。

"我挺乐意去练瑜伽的，"我说，"只是……这太……中产阶级了。"

"你的确是中产阶级啊。"赞茜说。

"不，我不是。我是农民。"

"瞎扯。你在特易购①买鹰嘴豆泥。认了吧。你就是中产阶级。"

"好吧，你也是啊。"

"我知道我享有特权。我已经接受了。我学会了心存感恩。我努力不去厌恶自己。"

"但我家在村里不算特别有钱的那种。"我指出。

"好啦。你有钱上大学，晚上出去买得起便宜的酒，回

---

① Tesco，英国连锁超市，较受中产阶级青睐，商品定价普遍高于之前提及的 Lidl。

家路上还能买一袋薯条。"

"那倒是真的。"我说。

"属于中产阶级不代表你是坏人。"

"只是会把你惯坏。"

"唉,我就是想练个瑜伽,结果却因为中产阶级特权内疚得无法自拔了。"赞茜呻吟道。

"我可没那么说。"

"那你是想说什么呢?"

"没什么。别听我那一套。"我说。

"你现在去上哪一门课?"我收东西准备离开时赞茜问。

"文学理论。"

"你是说,猥琐男词库?"

"要我说,你讲得没错。"

❊ ❊ ❊

讨论课是件苦差事。上次课结束时,助教问我们,依我们之见,法国结构主义者到底是对还是错。紧接其后的是长时间的沉默,我们都专注于如何隐身。有些勇敢的人模糊地晃了晃脑袋,看不出到底是摇头还是点头,就像你不确定某个词该怎么拼的时候草草把两个字母叠在一起都写上去那样。助教呼出一口气,说:"我们都被语言控制住了。耶。"大家互相使眼色,试图寻找恰当的回应方式。我们不确定她是不是在讽刺，但我们都跟着大笑起来。

这一周，我们学习如何运用精神分析理论来解读文本。其他人突然对自己的阅读量自信起来了。整节课变成了一场书呆子气十足、忘乎所以的性暗示宾戈游戏。

"福尔摩斯和华生显然是一对。"

"我同意，字里行间到处是阳具的象征。我是说，烟斗啊，钢笔啊，还有，他们同抽一根雪茄。"

"你怎么看，黛博拉·玛莎？是黛博拉·玛莎吧？"助教注意到了我的沉默。我大意疏忽，注册时把中间名也写上了，听起来更像村姑。

"黛比。"我说。

"黛比，你对用精神分析法解读亚瑟·柯南·道尔有何见解？"

"呃……要是你下定决心到处找小鸡鸡，那么肯定可以找到一大堆。"我的脸直发烫。我引得众人大笑。

"这个论点很有道理。"助教咧嘴一笑。

"呃，这的确是一种见解——但并没有文本或二手评论支撑。"说这话的男孩在讨论马克思主义的那周称，我们生活在一个没有阶级的社会。

"你怎么看……尼科洛？"助教问那个还没发言的男孩——一个爱在文科大楼外面吸手工卷烟的意大利帅哥。

他看起来像是从埃莱娜·费兰特①小说里晃出来的。

"不好意思,问题是什么来着?"他问。

"你觉得到处找小鸡鸡有用吗?"我主动提示。

"不。"他说,看起来松了口气。"我不觉得。"

---

① Elena Ferrante,一位意大利作家的笔名,作者真实身份至今未知,其代表作"那不勒斯四部曲"描述了两名生于意大利那不勒斯穷困社区的女性的人生和友情,其他作品亦多聚焦于女性的选择和命运。

蝙蝠侠

赞茜穿着睡袍，看起来安分得出奇。

"看样子……咱们不出去啦？"我问。

"我不太想去，"赞茜说，"明早我想去图书馆。"

"明白了。"

她不想去是因为她有男朋友了。

"对不住。"她说。

"用不着道歉啊。没什么。"

"你可以叫奥尔拉陪你一起？"她提议道。

我朝奥尔拉的卧室望去。她的门总是关着。

"奥尔拉？她可能都不在家吧？"

"不清楚。"

"你就像跟幽灵合住似的。"

"嘘——没准她在呢。"

"他过来吗？"我问，"如果你们需要点空间我可以回家。"

"不，别犯傻。一般是我去他那里。UCD跑起来太累了，但他的住处比这个小窝可要好多了。"

"我觉得这个小窝不错。"

"谢谢。"

※ ※ ※

赞茜和"我一直都喜欢的男孩"在一起,我适应得挺好。她很少提起她男友,所以我会主动询问进展如何。我会调侃她。我甚至可以面带微笑或咯咯笑出声来,但我绝对无法亲口说出他的名字。

我夜里会失眠。以前我会用对他的幻想来催生安全感,哄自己入睡。我在脑海中执导的不同场景总是以相似的方式结束 —— 并非亲吻或其他什么 —— 而是我的脑袋靠在他的肩膀上,或是他搂住我:是那些迈向亲密的试探性步骤。

我坐在跷跷板上,一头是满怀自我厌恶地跟自己生气,另一头是愤愤不平地跟他生气。我有一个丑陋的想法 —— 他是在利用赞茜,好让我嫉妒,但那只是我的自我潜入了无底的兔子洞,努力探寻着一丝不太可能的希望:他也想着我。

※ ※ ※

我已经养成习惯,像积攒优惠券那样攒下良好的表现,兑换轻松玩耍的一夜。晚上出去意味着能喝酒，而喝酒意味着远离大脑去度假。我很享受它带来的遗忘。兴奋感。如果是晕过去的，我就不会做梦。我醒来会头晕，但在意料之中。我知道会有怎样的感觉。脆弱，但那却是我自己。那个友好、放松、孩子般的我，把一杯水看作地球上最神奇的东西。

格里芬把我的另一面命名为他的"塔兹"，因为他说送我回家就像是在夜晚将尽时拼命把一只塔斯马尼亚恶魔[①]塞进出租车。对付塔兹的妙招就是每周至少出门遛他一次。赞茜说就像遛狗一样，让压抑的能量全部释放出来，让他筋疲力尽。

一般是周三晚上出去。有时候，我们周一或周二也出去，但周三肯定去。今晚纯属例外。我只是理所当然地认为我们会去，所以盼了一整天，甚至可以说是盼了一个礼拜。

"我记得有几个老乡要去科伯斯[②]。"我说。

"哦你真该去看看！"

"说实话，我不确定是不是真的想去。"

没有任何一个同乡女孩联系过我。我在琢磨自己一个人

[①] 即分布于澳大利亚塔斯马尼亚岛的凶狠肉食哺乳动物袋獾，大小如狗，体格壮硕，黑色皮毛。
[②] Coppers，应为"Copper Face Jacks"，都柏林知名夜店，有丰富的活动和音乐表演。

出去的可能性。就算和赞茜一起出去,我们也有可能会在舞池里走散。

"反正你已经把出去玩的衣服带来了。在这里打扮打扮,叫辆车,到那里和她们碰面。"

"等我到那儿估计她们都不清醒了。她们肯定在公交上就喝起来了。"

"那你去店里买瓶酒。在这里边准备边喝。让我来监督你。"

"好。"我说。

"耶!我都为你激动。"

❄ ❄ ❄

晚上出去,光是好看可不够。你的微笑必须不多也不少。否则,一个小伙子就会走过来逗你开心。这种事在吸烟区的确发生了。他自愿充当我的御用喜剧演员,把手搭在我的后腰上。我不知道自己为什么会为他糟糕的笑话而发笑。我觉得只是出于礼貌。当他靠上来想要亲热时,我跟他说自己有男朋友。

"不,你没有。"他说。

"我为什么要编一个出来呢?"我问。

"因为你对我不感兴趣。"

"不是这么一回事。"我撒谎说。

"听着,宝贝。你就像举着一块'开门营业'的霓虹灯牌似的。别担心。只是,听你迈克大叔一句劝。你不该怂恿男人。你早就该打发我去找下一个了,被拒绝我又不会崩溃,我可是成年人。"

"这么说,不宣布自己有男朋友,我就不能跟男的说话啦。"

"啊,但事实是"——他竖起一根指头——"你没有男朋友。"他眨眨眼拍拍我的胳膊。"玩得开心。"

舞厅最帅的男孩穿着一件蝙蝠侠 T 恤。我混在如厕排队时遇到的一群护士中间。我猜他会选那个腿不知道有多长的高个子金发女郎,然而他却和我眉来眼去。

他等到"西城男孩"的伴奏响起才行动。他那群朋友像画维恩图①似的穿进我们这群人中间,而他牵起我的手,假装自己是尚恩②。或尼基,或奇恩。总之他不是马克。他偏爱戏剧化的方式,将一根黑色吸管弯成像是小甜甜布兰妮麦克风别在耳后。他很有意思,高个子,迷人,可能已经和这里大部分女孩都睡过了。但我还是乐意送上门,他表现得好像已经爱上我了。

"你的吻技很不错,"这是我们都停下休息时他对我说的第一句话,"想离开这儿吗?"

---

① 用重叠圆圈表示集合之间逻辑关系的图表。
② 西城男孩成员,后两句中出现的亦为该乐队成员。

❋ ❋ ❋

我坚持先去巴比伦买薯条再回家。我和店员们聊天，承诺带他们参观农场并给他们上一节挤奶示范课。除了那包薯条，他们还送我一瓶水和一顶纸帽子。他握住我的手，惊叹于我的谈话技巧。

"你听起来是个正经姑娘！"

"别大惊小怪，罗伊·基恩①。"我说。

"我是说，你到头来是个靠谱女孩。现在这种女孩可不多见了。"

他是科克人，在UCC②学某个冷门专业。他住在朋友家，所以我们不能回那里。我知道我会把他带回赞茜家，我还很清醒，毫无睡意。

❋ ❋ ❋

我意识到自己在走钢丝。我从没做过爱，但他不需要知道。过去我告诉男生时，他们会瞪着我看，好像我是神话中的某种怪物。他们中有些人不相信我，因为我轻易就会接吻。我不介意尝一尝他们。接吻依然让人感觉纯净而天真。乃至浪漫。接吻是逢场作戏。它让人感到慰藉。超出

---

① Roy Keane，出生于爱尔兰科克的足球运动员。
② University College Cork，爱尔兰国立科克大学。

这种范围就不再是演戏了。是危险。意味着要让另一个人进入。

※ ※ ※

"我话先说在前面,我不会跟你做爱的。"我警告他。

"我天,我没指望——"

"呃,大部分男孩都指望。"

"我天,没有。"

"我也住在朋友家,所以如果我们回她那儿,就得一起睡沙发。除了睡觉其他我什么也不想做。"

"很好啊。我想和你睡。我是说,老老实实睡觉。"

"我是说,总之你不会被睡的。"

"你是个淑女,黛比。绝对是个淑女。"他吻吻我的手。

※ ※ ※

他坐在出租车前面,和司机正经地交谈。下车时他坚持要付钱。杰克在公寓外的睡袋里昏过去了。杰克是赞茜在西蒙社区[①]当义工时认识的,我们邀请他每周一来共进午餐,他是我们桌上这一圈人里面感觉最自在的。他跟我

---

① 流浪人群救助机构。

们说了他赌博的毛病,却没有提及酒瘾。当赞茜开始给他钱的时候,我跟她说他肯定会浪费在喝酒和吸毒上,她说:"要是我睡在街上我也会的。"上周,杰克跟我说我看起来像他女儿。

我在包里翻找赞茜家钥匙的时候,蝙蝠侠弯下腰,往杰克的睡袋里塞了一张二十欧的钞票。我们进屋后,我像模像样地吻了他。因为我真心想吻他。

他开始说话,我示意他别出声。

"对不起!"他压低嗓门喊,进门时绊倒在赞茜的自行车上。

然后我吻他堵他的嘴。我们躺在沙发上,他用一只手解开我的胸衣。这感觉依然很好,直到他伸手去拉我牛仔裤的拉链。

"不行,不行,我都说了。"我说着把他的手推开。

"抱歉,抱歉。"他脱下他的蝙蝠侠T恤和牛仔裤,然后又试图拉我牛仔裤的拉链。

我开始大笑。"不行,我说真的,我不能啊。"

"你来大姨妈了?"

"嗯。"我撒谎说。

他想了想。"我不介意。"

"我介意。"

他可怜巴巴地望着我。"求你啦?"

"不行。"

127

他在沙发上坐起来，对着天花板叹气。"真是要我的命。"

"抱歉，"我说，"但我跟你说了。"

"我知道，我知道。这就是很难呀。说真的。"他指着自己的裤裆。他有点孩子气，但我觉得这很可爱，于是吻他作为弥补。他把我拉到跟前。然后他一把推下短裤，开始往我后脑勺施压。

"不行，不行。"我说。

"哦来吧！"他喊道，"你不能把男人带回家，又什么都不跟他们做。"

"我跟你说了我们只是睡觉。"

"可你还那样吻我？你让我的蛋蛋憋得好难受。你不知道那有多痛苦。"

厨房的灯亮了。赞茜迷迷糊糊地站在门口。"黛布丝，你没事吧？"

"桑蒂，真对不起！"我朝她露出醉眼惺忪的微笑。"我不想吵醒你的。"

"你好啊。"他说着嗖地提起短裤。

她没搭理他。"哦没事，我就是听到说话声了。你还好吧？"

"你好啊。你叫什么名字？"他问。

"谁在问我啊？"她皱起眉头。

"我道歉。我喝多了。你这个朋友把我带回你家，然后，"他用手捂住嘴小声说，"这不是我的错，但她不肯跟我做爱。这没什么。没什么，她只是有点爱挑逗人。"

"深表同情。"赞茜说着捡起他的蝙蝠侠 T 恤和牛仔裤。

"你真美。"他低语道。

赞茜打开窗户把他的衣物扔进夜色中。

"嘿！"他喊着站起来，"你他妈的干吗？你他妈的变态婊子！"

他冲她走去，我怕他会打她。但她一动不动。他们鼻尖挨着鼻尖。

"从我家滚出去。"她说。

"你猜怎么着？我还懒得对你下手呢。"他后退，抄起自己的钱包和鞋子。"我的个天。一对夹紧大腿的婊子，你俩都是。"

出去时他又在她的自行车上绊倒，然后摔门离开。

※ ※ ※

"谢谢。"我说着伏在她的肩头哭起来。

"嘘……"她吻吻我的头顶，前前后后地摇晃我，"来，去我床上睡。"

她牵着我走，给我一包卸妆湿巾。我向镜中望去，我满脸都是睫毛膏。

"谢谢。"我用颤抖的声音说。

我花了很长时间卸妆，重新找回清爽的感觉。

"你没事吧?"赞茜问。

"嗯。"

"黛比,你不会在做那种事儿吧。"

"我知道,我犯蠢了。对不起。"

"没事。我不介意你把男孩带回来。那很棒。只是,你要小心点,懂吗?"

"我以为他还挺好的。"我说。

"好男孩不干那种事。"

"你真有两下子。"

"我知道。"

"你要教教我怎么像你那样。"

"会的。"

她递给我一杯茶。

"天哪,我太爱你了。"我说。

"我也爱你。"

出　分

　　我们的论文分数今天出来，每个人都假装满不在乎。我们似乎都忘了，选这个专业仅仅因为我们都是依赖于外部认可的优等生。我们班很多人的分数足以填报医学专业。我们都开玩笑说，家里吐槽我们没头脑，不去学点更实用的专业。"当个人物，"奥尔拉的妈妈是这么跟她说的，"读大学，当个人物。"我在想，我应该当哪种"人物"，然后耳畔听到比利轻声说："教授。"光是想想我都觉得尴尬。这就相当于说我想当个身穿呢子外套、读着莎士比亚、抽着烟斗的老头吧。

　　我们刚上完一节关于《坎特伯雷故事集》的课，一个穿着高翻领套头衫的男孩就冲向赞茜，把手搭在她的双肩上，说："出分了。"他扶了扶眼镜，匆匆往英文系赶。

　　"我得去趟厕所。"我说。

　　赞茜捏捏我的手。"我等你。"

※ ※ ※

小隔间门背后的比基尼式热蜡脱毛八折广告下方有一处涂鸦：

不管多努力，我最多只能拿二等一。我到底做错了什么？

我胃里那个紧张的结越抽越紧。从开学到现在，小说我没认真读过一个字，迄今为止，我成功地隐瞒了这个事实。我发现，自己在糊弄方面有着不为人知的天赋。上辅导课前，我会用从 SparkNotes① 读来的碎片信息武装自己。我像读取科学事实一样掌握情节发展和人物描述，对不懂装懂沾沾自喜。用网上瞟来的只言片语逗人发笑很简单。我居然能流畅地讨论自己没有读过的文字，蒙混过关，这一点让我自己都惊到了。

我习惯了听人夸我聪明。读中学很容易，因为我从不质疑被投喂的信息。如果历史书告诉我希特勒赢了"二战"我也会信。若不将事实转换成故事要素，我就会觉得它们难以理解。走出小说的领地，光合作用和遗传学我完全无法理解。我对所学知识的实际应用置之不理，反正我也不记得。

---

① 知名文学指南网站，含有大量总结性资料，很多不读原著的学生喜欢用它临时抱佛脚。

真相是：我是个白痴，但为了考试我能扮演知识分子的角色。考前一晚，我把需要讲述的故事细节填进脑袋。我会在卧室里踱步，就像演员在背台词。第二天，我会把这些信息一股脑儿地吐到试卷上然后走出教室，该学的东西已经在我脑袋里彻底抹去。考试拿到 A，我感觉自己得到了认可。这让老师们喜欢我。我自我感觉也不错。

在大学里，我不知道该怎样学习。他们不会像高考备战时那样发放标准答案。这是我们提交的第一篇论文，讨论的是美国文学。在引言部分，我聊起了小时候观看的《风中奇缘》，甚至还在参考文献中列出了这部影片。想到老师边读边笑，我脸红了。但没准这会让人眼前一亮？老师告诉我们，拿一等意味着你对学术思想有所贡献。也许沉闷的学术界少了点迪士尼火花？

※ ※ ※

赞茜和我手挽手朝英文系走去。我们在控制自己的期待。我们讨论了拿二等一的可能性。能拿二等一就很满足了。一等过于奢侈。二等一有希望。我们挤进人群扫视成绩。只有几个人是二等二。正如我们所料，大部分都拿了二等一。公告栏顶上有个"一等"，还有一个"及格"——谁都知道主人是那个敢于在课堂上提出愚蠢问题的大龄学生。

我找到自己的学号。我的第一反应是把手指放上去连到分数,确保自己没看错行,但周围人太多了,我的分数游在一片二等一的海洋中。我的学号附近悬浮着一个"二等二"。我迅速转移视线。我告诉自己别盯着看。它肯定会走开的,跟流浪狗一个道理。别看它。那不是我的。

"满意吗?"我问赞茜。

"嗯,"她说,"你呢?"

"嗯。我要找出拿一等的书呆子,把那人的脑袋摁进马桶里。"

赞茜一脸的尴尬,就像告诉我她是严格素食主义者时那样。

"你个书呆子,是你啊!"我说,声音大到足以让周围的人都发现是她。要挨揍的是她。

"别嚷嚷啦。"她说着用胳膊肘捅我。

"得了,要说有谁该烦躁,就该是我。"我说。

"二等一很不错了。"

"不是一等啊,"我说,"你个该死的。"

※ ※ ※

心理治疗师做自我介绍,我却没在听。我还在想着楼下那个保安,还有他看我的眼神。我自恋地想,他可能在猜我哪儿出了毛病。去接待处之前,我把自己锁进厕所隔间猛哭一阵。他们给了我一张注册表。

做着从"1（从不）"到"10（一直如此）"的自我测评，我意识到我居然算不上十分抑郁。十分制，我每个问题平均得五六分左右。我发现，生活和小学拼写测试一样，都是十分制，但拼写测试更容易判分——要么对，要么错。我有多认同"自己是个失败者"这种陈词滥调，判断起来更难。给自己打十分，会让人感觉像戏精、渴求关注，但打零分又显得自以为是。所以，我温和地给自己打了四分。"我很难入睡或保证持续的睡眠"，这一项我打了两分。入睡或一直睡对我来说不成问题。我的问题在于睡眠本身。选项中既没有"我认不出哪些是自己的梦"，也没有"我觉得我妈妈在给我洗脑，慢慢把我变成她那样的疯子"。

治疗师询问我的家庭情况。我没提我母亲长期以来患有精神疾病，因为我觉得这和拿二等二无关——而我是因为这个来预约心理治疗的。然后她开始大谈心境障碍。当她瞄准焦虑开火时，我不啃指甲了。我被这一控诉恶心到了。"焦虑"是表示担心的漂亮词，而"担心"不是一种病。"抑郁"是表示难过的漂亮词，可这个同义词却更有力。我可以因为抑郁而不是"担心"原谅自己的分数。说到现在还没提起抑郁，这在学生中是一种流行病。抑郁就像是心理疾病中的二等一，她就连这都不肯给我赢的机会。

我再努力一下。"我只是……我感觉我不像以前那样享受生活了。学业应付不过来。我一直都觉得疲惫。"

她同情地点头，敞开双臂，好像准备发表 TED 演讲。"大学不容易，对吧？每个人都在聊派对和自由。找自己。探索自己的身份。但没人跟你聊写作业，聊那种快要撑不住了的感觉。"

"那些我知道。"我打断她，但她不予理睬继续说。

"让我们想象一下，我们走在格拉夫街上。"

我实在想不到有什么情况需要我和这个女人一起走上格拉夫街。

"然后你看到了一个朋友。跟我说一个你朋友的名字。"

"奥尔拉。"我说，把她从"讨嫌的熟人"升级了。

"很好，然后你说'嗨，奥尔拉，'但奥尔拉没反应。她继续走。"治疗师看着我，好像自己在操控假想宇宙里最富于戏剧感的场景。"这种情况下你有何感受？"

"唔，松了口气？"

"你脑袋里会有哪些想法？"

"我不用跟她说话了。"

"还有别的想法或感觉吗？"

"唔，可能有点想不通。"

她点点头。"为什么会想不通呢？"她用手画了个圈，示意我比较接近了。

"因为她好像没认出我来。"

"噢，这很有意思，所以我们直接跳到结论了。你不会觉得她在跟你生气或故意不搭理你？"

"我觉得不会啊。"

"嗯,那挺好。这就是认知行为疗法——也就是CBT可能有所帮助的例子之一。在CBT中我们会学着认识到,我们的情感与想法直接相关。我们可以承认那种想法和它激起的感觉。我们可以捕捉那个想法,"她抓起一把空气,"分析它,而不是直奔自己的情感。"

她取出一本小册子,翻到酷似水循环图表的一页。"在街上看见奥尔拉,"她说着用蓝笔圈出"触发事件","引发她为什么不跟我招呼的'想法'。她在跟我生气吗?她是不是不喜欢我?导致困惑的'情感'。"她指着我。"也可能是愤怒或伤心的情感。不过,要是我们把那个想法转化成某种更为积极的东西,比如说,她可能没认出我,或者她可能在想心事,那么就能改变关于那个念头产生的'情感'。"

"但事实也可能正好相反,"我皱着眉头告诉她,"没准她讨厌我。"

"是啊,但那种可能性小之又小。她没看见你才是更理性的想法。"

"我最开始就是这样想的啊。"

"没错。"她合上小册子。封面上有一幅黑白素描,一个女孩站在监狱栏杆后面。她的头顶飘着一团云。图上下着雨。泡泡字体的"社交焦虑"写在那朵云里。"这个你带回去看。里面有些练习或许对你有帮助。"

到了这一阶段,我都以为她要告诫我别把蜡笔插进鼻子里了。

"十分之一的大学生都受到广泛性焦虑症的困扰。"她说着把小册子从桌上滑过来。

好哇,我想。这不仅仅是焦虑,还是广泛性的。

"这很普遍,"她点头说,"你绝不是第一个因为它而来我这里的。"她冲我微笑。"好啦,你只需要帮我填一份简单的在线问卷就可以走了。"

她让我坐在她桌前的椅子上。又是一份从1到10的评分表,这一波陈述着眼于谈话治疗从多大程度上满足了我的期待。我感到她在我肩头飘来飘去,所以全打了满分,出门时还对她不停地道谢。

"你能这么说我很高兴,"她说,"祝你好运,记住慢慢来。这是一场旅程。"

我问前台是否需要再预约下一次。接待员望着自己的屏幕,查看治疗师给我做的记录,然后说:"不用了,她说你没事。"

出去前,我在厕所停留,稍作休整,又大哭一场。

祛病术

一位推着婴儿车的女士缓缓穿过通往我们家后门的车道,神情窘迫。我引她往旅行拖车那边去。比利那儿已有一段时间无人来访。我想象着她撞见他穿着平脚短裤,小口喝威士忌,翻阅着旧报纸。但愿他清醒着。

比利是个被迫上阵的祛病术士。我们家几代人都是。如果你碰巧有熟人的熟人认识一个懂祛病术的人——嗯,比利就是会被介绍的人之一。这要碰运气。其中大部分人态度都比较认真。比利说他自己都不怎么信,但试试也没什么害处。大部分人离开时会感觉有所缓解。有时候,他完全是在拿人开玩笑,可这由不得他,他口碑很好。各种各样的患者都来找他看——从肠绞痛的婴儿、被烫伤的人、长癣的农民、长疣或起湿疹的青少年,到患痛风或腰背毛病的中年男子。

❋ ❋ ❋

我听见那位女士驶出我们家大门便朝旅行拖车走去。我窥见比利收好他外祖父的婚戒和那张他用于施治的手写祷告词。他发现我在那儿,露出了尴尬的神情。

"好啦。"他说。

"肠绞痛?"我问。

"不,她湿疹很厉害。耳朵都脱皮了。"

找比利看病无需预约,也不收钱,但有些千恩万谢的人会送礼物给他。大部分是被他的旅行拖车和他本人迷住的女士。她们见他收藏了些不值钱的小玩意,就想为他再添置一些藏品。一位名叫朱莉的女士送了他一台昂贵的黑胶唱片机。我已经记不清旅行拖车里哪些是礼物,哪些是比利自己搜罗来的了——烛台、花园地精、一把小小的黄铜摇椅。他收藏的明信片多半都收在一只盒子里,但最喜欢的都用蓝丁胶贴在床头的墙上。

"我今天去看戴尔德丽了。"比利说着坐进扶手椅。

"噢。"我说。

我很清楚不必问她的近况。我只和比利去拜访过我的曾祖母一次,那时我还很小。我记得自己坐在修道养老院的暖房里,吃着变味的金伯利·米卡多饼干,用茶托端着瓷杯喝奶茶。一位比戴尔德丽年轻不了多少的修女用轮椅把她推过来停在电视机前,拘谨地冲我们笑了一下,留下我们独处。《聚散离合》①的卡司望着她，她却朝前看，望着远方。一串口水从她嘴里垂下。比利用纸巾把它擦去，但紧接着又来了一串。戴尔德丽并没有意识到有人来看她。我觉得她并不知道她的世界里还有其他人。

"要是我哪天变成那样，"比利说，"拿把猎枪来。"

"我觉得你还要再过些年吧。"我说。

"年轻也可能中招。起步早。看看你妈。"

"比利！"

"怎么了？"

"妈妈又没得阿尔茨海默病！"

"也快了。"

我把水壶灌满。

比利试图转移话题。"圣诞节前有考试吗？"

"没有，只写论文。"

"他们看论文给你打分？"

"是啊。"

"你可是冲着 A 去的。"

"啊，评分制和中学不太一样，"我说着感觉脸越来越烫，"没有 AB。分一等和二等。"

"原来如此，我们才不要马马虎虎的二等。"

"要是可以避免当然最好。"我说，努力不让自己脸红。

"我完全看好你。怎样才算一等？"

---

① *Home and Away*，澳大利亚电视剧，涉及家庭和爱情等。

"70%以上。"

"你肯定乐坏了。你上学的时候都是九十多呢。"他说。

"但那是小儿科。"

"都是小儿科。"

"嗯没错。"

"我是认真的。如果你不能跟小孩子解释自己在想什么,那根本就不值得去想。"他说。

水壶沸腾起来,壶嘴喷出热水。我从柜子里取出热水袋。

"你这是做什么?"比利问。

我指指旅行拖车的屋顶。"今晚是满月。"

"噢。"他叹了口气,"今晚我不想看星星。"

"好吧。"我说着把热水袋放回去。

"这又是做什么?"比利问。

"你说不想看呀。"

"你可以自己去啊,"他嘟哝道,"你又不需要我牵着你的手。"

"我烦到你了?"我问。

"你生命中的每一天都在烦我。"

"谢谢。"我重重倒在他的床上。

"你不打算泡茶?"他问。

"不,没打算。"

我盯着天花板。

"你想喝吗?"我问。

"我想来一杯。"

"好嘞。"我从床上爬起来,重新回到水壶边上。

"詹姆斯今天拖出来一头翻面的牛犊。"比利说。

"什么叫翻面?"

"呃,"比利把手合拢,"所有应该在里面的部分"——他把手掌像一本书那样摊开——"都在外面。就像有人拿刀把他肚子剖开,把他所有器官都倒出来了。他四条腿都粘在一起,就像挂在屠宰场似的。小吉姆把手伸进母牛那个洞里摸索它的时候,指头可以停在他任意两根肋骨之间。他摸到了心脏还有其他各种部位。"

"心脏在跳吗?"

"是啊。在娘胎里还活着呢。可怜的婊子养的。詹姆斯叫兽医了。最后是剖腹产。"

"它活下来没?"

"你在这儿见过翻面的牛跑来跑去吗?"

我把茶包从马克杯里取出来,把它们弹进垃圾桶。比利加的奶比我还多,他怕烫。他每喝一小口都要先吹一吹。他讨厌烫舌头。

"太可怕了。"我说。

"是啊,兽医说这是他二十五年来遇到的第二例。但这不是我见过的最离奇的奶牛产仔案例。"

"哪个最离奇?"

"是一头怀了双胞胎的奶牛。怎么生的我没看见。"他举

143

起手。"但等她完事，我进去看她。已经出来了。她旁边有一头健健康康的小牛犊，可她理都不理。她反倒是在舔那团青灰色的毛球。看起来就像太多毛的足球一样——没耳朵，没眼睛，没脑袋，没四肢，身上什么都看不出来。然后那头奶牛，居然在那里舔它。"

"活的？"

比利瞪着我。"你在这儿见过一团小毛球跑来跑去吗？"

"对不起。"我说。

"它不是活的，但在娘胎里活'过'。"

"和翻面的牛犊一样？"

"嗯。"

"双胞胎里的另一头没事？"我问。

"他好得很！完全正常。健康成长。但另一个小东西真是把我吓得屁滚尿流。"

"它根本就没有脑袋？"

"没。"

"但它肯定有过一颗心。"

"嗯。肯定有过，那样才能发育，长毛。但它让我思考，作为活物，它到底该算什么呢？说这个毛球活过，是因为它在娘胎里能活吗？"

"它会做梦吗？"我大声问。

比利靠到椅背上，翘起二郎腿，呼出一口气。"这个问题真不错，"他说，"我很好奇它有没有做过梦。"

动力输出

我随着播撒泥肥的拖拉机蹦迪。座位压着弹簧上蹿下跳，发出吱吱声，罐车尾部一路喷洒。然后一切都慢了下来，梦开始嘎吱作响，一部分睡眠又卡在了转动的齿轮里。我还没反应过来，但拖拉机不能正常吸油了。从拖拉机里爬出来检查液压泵就像在水底行动一样。

我一见旋转的动力输出轴，梦就重新开始加速，最后一切卷入快进模式。我总是很害怕动力输出轴。它们能把我吓得屁滚尿流。我记不得在集市上见过多少因为被它们卷进去而缺胳膊少腿的家伙了。那根管子呼呼转，看起来就像你从健达奇趣蛋①里掏出来的塑料小玩意儿一样天真无辜，但即便看到一根从衬衫上散开的线，它都会一把揪住你。这是最接近黑洞的体验。

我去检查液压泵是因为拖拉机没能好好吸油。我弯

---

① 健达（Kinder）一款内含牛奶可可酱、装有小玩具的巧克力蛋。

下腰,这时我的一只耳机从耳朵里掉下来了,它下落时我伸出胳膊去捡,我被抓住了——机器剧烈地震颤,哈哈大笑,拿我的皮肉和骨头开心,它继续把我往它的嗓子眼里吞,直到——

※ ※ ※

妈妈在喊我吃午饭。我拼命蹬着腿在床上醒来,好像在阻止自己下落。我把脑袋从枕头上挪开,梦从我耳朵里溜出去。妈妈很恼火,因为小伙子们还没从作业场回来。我们猜比利还在床上,但午餐迟到可不是詹姆斯的作风。妈妈为他剥土豆皮——这样他一进来就能吃了,她还为摆盘费尽了心思。她把盘子放进低温烤箱,好让他回来吃上热的,然后把两只没剥皮的土豆丢进比利的盘子,用保鲜膜盖起来等他晚些时候来吃。

"今天早上詹姆斯自己一个人挤的奶,"妈妈在午餐前坐下时跟我说,"他不想叫醒你。"

我抿一口牛奶。"比利睡过头又不能怪我。"

她耸了耸肩,继续把胡萝卜捣进她的土豆。"我只是说说。"

我低头看看她为我摆的食物——没有詹姆斯盘中的那么好看,却也不像比利的那么粗线条。

摆盘看起来很眼熟,简直一模一样:土豆边上堆积的豌豆和胡萝卜分量一样，而盘中那片三文鱼我确定在哪儿见过。我跌入引发不适的"似曾相识"。

感觉像在观看电视回放，只是我身处电视机中——我就是电视机，同时又在透过自己的眼睛观看屏幕。

就在此时，后门响起砰砰的敲门声，我从我体内看见自己从椅子上站起来，在门厅见到上气不接下气的比利，他大口地喘着气，喊着詹姆斯出事了。他的胳膊被动力输出轴卷进去了。他让我们打电话叫救护车，妈妈冲向电话，嘴里喊着"天哪，天哪，天哪"。比利抓起一大把茶巾跑回地里。

我哪儿也没去。我知道发生了什么。我刚刚从里面醒来。

❄ ❄ ❄

比利说，有时候，如果你直直地盯着一颗星星看，它就会消失。周边视觉最适合远眺。如果我直勾勾地盯着梦看，它就会消失。只有当我不吓到它的时候，它才会靠近一些，在我意识的边缘游走试探。我兜着圈子思考，想把它引诱进来。

我绕着梦兜兜转转，找寻失落的碎片，但我分不清我的梦从哪里结束，詹姆斯的现实从哪里开始。詹姆斯大声呼救，但附近唯一能听到他声音的是在旅行拖车里熟睡的比利。等比利醒来，詹姆斯已经失血过多。

❄ ❄ ❄

或许我原本可以救他的,如果我对那个梦足够重视的话。

守　灵

不知道我们去灵堂是否会引发不满，但我们还是决意要去，为了詹姆斯。我很快就准备好了，在房子里四处游荡，找事情做。我打扫厨房和客厅——丢垃圾，扫地，吸尘，擦拭壁炉和玻璃柜的里里外外。直到妈妈用毛巾包着头发从浴室的蒸汽里冒出来，我才决定自己也该洗洗头。

我把水龙头转到最热，用力把皮肤擦洗干净。我抓起剃毛器，把胳膊和腿都刮干净。我犹豫片刻，又把它挪到两腿之间，把那里也剃了。

淋浴后，我换好一身衣服，去看妈妈准备得如何。她像行屈膝礼一般照着她床边低矮窗台上的镜子。她拿着镊子倾向镜中的自己，努力对准左眉梢尾部多余的一缕眉毛。她对根部的位置总是判断失误，所以修理的都是周边区域，点缀她左脸的那片浓密小树丛落叶纷纷。镊子犁过她的眉毛，啃她的肉，在她新露出的那片额头上留下一道道粉色的沟壑。她疼得眼里含泪，针孔大小的血点从皮肤上冒出来。

"妈妈?"

她跳起来。"我没看见你进来。"

"要不要我帮你化妆?"

"如果你乐意。"

"嗯,我准备得太早了,"我说,尽管我们已经迟到了,"这多少能让我有点事情做。"

她交出镊子。我跪在她身旁,查看损伤的面积。她的眉毛看起来就像孩子的涂鸦,且已经开始变淡。我在棉球上吐了口吐沫,让她按在眼睛上方止血。

妈妈已经把整个衣柜都倒在床上了。我审视她的不同装束。白色棉 T 恤搭蓝色牛仔裤,男款白衬衫搭灰色开衫或她的红色针织套头衫 —— 詹姆斯的最爱。他将它称作那件红色"geansaí(针织套衫)"。

我把一团保湿霜倒在她额头、面颊和鼻尖上 —— 冰冰凉,像酸奶沾在我的手指上。

"眼睛下面多用点遮瑕膏,拜托了。"妈妈说。

"好。"我把奶油般的遮瑕膏抹在黑眼圈上。"敢用睫毛膏吗?"

"我想有点人样吗?当然了。"

"我只是说,你没有防水 ——"

"黛比,上睫毛膏吧。我不会有事的。我有纸巾。"

妈妈的眼睛大部分是棕色的,但她左眼中有一道裂缝,一半是浅蓝色，好像她体内还有一个人想要钻出来。

"朝上看。"睫毛棒闩住她的睫毛，施展魔法。

"口红？"

"有支无聊的粉色，那个就行。"

"快了。"我说着拿起眉笔，为她把左眉补完整。

"我们走之前能先喝点儿吗？"妈妈小声问。

"当然。"

"感觉他好像并没有走。"她说。

"是啊。"

我们的眼神相遇。是该告诉她那个梦了。但我没说。

※ ※ ※

詹姆斯的灵堂设在他母亲的小酒馆里，这恰巧是他二十五岁生日一个月之后。我们躲开那些四下走动、试图通过递送茶水和纸盘饼干缓和气氛的女士们。里面都是人。我看到比利在吧台后面的高脚凳上，于是拖着妈妈朝他那边去。

"他在哪儿？"我问。

比利冲着分隔台球桌和酒馆其他区域的鱼缸点点头。"同意把棺材放在台球桌上的机灵鬼真该被毙了。"

"开玩笑吧？"

"显然是雪莉想把他放在那里的。"

151

"雪莉不知道自己到底想要什么。她还没缓过神来。"

"怎么了?"他把脑袋侧向依然牵着我手的妈妈。她另一只手将一把头发拉到脸上铺成网,手指缠绕其间。

"我们在家喝了点。"我解释道。

"这可能不是什么好主意。"

"打住。"

"我只是说说,可能不是最好的——"

"你还好意思说别人。"

这堵住了他的嘴。

"雪莉怎么样了?"我问。

"唉,可想而知……"

"我是说,她态度怎么样?就是说,对你?"

"挺好,我已经去表示过哀悼了。"

"你觉得——"我欲言又止,"你觉得雪莉会不会找你麻烦?因为,你懂的。"

"因为发生在我们农场上?我觉得不会。不过,她让死去的儿子躺在台球桌上也是我意想不到的。不过她看不惯的不是我。"

"你觉得我们现在可以去看他吗?"

比利思索片刻。"嗯,不过。看好你妈妈。"

"我尽量。"

✳ ✳ ✳

我朝鱼缸走去，感到妈妈的手指将我的缠得更紧。鱼缸里的水是墨蓝色的，里面填着用塑料块建成的大都市，像是乐高拼就的。以前里面有鱼——黑白神仙鱼"吉尼斯"，还有一对分别叫作"金"和"汤力"的金鱼——当然，终究还是有人把与它们同名的某种东西倒进缸里了。鱼缸角落的卤素灯微微发光，让水中长出电光叶脉，推着蓝色扩散到玻璃之外，有时候我感觉像是在海洋馆里喝酒。

我们加入拖着脚步走向棺材的一列人。台球桌上覆盖着白色的桌布。一个满脸巧克力的小女孩从下面冒出来，像穿斗篷一样用桌布裹住自己，然后摇摇晃晃地走进等待吊唁的人群中。

雪莉站在台球桌边，在打开的棺材首端，抚摸着儿子的头发。人们和她握手时她看起来满脸痛苦，好像被他们惹烦了。她的前夫没站在棺材旁。我猜她已经把他拦在了鱼缸的另一侧，他在酒馆的某个角落，被贬入我们这种级别更低的吊唁者中。

詹姆斯的棺材占据着台球桌的大部分空间。他胸口以下的部分都盖着裹尸布。他们给他穿上了西装，搭配白衬衫和黑领带。由于那场事故，他的一只袖子是空的。一只孤独的手搭在他的胸口，一串念珠缠绕指间。球队运动衫耷拉在棺材底部，旁边还有一块郡赛奖牌和一只去年圣诞晚宴舞会颁给他的"年度球员"的奖杯。

我走在道别队伍的最前面,意识到没有多少时间可以同他道别。我用自己的食指抚摸他的食指,从指甲尖到关节。他的皮肤冰冷而油腻,像蘑菇伞盖。我想翻开他的眼皮,看看躺在眼窝里那两轮死去的月亮。我想脱下他的衣服,看看那一截失去胳膊的残肢。他的脖子臃肿褶皱,让我想起我曾用妈妈和面碗里剩下的面团塑造成形的面包小人。想来奇怪,詹姆斯曾经活在这具现在让我们不知该如何是好的蜡像里。

我过去和雪莉握手,她抱住我。"哦,宝贝。"这是她对我的称呼——宝贝或小妞,因为她总是记不住我的名字。"没事,小妞,我不怪你。我绝不会怪你的。"她在我耳边轻声说。

"我很难过,雪莉。"我抽身走开,好让妈妈看到我依然站在她那边,可她不见了。

❋ ❋ ❋

一声凄厉的尖叫从吧台角落处的音响设备里传出。约翰神父用掌根拍拍话筒。他的状态并不适合领诵《玫瑰经》。他用一根手指松了松领口,把拳头放到嘴上不让自己嗝出声。

一阵困惑的沉默在人群中降临,好像我们不确定到底是惧怕恶魔,还是单纯地想展示爱尔兰人对胡扯八道的礼貌忍耐。约翰神父闭上眼睛,平息自己脑海中的波涛。"以圣父、圣子和圣灵的名义。"

"阿门。"

"我们今天聚集在这里,在这个艰难的时刻为卡西迪一家带来慰藉和支持。"

约翰神父的声音单调地唠叨着,我扫视人群,果然,他像受到了上帝的召唤一样,穿着他的GAA运动服进入我的视野。再次见到他真好。被他看见也很好。

我注意到詹姆斯的弟弟马克从侧门溜走了,便决定跟上去。我对自己说,我需要新鲜空气。

小酒馆外面车不多,那些车与其说是停在那儿的,不如说是被丢在那儿的。比起都柏林的街道,我们村顶多就是几条迷失的公路恰好撞在一起形成的岔路口。马克坐在砾石上,背靠墙,耸着肩膀,膝盖抱在胸前。我来到他身边坐下。

他猛吸一口气,好像刚从水里冒出来。"天啊黛比,我没看见你。你怎么样?"

"还行。我想说,我很难过——"

"谢谢。"

"来了很多人。"

"说实话,我希望他们都能滚得远远的,"他说,"没说你,我是说,只是——"

"我懂。"

我们在彼此的沉默中坐了一会儿。

我缓过神。马克在砾石上掐灭一支烟。我准备起身，但他把手搭在我胳膊上，我又坐下。我任由他吻我。我专注于他的嘴是怎样在我嘴上运动的。他的舌头滑来滑去，下颌收紧。我们的唇咂在一起，他像牛犊一样发出轻轻的啜饮声。我把舌头推进他嘴里，想把空虚感从他体内吸走，但他抽身走开了。

"对不起。"我说。我能看出他被自己恶心到了——也被我恶心到了。我站起身，试图将罪恶感从我的牛仔裤上拍走。

往屋里走时，我又在厕所外面撞上了他的女朋友。"对不起。"我又说了一遍。

※ ※ ※

小酒馆里的噪声已经变小，现在只剩会众等待弥撒开始的低声抱怨——除了鱼缸后面传来的尖叫。抱怨声越来越响亮，人们转身看我。一个我不认识的男人走过来说："她不肯从棺材里出来。"

他们都瞪着我，期待我的回应。我朝鱼缸走去，最后看见泪汪汪的雪莉站在棺材尾部，冲着趴在詹姆斯身上的妈妈尖叫。妈妈伸展四肢，趴在詹姆斯的尸体上，把他剩下的那只手上僵硬的指头插进自己发间。她搂着他的腰，脑袋靠在他的胸前。一道黏黏的睫毛液从她脸上流下，弄脏了他的白衬衫。殡仪员抓着她的腿——这是他唯一能把她从尸体上撬开的部位。他一脸茫然，好像在等着谁来告诉他该怎么办。

我冲过去把手放在妈妈后腰上。我爬到台球桌上，俯下身子。妈妈肌肉紧绷，死死抓住詹姆斯。她的眼皮合着，却在颤动。

我俯向她耳畔低声说："妈妈。"我感觉她眼睛睁开了。她僵住身子，我继续努力。"来，我们走，我们回家。"我搂住她的腰，扶她坐起来。此时她的双腿叉在詹姆斯胯部两侧。她抬起詹姆斯那只死沉的手，嘴唇轻擦他的关节。比利帮我一起把她抬出来落在地上。我们一人抬起她的一只胳膊绕在脖子上，分担着她的重量，慢慢走过那条在我们面前打开的路。

毛毛虫

守灵夜过后的那个上午，我发现妈妈蜷缩在起居室的扶手椅里，腿上摊着那本《爱丽丝漫游奇境记》立体书。她察觉不到这本书页面之外存在的人或物。她几个星期都待在那把椅子里。刚开始，她静静地快速翻阅着书，但时间一天天过去，她一直停留在同一页上——有毛毛虫的那页[①]。

冰箱里的食物开始变质。我把长毛的西红柿和蓝莓扔掉。后屋的土豆开始发芽。比利知道不能回来吃午饭，他滚到小酒馆去了，雪莉给他做三明治。他邀我跟他一起。我无缘无故地冲他发火。我挤奶比从前要积极得多。我佯装气愤，实际上却为能走出房子而舒一口气。

恰逢学校的阅读周。没有阅读我感到很内疚，直到在脸书上看到那些滑雪之旅和意大利别墅的露天用餐照片。赞茜在尼泊尔的一个瑜伽修行地。她不停地给我发来她自己

[①] 故事中爱丽丝同毛毛虫讨论她的变化，关于记忆和身体变大变小。

在山巅倒立和冥想的照片。我很好奇照片是谁拍的。她在自己的限时动态（Instagram stories）上发布自我关照和励志的名言。我没跟她说詹姆斯的事情。这件事依然感觉很不真实。我也不想利用他的死来给自己增添戏码。

她给我发信息：

> 黛布丝！冥想真的让我有了惊人的变化。你真应该在农场上试试。

我回复：

> 多年来，我一直在农场上冥想。我们称之为挤奶。

我一进屋就会吓到妈妈。我出现时尽量不把她吓得跳起来。我加大动作幅度，跺着脚走路，好像在登台演出。等那一招也不再管用，就开始哼唱《大逃亡》主题曲。我本以为这个办法奏效，可最后发现她其实连我也认不出来了。

我沏茶，为她送烟。我给她斟上一杯白葡萄酒，希望能把她从这种恍惚的状态中哄骗出来，可那杯酒她连碰也不碰。出于尴尬，人们还没开始询问她的近况，但我已经想好了过段时间该怎样回答。她正在恢复，我会这么说，到时候就是实话了。她现在能抽烟，能把儿童立体书上的纸板一条一条撕下来。她已经把整条毛毛虫都从那页上撕下来了，撕得粉碎，现在依然把它放在大腿上摆弄，但至少她已经能做点什么了。

我在她身边跪下，把午餐递给她，期待和她的眼神相遇，动用意念让她开口。她咂了口烟，直接透过我往前看，好像我不存在似的。

她把一团烟喷在我脸上。"你是谁？"

"黛比，妈妈。我是黛比。"

她摇摇头。"谁？"

❋ ❋ ❋

我告诉自己，等她不吃我掺了黄油和牛奶捣碎了的胡萝卜和土豆时，我就叫医生。她不再主动进食时，我又告诉自己，等她不愿吞咽食物时，我就叫医生。她尿湿裤子时，我拨通了电话，却在有人接听前主动挂了。我不知道该怎样向他们描述她到底怎么了。

楼　梯

　　我误将耳膜内富有节奏感的震颤当作自己的脉搏，起床时才发现并不是。平稳的节奏声越来越响。是从楼梯平台上传来的。我脑袋麻木。我只想躲回被子底下蒙住脑袋，但鼓点已经进入我体内。两声间隔的静寂越来越长。每当我以为它们已经停下，结果又来一记。

　　我打开卧室的门，偷偷溜到楼梯平台上。妈妈瘫在楼梯底部。她的头发在最低一级披散开来。她抬起头，眼神迷离，沉浸在自己制造出的节奏中，她紧咬的牙齿看起来像是破碎的墓碑，缺损，泛黄，浸在一片血泊之中。她垂下眼睛，让牙齿对准第二级台阶的边缘。她的满嘴废墟迎接着冲撞，她又一次把它们猛撞下去。

　　我及时赶到楼下，刚好阻止了新一轮的撞击。我揽住她的脑袋，把她的下颌朝我抬起。她的嘴唇被撞得翻了面——柔软，青色的纹路，血肉模糊，如同生鱼片，一颗门牙碎了，另一颗完全错位，在她牙龈上留下愤怒的黑洞。

泪水从她光秃秃的眼皮溢出。她的睫毛和眉毛已经被拔光，她猛地举起手，从头皮上又扯下几缕头发。我用力扳开她的胳膊，抚摸着她的手。她头顶后部有一片已经秃了——像婴孩的囟门一样柔软而脆弱。那些头皮上的小孔在仰望着我。我不知所措。

汗臭向我的嗓子眼袭来。我把她从地板上拖起来，背她上楼。我努力将她的重量压在我的后背上，但她就是不肯抓住我。我不停地东倒西歪。她往墙上瘫，我把她推起来，靠上去稳住，但我不够强壮。她一直往下滑。

※ ※ ※

我们终于来到浴室。我扶她坐下，让她靠着浴缸。她的脑袋耷拉到一边，又垂到胸前。我扒下她的裤子，发现她裆部有凝结成壳的经血，一簇簇挂在她的阴毛上，干硬，像灰烬一样撒落。我用指甲剪把毛一撮一撮剪下，聚在一起丢进垃圾桶。她不停吐出塞在她嘴里止血的纸巾。更多的血从她鼻子里涌出。我伸手去摸，她猛地退缩。

等救护车来到，礼貌的工作人员开始提问。我跟他们说她从楼梯上摔下来了。他们不相信我，我不在乎，我也不介意他们试图直接跟妈妈交谈——好像她关心自己的遭遇似的。

"她听不见你们的。"我告诉他们。

他们用灯照她的眼睛,就像电影里那样。"她像这样有多久了?"他们问。

"流血?"

"没反应。"他们说。

"我不知道……有段时间了?"

"几个小时?"他们问。

我摇摇头。"大概两个星期了?"

❈ ❈ ❈

"她从楼梯上摔下来了。"我说。

"你看到她从楼梯上摔下来了?"

"是。"我撒谎道。

"家里没有其他人在。"

"你爸爸呢?"

"他不在我们身边。"

"你家里只有你和妈妈?"

"是。我舅舅住在附近。"

"好,刚才他在哪儿——"

"他在外面挤奶。是这样的,她最近很不好过。一个很要好的朋友去世了。她非常痛苦。"

"我为你们感到难过。"

"谢谢关心。"

"谁啊？"妈妈问。

※ ※ ※

感觉我们被人发现了。他们本想给我安排一名社工，但当我告诉他们我年满十八岁之后，他们表示爱莫能助。没事，我让他们放心。我舅舅也在家，我不会孤军奋战的。他们告诉我，照顾妈妈不该由我来操心。

我揪着一位救护人员往我肩上披的那条急救毯。他刚给我的时候，我觉得很好笑，以为完全没有必要。我又不是从起火的建筑或马拉松队伍里跑出来的。此刻我却心存感激。

我不知道现在几点。外面看起来阳光明媚，我有点发蒙。我觉得自己在倒时差，就好像我们已经旅行了很久。

我在自动售货机买巧克力时，比利冲进医院大厅。

"你没事吧？"

"嗯。"

"她在哪儿？"

"这边，"我说着往病房走，"你见到她可能会吓一大跳。她撞掉了两颗牙，还有两颗撞碎了。她的鼻梁撞断了，还有那个什么眶骨骨折。"

"眼窝那儿断了？"他问。

"应该是吧。"

"怎么回事？"

"她把脑袋往楼梯上猛撞。不停地撞。"

"啊？什么情况？"

"我怎么知道？妈妈几个星期都没跟我说话了，比利。她也不愿和医生说。我猜她可能都不知道发生什么了。"

我等他消化这些情况，优越感和愧疚感在心中糅在一起。我们走进病房，绕到围着妈妈病床的帘子后面。很难看出她是醒是睡。她的鼻子上覆盖着石膏。她眼睛下有紫红色的皱纹。肿胀的左眼合着。

"他们打算让她出院。"

"就这样出院？"

"他们说她可以在家里康复。"

"她就是个该死的植物人。"

"她显然有各种生命迹象。"

比利坐在椅子上，捂着脑袋。他坐直身子，叹口气。"好吧，"他说，好像在努力说服自己，"好吧。"

❋ ❋ ❋

我在家待了两天，给妈妈穿衣，喂食，服侍她入睡。我扶她坐上马桶时，比利刚好从后门冲进来。他见我扶着她的腰，和她牛仔裤的拉链做斗争。他一把抓起车钥匙。

"来，"他说，"这样下去可不行。"

165

※ ※ ※

我们在急救部等了十三个小时才见到医生。刚开始,分诊护士充满关切,但那是我们向她透露我们去过医院、医生让妈妈出院了之前。

※ ※ ※

当医生一口气说出一堆选项时,妈妈眼神空洞,大部分选择都不太适合她目前的状态。最诡异的提案是正念课程。比利和我互相递眼色。

"遗憾的是,没有私人医疗保险的住院等候名单就跟疯了似的。"他说这句话时并非嘲讽。

"如果有呢?要是我立刻给她参保的话?"

"嗯,也说不准,但尽快入住的概率肯定会大一些。"

"交给我了。"比利同医生握手,就好像对方从他手里买下了一群牛。

饭店世界[1]

  他们给比利打电话,说妈妈排到床位了。他听到这个消息时的反应就好比突发奇想订旅馆却发现还有空房那样。
  "太棒了,好。太感谢了。谢谢。"他冲我竖起大拇指。
  我帮她收拾好东西,准备就绪。这个电话我们已经等了很多天。每当比利靠近后门,我就要抑制自己跑过去求他再打一次电话的冲动。
  比利挂掉电话。"黛布丝,我送她去就好。你不用来。我一个人就行了。"
  "我想看看那边的环境。"
  他叹了口气。"好吧。"

---

[1] 英国女作家阿莉·史密斯(Ali Smith)一部作品的书名,小说围绕一个留恋人世的幽灵展开,涉及对生离死别的思考。

❄ ❄ ❄

进城的路上，我在车里不停地睁开眼睛再闭上，想确认自己不是在做梦。我的胃紧紧攥成一只拳头，像是在拼命抓住现实不放。我闭上眼睛就回到了家里，空气中满是牛粪味儿和广播里的屁话。我睁开眼睛，窗外的雨水包裹着城市。休斯顿火车站一闪而过，能认出它我感到十分自豪，因为我坚信它就是心智正常的地标。

❄ ❄ ❄

人人都知道圣帕茨①。那是酒鬼和厌食症患者们投降的地方。我本来以为它远在郊区，结果发现它是一栋红砖楼，不偏不倚地坐落在都柏林市中心。

"这是乔纳森·斯威夫特的主意。"比利停车时我对他说。

"啊？"

"这个地方，他死的时候捐钱建了这个地方。"

"那个写《格列佛游记》的家伙？"

"是啊，还有《一个温和的小建议》——关于吃小孩的故事。"

---

① St Pats, "St Patrick's Mental Health Services（圣帕特里克精神健康服务机构）"的缩写，爱尔兰最大的独立非营利性精神健康服务机构。

"你外公以前饿的时候会用一个绝妙的说法。他会说,'我会咬开铁板凳吃掉一个小孩的屁股。'"

"妙啊。"

✱ ✱ ✱

我们扶妈妈从车里出来时,雨水打在她脸上。有一刻,我以为细小的水花会触发奇迹。她打了个寒战,却站不起来。比利和我走在她的两侧,架着她向大门走去。

他们给妈妈推来了轮椅,但给我们的感觉是,他们认为她并不需要。一位护士把她扶进轮椅,转身冲比利眨眨眼。"这个星期之内我就能让她自己走路了。"

我们把妈妈的东西放进她屋里,这位护士带我们四下参观。我们走进明亮的房间。一把椅子似乎在大声宣告自己是紫色的。桌子蓝得毋庸置疑。目之所及,我看到的都是正圆而非椭圆。正方形击败长方形。整个空间让我想起小学时老师鼓励我们填色。

我们参观了音乐室和美术室。有图书馆。这位护士似乎认为妈妈很有可能会用到健身房。

"这些只是我们要做的一部分事情而已。"她说。

我喜欢她用散发着王室气息的"我们"来指代妈妈。这很适合她。

※ ※ ※

不知不觉，我们要留下妈妈让她自己去适应了，把她丢在这片极简的空间里。我等比利出去才到她的箱子里翻找那个女王凤凰螺。我不确定是否记得把它打包带来了，但现在它似乎至关紧要。我在衣物中到处摸索，终于触到了它的冰冷——那只奇怪的、扭曲的骨头小碗。

我把海螺举到妈妈的耳畔。她的眼中毫无变化。我把贝壳放进她的掌心，把她的另一只手盖上去。我感觉自己就像在哄骗一只鸟儿去保护非她所生的蛋，默默恳求她领养这脆弱而陌生的希望。

爱的技术

我在赞茜的沙发上,看着《迷失东京》①的演职表在她的笔记本屏幕上滚动。她说过这是她最喜欢的电影,我从没看过,于是我们就一起看。男主正是《超能敢死队》里的那个家伙,和斯嘉丽·约翰逊一起在东京游荡,想方设法避免无聊。放完了。我本指望会发生点什么大事的,现在感觉自己愚蠢透顶。赞茜开始解释为什么她觉得导演是个天才。除了斯蒂芬·斯皮尔伯格,其他导演的名字我一概不知。

"你不喜欢。"她说。

"喜欢啊!"我抗议道,但她知道我在撒谎。放到她心目中最精彩的桥段时,她一直盯着我,观察我的反应。

她清理着指甲缝,抠出食指角落里的污垢把它弹走。

---

① *Lost in Translation*,2003年影片,讲述在生活中迷失的男女主人公在东京邂逅、相伴逃避孤独的故事。片中饰演男主的比尔·默里(Bill Murray)亦出演影片《超能敢死队》(*Ghostbusters*)系列。

"这是那种你需要自己一个人看的电影。"

我很受伤。按理说她应该哄我开心的。我已经以需要安慰的悲痛朋友的身份被排进她的每周日程了。我最终还是跟她说了詹姆斯的事情,她充当称职朋友的欲望立即飙升。我在她桌上的计划表里注意到了划拨给我的时间——她划掉了去圣味增爵[①]做义工和瑜伽,改成抽空陪我看电影,给我准备下午茶。她在沙发上喷薰衣草喷雾帮助我放松身心。她甚至给了我一种叫作爱心包裹的东西。那是一只鞋盒,里面装满了沐浴用品、纸巾、香熏蜡烛还有我知道她不会帮我一起吃的巧克力。她从来不吃。她假装肠胃脆弱或嗔怪食物过敏,但我已经知道事实并非如此。她在浴室的时候,我迅速翻看了她桌上一本小小的黄色 Moleskine 记事本,上面有食物列表,记录着她当天吃下的所有卡路里。

40g 麦片,加水	149
半只柚子	52
米饼	35
100g 加蜂蜜的豆浆酸奶	81
超级食物沙拉	203
加燕麦奶的茶	22

[①] 义工组织"圣味增爵慈善协会(The Society of St. Vincent de Paul)"的简称。

刷，牙。

共计　　　　　　　　　　542

我为那个爱心包裹尴尬地向她道谢。我还没跟她说妈妈的事情，所以说我应该是在为詹姆斯哀悼，但还没有完全消化他已经离开的现实。但如果我强迫自己去想他，却什么都感觉不到。

赞茜对公寓做了更多改造，变化比我上一次来的时候更大。在最近一次疯狂购物中，她把一家盆栽店买空了。

"太尴尬了，真的，那么多。"她说，"我在 Ins 上看到一条帖子，讲的是最好养的盆栽，然后点进去就一发不可收拾了。我花了一大笔钱，都包邮了。"

她把它们介绍给我，就像介绍家庭新成员一样。

她打了黄色眼影，醒目的黑眼线框住她的睫毛。她穿着一件黄色丝绸和服，同她浴室里的向日葵鲜切花十分相称。

我在她厨房桌上看到过一张银行对账单。她的银行账户上有五千欧。我记不得我的账户上一次没有透支是什么时候了。比利每个月直接打三百欧到我账户上。开学前，我还以为那是一笔巨款。

❋ ❋ ❋

我们决定看一集《吉尔莫女孩》①。一条弹窗广告冒出来，就是那种你得看五秒才能跳转到节目的广告。

有一道四个词的问题你绝不能问男人——如果你希望他成为你的男友、丈夫或形成任何超越"一夜情"的关系的话。

赞茜正准备点"跳过"。
"别动。"我说。
"你逗我呢？"
"你不想知道这个病态奇葩认为女人不该问男人哪个问题吗？"
她坐住了。
"这种屁话居然有六千万人看过。"我说。
"我敢拿左眉毛打赌，我们得订阅才能看到那个神秘的问题。"
问题是："你——我——？"
"噢，线索比我想象的多。"

我问了很多女人是否知道这个问题是什么，
只有百分之一能答对。

---

① Gilmore Girls，一部美国家庭伦理电视剧，围绕年轻单身母亲罗蕾莱独自养育青春期女儿洛瑞的故事线展开。

也就是1%。

那么

你知道问题是什么吗？

一张照片出现在屏幕上：一名男子交叉胳膊，一侧眉毛扬起。他的推荐人列表上有畅销书作者、情感专家和电视名人。网站叫"爱的技术"。它推广的课程聚焦于如何了解男性心理，从而使他们仰慕你。

"真有人订阅呢。"赞茜说。

"我觉得我知道问题。"

"问题是什么来着？"

"你什么我什么？"

"你觉得是什么？"

"你睡我吗？"

"天啊黛比。"

"怎么了？"

"哇哦。"

❋ ❋ ❋

我很好奇赞茜会不会这样跟他说话。她会为了他买好看的内裤或挑逗他吗?性爱是一种自信的游戏吗?她会表演给他看吗?或更富于真情实感?它脆弱吗?他有没有跟她说过他爱她?我把这些念头压回嗓子眼。我感到恶心。或许我可以去厕所把嫉妒吐出来。

※ ※ ※

"你喜欢我吗?"赞茜问。

"我当然喜欢你。"我脱口而出。

"不,我是在填空。"她笑起来。

我看着她。

"那句话里的空?"

"噢。"

"不过还是感谢确认。"她眯起眼睛,"有时候,我觉得你不喜欢我。"

"说什么呢?我当然喜欢你!"

"唔……"

"我只是嫉妒你。"我承认。

"好吧,我也嫉妒你。"

"啊?为什么?"

她耸耸肩。"你似乎比其他人更真实。我觉得应该是农场的影响。你没有困在大学的泡泡里。我嫉妒你住在家里,和家人很亲。我受不了和我父母一起住。至少现在不行了。"

"我想离开家。"我说。

"你怎么了?"

她注意到了我崩溃的声音,她直击要害。感觉她赢了。她已经达成当日的目标。她终于有机会安慰我了。

妈的,我想。"我妈妈不太好。"我告诉她说。

"经历了那种事,她当然感觉不好。"

"不,是,真的不太好。她住院了。"

"哦天啊。她怎么啦?"

"她在圣帕茨,"我说着紧张地笑了一声,"差不多就在这附近。她脑子不太好。她从来就没好过。我是说,脑子里边。但我还没见过她情况这么坏过。"

"你们每个人都不容易啊。"赞茜揉着我的肩膀说。

"是我杀了詹姆斯。"我小声说。

"哦黛布丝,没那回事。那是一场事故。"

"他死了是我的错。"

"创伤性事件后人们往往会自责。"

"不,"我坚持道,努力从陈词滥调中突破出来,"我看着它发生的。它发生的时候我梦到了。我就在那里,我睡着的时候。我知道我听起来像个神经病。我知道这没道理,但它发生的时候我就在那儿,可我却没能阻止它。"

"你只是做噩梦了,黛布丝。"

"那个噩梦就是现实。它和现实同步。它发生的时候我就在现场。梦里我就是詹姆斯。我能感觉到他正在死去。"

"那听起来太吓人了。真的很吓人。"

"我听起来像我妈。"我捂在她的被子里嘟哝。

"没事的,黛布丝,"她揉着我的背说,"都会没事的。我敢肯定。"

❊ ❊ ❊

赞茜还在揉我的背。我哭得很厉害,感觉晕晕乎乎的。

"真对不起。"我说。

"没什么好道歉的。你需要大哭一场。"

"这下我觉得尴尬了。"

"你怎么会觉得尴尬呢?"

"因为你觉得我是个神经病。"

"不,我没觉得。"

我看着她。

"讲真,我没觉得,"她说,"你是我最好的朋友,你知道吧?"

"我从小学起就没有最好的朋友了。"

"啊,由不得你。你现在又有了。你甩不掉我。"

"好啊。"我抽着鼻子告诉她。

"好了,我们看《吉尔莫女孩》吧?前面有杰斯和迪恩①的时候?"

"挺杰斯。"我说。

"杰斯是个蠢货。"

"但他看书!"

"还是个蠢货!"

"他们都是蠢货。这群人都是自以为是的蠢货。但柯克不是……莱恩也不是。"她打开她的笔记本。"爱的技术"广告还在屏幕上。

"你什么我什么,"她说,"'你爱我吗?'怎么样?这绝对能把他们早早吓跑。"

"或许吧。"

"肯定行。"

她按下播放键,我们随着《吉尔莫女孩》熟悉的主题曲摇摆起来。

---

① 《吉尔莫女孩》中洛瑞的两任男友,后文提及的柯克是镇上一位理性的邻居,莱恩是洛瑞的闺密。

饮酒课

一夜外出之后的清晨，比利发现我穿着我最信赖的绷带裙和高跟鞋晕倒在犊棚里。他把我背回去放到床上，在床头柜放了一杯水，往地上搁了一只桶。等我喝下那杯水，在桶里吐完，他来我的卧室敲门。

"黛布丝？"

"嗯？"

他在门口探头，又朝我咧嘴一笑。"起死回生，昭示众人啊。"

"唔。"

"你不是在桑蒂家过夜的吗？"他问。

"是啊。"我哑着嗓子说。

"你怎么从都柏林回来的？"他问。

"不记得了。"我说。

"你腿上那块青的怎么回事？"

我掀起被子，看到大腿上漾开一片突出的紫色瘀青。

"不清楚。"我说。

"喝了什么?"比利问。

"蓝色 WKD[①]。"

"哦神啊。我们得教教你怎么喝酒。"

"唔。"

"我说真的。我的家人绝不能被果酒撂倒——那玩意就是糖水。喝了多少?"

"不晓得。"

"兑伏特加了?"

"可能吧。"

"只有一种方子。"他在床沿坐下给我把脉,"我给你开的是啤酒。"

"我不喜欢啤酒,喝起来跟尿似的。"

"你得习惯它们。只能这样起步。"

"走开,比利。"

"这个礼拜天。八点钟。我带你去酒馆,教你像模像样地喝酒。"

❈ ❈ ❈

星期天我们一起挤奶。

---

① 一种蓝色甜味起泡混合果酒,酒精含量较低。

"你穿什么去酒馆?"比利隔着挤奶机大喊。

"你怕我们撞衫吗?"我喊道。

"你不会像那天晚上一样踩高跷去吧?"

"不可能。"

"那我放心了。"

"那我就好看了,是吧?星期天晚上穿着细高跟在雪莉的店里跌跌撞撞。"

"我只是问问。"

"你觉得我一点脑子都没有。"

※ ※ ※

我从妈妈衣柜里偷了件蓝色套头衫。我最近经常穿妈妈的衣服。我用一条黑牛仔裤来搭配那件套头衫。我本来打算穿上及膝的魅惑长靴来气比利,但最终还是选择了马丁靴。他在门口等我。

"看看,还说得过去吧?"

"看起来不错。至少感觉你能走路。"

"你对高跟鞋有什么意见?"

"我对高跟鞋没意见。只是它们一穿在年轻人脚上就会把你们变成学走路的牛犊子。"

我想不出来用什么回敬他,所以我让他自以为赢了。

"哥们儿可能都到了。"比利说。

"什么哥们儿?"

"哥们儿。你不会以为我们要自己喝吧?"

"啊比利,我得跟谁说话呢?"

"你要是不想跟人说话,就不说。你只要在轮到你的那一巡老老实实埋单就行了。"

"我肯定只付我自己的。"

比利在路中央站住。"不行。你要讲规矩。做事有对的路子,也有错的路子。伏特加,我敢向你保证,就是错的。你要是亲眼见过你外婆号啕大哭就知道了。"

※ ※ ※

老客的吧台在卡西迪酒馆穿过入口处右手那扇门后的一小片。这是为常客预留的巴掌大的空间,木头高脚凳。人多的夜晚,坐在那里的任何一个人都能将整个酒馆一览无遗 —— 只是看不见鱼缸后面那张台球桌而已。这是 VIP 区,就像剧院包厢似的 —— 对爱管闲事的老混蛋们来说绝对是完美的观景台。

"这是黛比首次获准喝啤酒,"比利宣布道,"雪莉,你推荐哪种?"

雪莉从吧台后面出来给我一个拥抱,她的胸挤在我脸上。"到我这儿来,小妞。比利,你觉得呢?"

他们都像自豪的父母一样看着我。比利指着下面一块啤酒杯垫，把它转过来让我看。上面有个微笑的红头发女孩，手里端着一杯尿。"想试试那个吗？"

我耸耸肩。

"两杯喜力，雪儿。"

"雅各布有没有缓过来？"雪莉边倒酒边问。

"啊，那个可怜的家伙现在还找不着北呢。"比利说。

"跟我们一个样。"雪莉叹口气。

詹姆斯去世后，雪莉想把雅各布带回家当宠物，但雅各布根本就不买账。他从她家里失踪，她叫比利留心看看他在哪儿。比利在他拖拉机里的老位置发现了他——脑袋耷拉在窗户上，等詹姆斯回来。比利想把他挪走，他发出呜咽声，所以比利任他留在那里，心想他自己终归会挪窝的。此后他就没有离开过拖拉机，连吃东西都不出去。我们现在还去那里喂他。每当我爬上拖拉机的台阶，把狗罐头倒进雅各布拖拉机座位上的碗里，一种古怪的感觉就会突然袭来。我感觉詹姆斯就在那里。这好比给他扫墓。

✾ ✾ ✾

老客吧台那边有一处小角落是比利的天下。两名男子坐在那里，料理杯中残留着啤酒。

"兄弟们，黛比。黛比，兄弟们。"比利介绍我们认识。我很清楚不能指望比利给出名字。按理说我应该知道这些人是谁。

一个是杜利,他把时间都用在吃早餐面包、照顾老母亲还有跟比利一起喝小酒上。另一个年轻一些,三十多。他是穆尼家的。我能认出他是因为他在弥撒上辅助分发圣体。

比利招呼我落座,为我制定策略。"你看这俩小伙子手里的马上就要喝完了,这说明他们应该是同一巡的。我们不用管他们——他们互相请就行了。你只要管我。我请了这巡,所以我等你请下一巡。"

穆尼露出微笑。"这是在干什么,比利在开喝酒讲座?"

"公平来讲,这方面他的确有专长。"我说。

男人们大笑起来。

"爱喝什么,黛比?"杜利问。

既然知道说伏特加不妥,我就说:"葡萄酒。"

"我天,"比利揉揉太阳穴,"好吧,行啊。随餐或伴着一本好书来杯葡萄酒还不错,但那玩意你不能喝一晚上。你会喝趴下的。"

"比利,你的建议你自己听进去了吗?"杜利问。

"你给我闭嘴,"比利说,"还有什么来着?听好了,在酒吧喝酒有一条黄金法则:如果有人请你喝了一杯,你无论如何都得请回去。"

"我杯子都空了半个小时了,就等这个小气鬼请我下一杯呢。"穆尼说。

"别听他胡扯,黛比,他是个骗子。"杜利说,但他站起身来，从屁股口袋里掏出他的钱包。

比利继续，好像根本没被打断过。"如果你想实惠点，买小瓶猛灌，那就把伏特加换成威士忌，然后学着像样地喝。要是感觉快失控了，就点一杯加冰块和青柠的气泡水，假装是金酒。不过别真去买金酒。那玩意就是宰人的，能把你宰哭。把握好节奏。你要找一个平衡点，既能耍酷，又不会完全失控。这其中没有绝对的自由。喝倒了站不住，别指望有人会救你，如果真有人照顾你，清醒的时候见到他们要道谢，不管你感觉多尴尬。"

他顿一下，盯着我的脸看，看看我有没有听进去。"社交饮酒有不明说的规则。有人请你喝，不代表你应该喝。那晚绝不会是你最后一次喝得酩酊大醉，"比利说，"你可以时不时那样放纵一下，只要不把它变成习惯就好。"

"你是说，别到最后像你这样？"我问。

穆尼笑起来有酒窝。

"少来。"比利说。

比利的注意力忽然被转移，雪莉在吧台后面叫他。"我去去就回。"他说。

❋ ❋ ❋

为了填补我和穆尼之间的沉默，我把啤酒杯垫撕成小块，再拼回去，专注地盯着它们，我假装没有注意到穆尼正注视着我。"你知道吧，"他顿一下，我抬头看他，"你跟你妈简直是一个模子里刻出来的。"

"是有人说过。"我说着又继续低头看啤酒杯垫拼图。

"上学的时候我跟她同班。梅芙·怀特。我见过的最聪明的女孩。"

我尴尬地点点头。他说起她就跟追悼似的。

"她怎么样？"他问。

"不太好。"我说。

"下次你见到她，跟她说穆尔特·穆尼向她问好。"

"我会的。"

※ ※ ※

见到比利和杜利跟雪莉一起回来我很高兴。

"亲爱的，刚才我和比利在聊，"雪莉把她的手搭在我肩膀上，"詹姆斯的车该怎么办。我们觉得你也许能用得着，上学路上来回。"

"但我不会开。"我指出。

"这里不会开的又不止你一个，"比利说，"我来教你。"

"但我还没学理论。"

"那你最好把它学了。"雪莉似乎生气了。

"对不起，我不是那个意思……你确定吗？"

"当然了宝贝。"她说。

"谢谢,雪莉。"

"不客气。"她说着把桌上的空杯子清走。她似乎忘了,紫罗兰原本就是比利的。

"比利,"我等雪莉走到听不见的地方才说,"紫罗兰十年都没上过高速了。"

"你不用一路开到都柏林。你可以先开到火车站。"

"可它连安全带都没有。"

"我们会解决的。"比利喝空杯子转向我。"该你了。"

我站起来,为谈话结束松了口气。我能感觉到穆尼的眼神一路随我到吧台。

❄ ❄ ❄

等我喝到第六杯,我和穆尔特·穆尼已经成了很好的朋友。杜利和比利去吧台另一边打台球了。我终于告诉他:"我喜欢你的酒窝。"

"你也有。"他用手指戳戳我脸蛋说。

"英语的'酒窝'跟德语的'池塘'有关。我觉得挺好,就像是说你脸蛋上有个池塘。"我也戳他一下。

"你很聪明,像你妈妈。"他说。

"或者是壶穴。脸上有个壶穴。大坑那种玩意。"我又戳戳他的脸。

他看着我。"来吧,"他说着从座位上站起来,"我们出去透透气。"

我拿起外套,抓起酒杯跟他出门往路上走。我已经知道我们要去哪儿了。

※ ※ ※

福尔诺克斯的门开着。穆尔特在说话但我没在听。要不是借着酒胆我根本就不敢来这地方。我跑上小丘的台阶,再摇摇晃晃地跑下去。我开始转圈,越转越快,直到我清楚自己快要倒下。

我任由他接住我。

然后我的脑海里传来比利的声音。

"你他妈的在干吗?"

穆尔特从我身上滚开,站起身来。比利低头看着我们。

"我发誓,比利,她自己找上我来的,"穆尔特说,"我绝不会……我是说,她还是个孩子,我只是……"

"没错,穆尔特,你说的没错。她就是个孩子。"

"比利……"我试着说。

"别说了。"他说。

※ ※ ※

回家路上,我们始终保持沉默。走到门口,比利转身对我说："你知道那个说法，养个孩子是全村子努力的结果。你这情况呢，怀个孩子是全村努力的结果。你在这里遇到的任何一个男人都可能是你父亲。所以把舌头伸进别人嘴里的时候小心点——我是说，老天啊，黛布丝。穆尔特·穆尼对你没有一丁点儿的兴趣。他还在为梅芙发狂，你懂的，为她疯狂的人肯定都是疯子。你不能随随便便就向人投怀送抱。"

"我没向他投怀送抱。"

"那你说这是什么？"

"一个吻而已。"

"鬼才信。黛比。我只是想帮你。"

"帮我什么？我不是小孩子了。"

"但你就是！你他妈的就是，你的人生还没开始呢。"

"所以我得对你俯首听令？所以每节人生第一课结束，我都得说'谢谢比利舅舅，我希望长大以后像你那样'。"

"你不会像我的，黛布丝，"比利说着转身离开，又朝小酒馆走去，"你跟你妈一个样。"

驾驶课

我一路跑到房子后门，撞翻了拦牛木栅。我起跑前就已经感到右脚后跟的水泡在灼烧了。我越跑越快，享受着让它越烧越烫的感觉。我擦去额上的汗水，用指尖刮去皮肤上的盐渍。这下那个水泡让我几乎无法行走了。我一瘸一拐地走进房子拿水喝。我打开门，在手机上查看自己跑了多远。十三公里，还不错，我觉得。我对那个数字很满意。

"呀黛比！"

"我的天！"

马克·卡西迪穿着平角短裤站在我家厨房里。

"你怎么样啊？"他边问边把一件T恤往头上套。

"你怎么会在这儿啊？"

"我在帮比利挤奶。你怎么样啊？"他又问一遍。

"挺好，"我说，"你呢？德尔布丽呢？"

"挺好，嗯。"他说。那个女朋友。我提起她让我俩都吃了一惊。

"比利还在挤奶吗？"

"嗯，他应该只剩一排了。我得早点走。今天打比赛。"

"嗯，"我说，"好运。"

我沿着挤奶间的台阶走下去，只听到比利用一截威文塑料管抽一头奶牛。"你他妈的——给我——起来——你个脏兮兮的——婊子养的。"

那头奶牛不肯挪到前排饲料槽来。她吓得屁滚尿流，都吓瘫了。比利继续抽她，她冲他踢后腿，奋起反抗，或是最后一搏。我不确定。她是初次产犊的小奶牛，乱踢的时候胎盘还挂在她尾巴上荡来荡去。她整个身体都在颤抖，最后等比利抽得要喘口气了，她优雅地迈步向前，摆出正确的姿势。

"马克·卡西迪为什么在我们厨房里？"我问。

"他来给我帮忙。"

"你为什么没打电话找我？"

"因为我需要你的时候你从来都不在家。我到处找你帮忙，你却在外面，不知道跑哪儿去了。他主动提出帮忙。我该说什么，说'不'吗？"

他把挤奶机摆到前排温顺的奶牛跟前。四爪机器伴着熟悉的"咯噔咯噔"的节奏把奶从每只乳房里吸出。一条条奶水的河流交汇。我很想知道她们是否意识到自己被索取了多少。

❋❋❋

比利从挤奶间回来时我守在水壶边上。

"让马克顶替詹姆斯不太好吧，"我说，"我们这儿已经死了一个卡西迪。"

"雪莉不会说什么的。"

"我倒是不在乎雪莉怎么想。"

"你准备好上第一节驾驶课了吗？"比利问。

"什么时候？"

"现在。"

"感谢及时通知。"我说，完全明白这个念头是他刚刚冒出来的。

"不客气。免费的，她还想要预约。"

"我考驾照之前要老老实实上课，你知道的。"

"啊，那只是摆样子。"

"不是。我需要登记课时的。"

"我们肯定能让穆尔特·穆尼签一个。他是教练。"

"那可一点儿都不尴尬。"

"是你让事情变尴尬的，不是我。"

他打开冰箱皱起眉头。"妈的这是什么？"他已经发现纸盒了。

"燕麦奶。"

"燕麦现在都长奶子了，啊？"

"我在尝试新食物。"

"有免费的真牛奶,你却花钱买假牛奶,我以为上大学能让你变聪明呢。"

"我在开拓视野。"

他叹了口气。"你在这里怎么瞎折腾都不会有人追究。来吧。把车钥匙拿来。"

❋ ❋ ❋

紫罗兰突突地发动起来。"我觉得她得流感了。"我半开玩笑,希望驾驶课会因为车子的症状而推迟。

"她肯定好开。我们在路上停下来给她加油就好。"

"去哪儿的路上?"

"还不确定。看你左右转弯掌握得怎么样。"

"我们要开上路?"我问。

"你以为我们要开哪儿去?"

"我觉得我上不了路,比利。"

"你当然能开得上路。来吧。在这里挂挡。"

我冲他眨眨眼。

"一挡。在这里。动啊。抓住变速杆动啊。"

"哪个是离合器来着?"

"别来这套。跟拖拉机一样的。"

"我开不到城里的,比利。"

"为什么开不到?"

我能预见自己在通往加油站路上的拱桥上熄火,然后又因为来不及刹车向后滚去撞上了另一辆车。"我得先弄明白怎么开,我们才能开走。迈出小小的一步。这是我第一次开呢。"

比利叹了口气。"好吧。我们先在附近这一片遛她。这样听起来还行吧,殿下?"

"行。"

"往左。"比利说。

"我还不想爬坡。"

"好吧,往右。在这里打指示灯。"

我打指示灯,开的却是刮雨器。比利假装没注意到。我从门口开出去。一切已经变得太快。

"二挡。"比利说,可我的身体已经不听使唤了。"紫罗兰"在抗议中加速。

"踩离合!"比利下令,我照做。他帮我把变速杆挂到了二挡、三挡。

整个世界在车窗外流过,汽车飞驰,我感觉我们好像正在路中间消失。

"小心别熄火。"比利说。我看了看车速表,还没到三十呢。

唯一能让我坚持的办法,就是假想车窗外的世界都不是真的——把它贬入幻想的领域。我开始慢慢适应。我自己推到四挡，心想，这绝对是电脑游戏，因为现实中我们不可能以这样的速度移动。一辆车朝我开来。路宽不够两辆车并行，我们玩起了老鹰捉小鸡游戏。

"停车，停车，妈的快停车！"比利说，但我已经把另一辆车从路上逼退了。"妈的你想让我送命吗？下次我们再看见车，你停车。别瞎赌气了。"

我们驶入最后的赛道，从时钟山开下来，这时另一辆车现身了。"减速，减速。"比利说。我把脚从油门上挪开，可我们却跟随着惯性滑下坡——我忘了怎么刹车。总之，我努力停车了。

"有条沟，有条沟，有条沟！"

"紫罗兰"在路堤上弹起来，像《正义前锋》[①]里那样，我开始在路中央融化……

"神圣基督他妈呀！"比利惊呆了。

我们——却不知怎的，奇迹般地——行驶在自家门前的车道上了。我不记得我们是怎么到那儿的。

"对不起。"我说。我死死握住方向盘，不想让他发现我的手在发抖。"我犯迷糊了。"

这是比利难得语塞的几次情形之一。

"下节课我们去地里开？"我提议。

"不。"他走出去，摔上车门。"下节课我们进城。你最

[①] The Dukes of Hazzard，讲述三个年轻人为保住家族农场与投机商人斗智斗勇的美国影片，追车戏较多。

好上点心。你不珍惜我努力为你做的一切。大学送到你手里。车送到你手里。驾驶课送到你手里。你他妈的醒醒吧,行吗?"

十二月八日

下周五妈妈就要从圣帕茨出院了。她三周的学习项目即将结束，医院觉得她已经准备好进入下一康复阶段了。她给比利打电话说她想去购物。

"我们开回家之前我想先去城里买点东西。"

"星期五？"

"你们来接我的时候，嗯。"

"你确定吗，梅芙？"比利问，"医生知道吗？"

"这就是他的主意。是我康复计划的一部分。"

下周五是十二月八日——我和比利每年到城里看圣诞彩灯的日子。以前妈妈从没和我们一起去过。

"八号人已经比较多了。"比利警告她。

"我知道。所以我想那天去。向我自己证明我能在城里度过一个下午，是迈出重要的一步。"

"没错。但你知道关于迈出小小的一步有什么说法吗？"

"比利，你到底带不带我去？"

"当然带你去。不过我能先跟这位医生谈谈吗?"

"不行。"

"好吧。那就八号?"

"八号。"

"到时候见。"

❋ ❋ ❋

我们坐在精神科医生办公室的外面。妈妈出院前,他想先跟比利聊聊。

"感觉这就像被叫到校长办公室去。"比利跟我嘟哝道。

"艾伦医生现在请你进去。"接待员说。

"好运。"我说。

"你跟我一起进去。"

"我没收到邀请。"

"我现在邀请你。来吧。"

我们走进门,一名又高又帅的男子起身。"怀特先生。"他说着伸出手。

"叫我比利就好。"

"这位一定是黛比吧,"医生微笑着说,"很高兴见到你们。"

我强迫自己与他的棕色眼睛对视,我感到自己脸红了。

"请坐。我是帕特里克·艾伦医生。我是高级顾问医师,负责梅芙的诊疗。我想你们会发现她变了很多。她在我们的照料下有了很大的改观。"

"啊，这真是太好了。"

"是啊。经我们诊断，梅芙患有双相情感障碍，有时也被叫作躁郁症。你们以前在哪儿看到过这个说法吗？"

"像悠悠球的那个？"比利问。

"嗯，是啊。反常的高昂情绪——也就是躁狂状态，和抑郁时期的低落情绪交替出现。它被称作双相情感障碍就是因为患者会在这两种极端情绪之间摇摆不定。有时，严重的躁狂或抑郁会触发精神错乱的症状。我们想办法让梅芙开口之后，她跟我们说一位好朋友、好邻居詹姆斯最近离世了。我们认为，是詹姆斯的过世导致了这次精神错乱发作。"

"啊，大夫，这个我可以直接告诉你的。"比利说。

"是呀。我们讨论了治疗方案。我已经让梅芙进入药物疗程了，这个你们需要监督。让她按时按量吃药非常重要。当然，她还是要继续跟我进行谈话治疗，每周一次。"

"我每周带她过来一次？"比利问。

"是。"

"这样就行了？"比利问。

"嗯，是啊。我是说，你有我秘书的号码。如果你需要联系我，请毫不犹豫地——"

"——给你秘书打电话。"

"没错。"

"要是我妹妹又在楼梯上把牙齿磕掉,她要怎么帮助我们呢?"

"哦,她会把你们给她的消息转达给我的。"

"是啊,你们其他几百号出院的病人也是,因为这里收不了那么多病人。"比利说。

"我可以向你保证,怀特先生,我们会确保每位病人都得到所需的治疗。"

"叫我比利就好。我知道这不是你的错,帕迪。让我郁闷的是这种医疗体制。"

比利站起来,再次同医生握手。他告诉我们说梅芙会在大厅等我们。

"我觉得你们会发现她有了很大的改观。"艾伦医生说。

❋ ❋ ❋

看见我们,妈妈露出一个窘迫的微笑。

"我们得看看牙齿该怎么办。"比利说。

妈妈闭上嘴。

"牙齿挺不错。"我说。我喊她"妈咪",送上一个长长的、紧紧的拥抱。

她鼻子上的石膏已经拆了,脸上的肿块也消了。她鼻梁上的紫色瘀青已经褪成黄色。

比利搓搓手,朝我们眨眼。"准备好开始我们一年一度的乡巴佬城里游了吗?"

※ ※ ※

这一切感觉是那么的失真。被还给我们的妈妈走着路,说着话,对治疗的力量表现出狂热。她的诊断似乎给她带来了极大的乐趣。她说"双相"这个词的时候带着一种困惑,好像在牛仔裤兜里翻到一张五十欧钞票似的。"你们敢相信吗?"她睁大眼睛转问我们,"艾伦医生考虑把我放进他下一篇论文的案例分析。"

妈妈对她心理治疗师的情感依恋并不奇怪。她总是渴求外部认可。她需要被人仰慕,乃至崇拜。她在詹姆斯那里失去的,似乎又在这个家伙身上找回来了。

她冲我们晃晃她的药盒。它像一盒嘀嗒糖[①]似的哗啦啦响。这是一只塑料的多彩车轮,划分成标着一周七天首字母的三角形小格。它看起来好像是一个益智棋盘游戏的组成部分。"他让我保证每天吃药,"她说着用手托住下巴,"不过它们会冻住我的大脑。你知道那种在路上被绊了个跟头、大脑像是从脑袋里蹦出来的那种感觉吧?唉,就像那样,只是会一直那样——"她把手一下子举起来,"飘啊,

---

[①] Tic Tac,意大利费列罗公司的一款迷你小硬糖,一粒粒装于透明小盒中。

飘啊，飘上天空。"

"噢，那管用吗？"比利说。

"拭目以待，"她说，"他对我的梦境研究尤其感兴趣。"

"真的吗？"

"我把笔记本借给他了。"

"你把你的日记本给他了？"

"那不是日记，比利。那是研究。"

"一回事啊梅芙。这难道没有违背某种职业道德规范吗？"

"实际上，研究我的梦一直是我治疗中不可或缺的一部分。"

"好吧。"比利说。

❋ ❋ ❋

我们把车停在杰维斯①。妈妈想去比尤利咖啡馆②，所以我跟比利说，要是把车停到德鲁里街更方便。

"我知道杰维斯在哪里，"他说，"我们停杰维斯。"

我们过桥，朝利菲河对岸走去。在人群中，他们都很信任我带路。我在红绿灯前招呼他们前进，他们一见小绿人变成橘色就吓得不敢动弹。

---

① Jervis，都柏林大型购物中心。
② Bewley's，都柏林老牌咖啡馆。

203

"你俩真像游客啊。"我说。

"我们本来就是游客。"比利说着抓住妈妈的手,领她过马路。见他对她那么好,感觉真棒。

他们停下,抬头望着格拉夫顿大街的彩灯。

"Nollaig Shona(圣诞快乐),"妈妈搂着我的肩膀说,"你出生的时候我本来打算叫你'诺莱格(Nollaig)'的。"

"真的啊?"

"嗯。你外公坚决反对。他说你会被别的孩子欺负的。"

"我又不是圣诞节出生的。"

"那又怎样?多好听啊。"

"现在都柏林的种族主义可真厉害啊,"比利用压过电吉他街头艺人的声音咆哮道,"有个商店居然叫'棕色托马斯'①。不过要是叫黑色或白色托马斯就更糟了。或黄色托马斯。"

"你现在不能再说黑人是'黑色'的了,比利。他们是'有色人种'。"妈妈说。

"天啊。"我呻吟道。

"爱尔兰语是'Daoine gorma',蓝种人。我忘了怎么来的。跟魔鬼有点关系。"

"你知道吗,有时我都忘了自己为什么担心从你嘴里会冒出来什么鬼话,比利。然后你就爆出那么一句。"妈

---

① 即前文曾提及的布朗·托马斯(Brown Thomas)购物中心。

妈说。

"你担心从我嘴里冒出鬼话?"

※ ※ ※

进比尤利要排队。一见彩窗玻璃、光亮亮的地板和巨大的圣诞树,妈妈的眼睛就亮了起来。

"有次我在这里见到西尼德·奥康纳[①]了,"妈妈说起来两眼放光,"她知道我认出她来了就冲我眨眼,好像叫我守住我俩之间的小秘密。"

"然后她在伊森斯[②]偷了本《圣经》,接下来发生了什么我们都知道了。"比利说。

"说我还是说西尼德呢?"

"这些日子吧,我觉得想区分你俩还真难。"

"我权当是在夸我了,"妈妈说,"那女人就是个天才。"

我努力转移话题。"你知道莉萨·奥尼尔[③]以前在这里工作吧?"

"在比尤利?"

"嗯。"

[①] Sinéad O'Connor,1966—2023,爱尔兰著名摇滚歌手、创作者,以光头形象著称。她的生日恰为12月8日。
[②] Easons,爱尔兰老牌书店。
[③] Lisa O'Neill,爱尔兰当代创作歌手。

"啊,那真是个天才啊。"比利说。

"她是谁?"妈妈问。

"你肯定会喜欢莉萨·奥尼尔的,妈妈。"

"梅芙对自己没听过的音乐都不信任,"比利说,"她喜欢亡灵的音乐。"

"没这回事。"

"有这回事。莫扎特、巴赫、卢克·凯利[①]。"

"西尼德·奥康纳还活着,我自己发现她的。"

"因为她这个艺术家真是太小众了。九十年代'Nothing Compares 2U'在广播里轮番轰炸。她忧虑的小光头在每家酒馆的电视上掉眼泪。"

✳ ✳ ✳

在去亨利街的路上,比利谩骂起一块广告牌——关于反乳业运动。上面有一张奶牛舔犊的海报。文字是"乳业把宝宝从妈妈身边抢走",紧接着是一条"# 当个严格素食主义者"的呼吁。

"妈的他要我们怎么办?"比利吼道,"把牛犊子留着,然后等他们长大了妈咪和儿子就能互相骑来骑去了?我们应该那样运作?我们的目标是该死的近亲繁殖畸形小牛犊

[①] Luke Kelly(1940—1984),爱尔兰著名民谣歌手,都柏林人乐队(The Dubliners)创始成员之一。

子？一群反应迟钝的皇室成员，饱胀的乳房，史无前例的乳腺病？啊？"

"别理它，比利。"我说。

妈妈用胳膊肘推我。"我们马上就要路过邮政总局了。到时候他就冷静下来了。"

❋ ❋ ❋

妈妈对都柏林尖塔并没有表现出多大兴趣。"乔伊斯在它边上看起来像个小矮人。"她发出啧啧声，慢慢挪到一动不动的乔伊斯身边——他拄着手杖，另一只手插在裤兜里，帽子翘起，鼻孔朝天。妈妈凝视着他。"我的爱，我的爱，我的爱。你为什么要离我而去？"

比利和我面面相觑。

"我们可以在这里吃到点像样的东西。"比利冲凯利摩尔餐厅的旋转门点头说道。

"妈妈，你之前说要买什么来着？"我问。

"我要为午夜弥撒准备一双新鞋。"

"好啊，肯定很多店都有。"我说着哄她远离那尊雕像。

❋ ❋ ❋

我们在阿诺茨商场卖鞋的柜台犹犹豫豫一个半小时之

后，妈妈买下了一双靴子。这是一双黑色漆革及踝靴，鞋跟不算高，有金色搭扣。她把这双鞋穿出商店走过半条街，然后她疼得龇牙咧嘴，把这双鞋脱下来宣布要把它们退了。

店员气坏了。

我们一走进下一家店，妈妈就脱掉她的鞋光着脚晃悠，在柜台跟前到处看。我们的热情都有所减退。比利在生闷气。他不肯进店，抱着胳膊站在外面和保安们聊起来。

我注意到赞茜的一双同款银色系带靴，她说她在二手慈善店花十块买的。145 欧。这种鞋看起来好像是去月球狂欢才会用上的。

我转过身，妈妈不在。但她的鞋子还在。她不可能跑远的。接下来的十分钟我继续随便看，等她出现。

※ ※ ※

我出门找比利，手里拎着妈妈空落落的鞋子。他在和一个过分热爱社交的国际特赦组织工作人员聊天，就是那种我想方设法躲开的穿黄外套的人。

"黛比！你肯定想不到这人是谁。我们跟他算得上远亲呐。"

"她也不在你这里啊，"我说着脑袋感到一阵眩晕，"比利，我觉得我跟她走散了。"

比利的脸沉了下来。"梅芙？"

"哦亲爱的,是你们的女儿吗?"那个穿黄外套的人说,"如果你们去德贝纳姆斯①客服咨询台,他们可以用内通广播喊她的名字。"

❋ ❋ ❋

五个客服咨询台和两小时之后,我们发现妈妈躺在穆尔街的一处门廊里,和一个无家可归的少年抱在一起。比利一把揪住她的后颈要拖她起来,但那个男孩和她一起锁在睡袋的拉链里。男孩发出呻吟,眼珠在咕噜噜转。

"对不起,对不起。"妈妈道歉说,好像她睡过头或忘了去参加弥撒。

我要帮她穿鞋,但比利叫我别管。"她没穿鞋都能跑这么远呢。"

❋ ❋ ❋

回家的路上没人说话。我看看手机。赞茜发了一条消息来:

希望你和妈妈还有比利在城里玩得开心。你们都值

---

① Debenhams,英国老牌百货公司。

得拥有美好的一天

比利把车停进院里。我们从车里出来时他冒出一句:"你们觉得帕茨①会退钱给我吗?"

我觉得他是在开玩笑,妈妈却哭了起来。

"妈的全是扯淡,"他冲她大吼,"妈的你就是个疯子。"他朝她脸上吐了口唾沫。"我他妈的玩累了。"

"我们都玩累了,"我说,"很晚了,现在还是不说这些了吧。我们还是都早点休息吧?"

※ ※ ※

我安顿妈妈上床,在她身边放了一杯水。

"要我陪你吗?"我问。

她的嘴唇在颤抖。"可以吗?"

我爬上她的床。

"灯别关。"她搂着我的腰,把她的脑袋靠在我胸前。

"妈妈,你为什么要那样做呢?"

她叹了口气。"你们来医院接我的时候,我就想着跟家人一起进城,过上正常、美好的一天。我很期待。我做好了准备。我想象着比尤利的咖啡,买买东西……"

---

① 精神健康中心和梅芙的主治医生名字里都叫"帕特里克",此处为该名昵称。

"妈妈,这些地方我们都去了呢。"

"都怪那些该死的靴子。我就是挑不到合适的。然后我又开始犯晕。我想那应该又是一个焦虑的梦。所以我就,拼命跟它分离,改变梦的方向。我的确做到了。我只是,游离了。"

"你记得发生了什么吗?"

"哦,记得啊。但我的梦我差不多都记得,有时我觉得我只有睡着的时候才真正活着,所以这说明不了什么。那个男孩要钱,我在他旁边坐下来了,然后我们聊起来了……"

"妈妈,你有没有……你和他睡了吗?"

"那个男孩?"妈妈露出微笑。"他让我吃了一惊。我们睡着时,他做着最美的梦。"

拱廊下的爱丽丝

"这么说,你们那天玩得挺开心吧?"赞茜问。

"很不错,"我说,"我们去了比尤利,看了灯,买了点东西……"

"你没去长厅?"

"那是什么?"

"啊黛比,长厅?《凯尔经》[①]?游客们集体冒雨排队都要看的啊?"

"哦,呃,妈妈的注意力时长还不允许我们排队。"

"你不用排!我们可以免费进,因为我们是学生,你还可以带两个人一起呢。"

"噢,我没进去过。"

---

① 《凯尔经》(*The Book of Kells*)约成书于公元800年,是中世纪手抄本中最著名的一部,也是早期平面设计的精致瑰丽典范,被很多人视为爱尔兰的国宝,现藏于都柏林圣三一大学老图书馆主厅"长厅(The Long Room)"。

"全球最美的地方之一就在你眼前,你居然没进去过?"

"我下次带他们去。"

"向我保证你尽快去。我现在都想把你拖过去。"

"会的,我会的。"

❋ ❋ ❋

我们在乔治街拱廊市集等待穿鼻环的奥尔拉。奥尔拉拖赞茜来给她鼓舞士气,赞茜又把我拖来了。

"我敢对老天发誓,她去一次工匠俱乐部就觉得自己非传统了。"赞茜跟我嘟哝。我们直接把奥尔拉丢在摊位上,让那位女士帮她挑鼻环。

"要是比利发现我穿鼻环我就死定了。"

"你妈妈回家感觉如何?"

"挺好的,嗯。"

赞茜在另一个摊位驻足翻看海报。我望着扎在软木板上的徽章——可可·香奈儿、弗里达·卡罗、查理·卓别林、切·格瓦拉和我面面相觑。我不确定哪张脸能让我崇拜到愿意佩戴。

赞茜正在抚平一张《风中奇缘》的海报。

"《风中奇缘》的约翰·史密斯[①]是我最早的暗恋对象,"

---

① 《风中奇缘》里爱上宝嘉康蒂并被她救下的英国探险家。

213

她说,"我喜欢他给小浣熊米克饼干的样子,我也喜欢他的金色头发。我以前会幻想我们的婚礼。当然啦,我也是个卡通人物。为了他,我也变成了卡通人物。然后我长大了,发现他就是个撒谎精。"

"还偏偏是梅尔·吉布森配音。"

"嗯。选角不行。"

她翻过《风中奇缘》,把手停留在罗尔德·达尔的《女巫》上。

"多棒的书啊。"她说。

"棒极了。"

"电影真是毁了,最后让他变回了人类男孩。"她说。

"真毁了。老鼠和外婆思考他们近在眼前的死亡。这才是我们值得拥有的大团圆①。"

"你最喜欢的书是什么?"赞茜问。

"《爱丽丝漫游奇境记》。不,等等……其实不算,这听起来太蠢了。"

"不,继续。"她说。

"我最喜欢的是一个特定版本的《爱丽丝漫游奇境记》立体书,妈妈以前会念给我听。我其实没读过刘易斯·卡

---

① 《女巫》讲述了一个和外婆相依为命的小男孩因无意间偷听女巫开会被变成老鼠,随后和外婆携手消灭女巫的故事。书中的结尾男孩依然是老鼠,得知老鼠寿命短暂,他反而很开心,他表示不想活得比外婆更久,有人爱他、一起老去就好。而1990版同名电影的结局是男孩恢复人形,落入常规的美满结局。

罗尔的《爱丽丝漫游奇境记》。我试过,可就是……我不喜欢他讲述她故事的方式。我知道这听起来很矫情,但我真的觉得她好像被困在他的叙述中。"

"嗯,可爱丽丝的存在要归功于一个爱和小女孩交朋友的古怪数学家。"赞茜指出。

"正是如此,"我说,"但讲真,她不该属于任何人,最不该属于刘易斯·卡罗尔。她独立于他而存在。"

"只是被他编造出来而已。"她争辩道。

"然而他没有。"

"可的确是啊,你好好想想,"赞茜说,"无论如何,我觉得你把自己和爱丽丝的关系搞复杂了。"

"或许吧。是比利让我陷入这种逻辑的。从讲希腊神话开始。他说它们不属于任何人。"

"神话是另一码事。它们不属于任何人,这是公认的。"

"它们曾经肯定也被某些人拥有过。反正他一直给我讲希腊神话,不过,是他自己的故事。然后他让我复述那些故事。他说那才叫故事。它们不属于任何人。"

"比利听起来就是个传奇。"

"他的确有过高光时刻。"

赞茜从一处货架抓起一只高顶礼帽,又从另一处抓起一只怀表,然后把一只烟斗凑到嘴边。"疯帽子,"她指着帽子说,"白兔的怀表,毛毛虫的水烟袋 —— 反正挺像的。选一个。"

"做什么?"

"我送你一样做圣诞礼物。"

"不,你别。我们不来圣诞礼物这一套。"

"别搞得跟格林奇[①]似的。"她教训道。

"我感觉格林奇没准只是破产了。"

"好吧。"她叹口气说道,把帽子放回摊位。

我很好奇她会给男友买什么圣诞礼物。新球棒?袜子和内裤?不,赞茜肯定更有创意。他又会给她买什么呢?我不大相信他会是个礼物采购行家。

"你在想什么呢?"赞茜问。

"你最喜欢哪本书?"我问她。

"这个问题简直无法回答。"

"那你刚才还问我!"

"我没指望你回答。"

"这么说吧。如果你以后只能读一本书,你选哪本?"

"《只是孩子》,帕蒂·史密斯[②]的。"

"谁是帕蒂·史密斯?"

"哦黛比……"

[①] 苏斯博士(Dr. Seuss)大受欢迎的绘本人物,一个讨厌圣诞节、努力让别人也过不好圣诞节的绿毛怪。
[②] 帕蒂·史密斯(Patti Smith),美国传奇摇滚歌手、作家、视觉艺术家,其自传作品《只是孩子》(*Just Kids*)描述了二十世纪六七十年代她与日后成为著名摄影师的罗伯特·梅普尔索普(Robert Mapplethorpe)在纽约互相扶持、互相激励、追随艺术的青年时代。

※ ※ ※

我们在拱廊里快逛完一圈的时候看见了那个摄影摊。有典型的都柏林游客照——半便士桥风景、乔治王朝时期的大门、奥斯卡·王尔德的雕像。接着是一系列大海的照片。哗啦啦响的鸟蛤和贻贝冲上散落着海草的灰蒙蒙海滩。在那张照片的角落里——咧嘴笑的——是一副假牙。

"大部分人根本都不会注意到它们。"赞茜指给我看的时候,摊主开口道。

赞茜冲他咧嘴一笑。

"听说过玻璃海滩吗?"摊主问。

他指出另一张更大、更贵的全景照:海滩被一片雪白包围,但那不是鹅卵石,而是海湾里闪闪发光的珠宝。

"我的妈呀。"赞茜说。

"俄罗斯的乌苏里湾。苏联时期,这里是倾倒碎玻璃和碎瓷器的垃圾场。"

"打住,这全都是玻璃?"

那人点点头。

海滩的照片变身为时间的万花筒——多年侵蚀的一幅拼贴画。我想象大海摇晃着空玻璃瓶——像为演员准备红毯亮相的造型师和化妆师那样把它们打磨,擦亮。最终,它们准备就绪,以珠宝的形象示人——凝固在时间中的美。

"照片是你拍的？"

"是啊，我从日本回来的路上拍的。我经常去那里。其实我的专长是拍雪。"他指着一组雪花的照片说。

"这些也是玻璃？"

"不，这些是雪花。"

"不可能！"

"这是微距摄影。"

"哇哦。"

赞茜买下玻璃海滩的镜框照片和几张雪花的。

"它们很适合当圣诞礼物。"那个人告诉她。他为她包装东西，好像给她打折了似的。"我把名片也丢进去了，如果有问题可以再联系。"他眨眨眼说。

镜框照片很大，我不得不帮她一起扛。"那人简直在用眼神把你扒光。"我说。

"呃，没那回事！"

"赞茜，那么明显呢。"

"他只是想卖作品。这些作品那么酷。我还不知道雪花真长那样呢。"她说。

"什么意思？"

"我以为那只是卡通形象。"

"打住，再说一遍？"

"嗯，就像他们给动物安笑脸或给它们穿人类的衣服一样。我以为雪花只是一个小点点。"

218

我忍不住大笑起来。

"怎么了?"赞茜问。

"你不是认真的吧?"

"真的!"

"我简直不敢相信我们年级里唯一拿一等的人居然不知道雪花长什么样。"

赞茜笑起来。"我以为那只是卡通画法。"

"那真是非常精致的卡通画法了。"

"的确。"

"我简直不敢想象,有人活到这么大,居然对雪花晶体的六条胳膊经典形象一点概念都没有。"我说。

"好吧,我傻到家了,抱歉。"

我们默默翻看着一排 T 恤衫。

"我妈妈跟我说过一个故事,讲的是一片不相信雪的小雪花。"我说。

"我等不及要见你妈妈了。"

"嗯,你会见到的。比利已经在开玩笑说圣诞节桑蒂要来咯。"

"哈哈太棒了。我等不及了。"

一位女士从穿鼻环的摊位走出来,奥尔拉无精打采地跟在后面。

"你们的朋友,她晕过去了。"那位女士说。

"哦天啊,你没事吧?"赞茜问。

奥尔拉龇牙咧嘴。"针还没扎进去我就晕了。"

※ ※ ※

回去的路上我们在商店停留,奥尔拉要买葡萄适[①]。
"你现在想去长厅吗?"赞茜问。
"不行,我今天预约看医生了。"我说。
"你怎么了?"奥尔拉问。
"啊就是开点药。"我说,但愿她没看见我脸红。

※ ※ ※

我们最近一次晚上出去时赞茜有点崩溃。喝热身酒的时候她喝多了,打车去酒吧的路上就开始吐,于是我们直接打道回府了。她哭得很厉害——她不停地说她多么地讨厌自己。我帮她脱下崭新的连身裤,换上睡衣。格里芬逼她喝下了一大杯水。我们安顿她睡下,为她掖好被子,我们都努力哄她开心——跟她说她没有理由讨厌自己。她美丽,有天赋,聪颖,有趣。

然后格里芬有点用力过猛。"我说,别误会。黛比,你有那种田园风、邻家女孩的魅力,但赞茜,你简直可以去

---

① Lucozade,一种饮料,其主要成分是葡萄糖。

当'维秘'模特。绝对无与伦比。"

"谢谢你实话实说,我完全同意。"我说。

赞茜扮了个鬼脸。

"你生气做什么?我们在夸你。"我说。

"我是说,你真得好好谢谢她,黛布丝,"格里芬继续挖苦道,"小伙子们来追赞茜,结果跟你睡了。"

"但我没和他们睡,"我说着把头发弹到肩后,"我可是个淑女。"

"是啊,你一直这么跟自己说。"

"啊?我没开玩笑啊。我没跟他们睡过。我从来没发生过关系。"

接着是一阵诡异而困惑的沉默,然后格里芬大笑起来。"听啊。赞茜你听见了吗?每次我们出去以后回来,这位都跟一个不同的家伙睡,现在却坚持说她是个处女。"

"我跟他们一起回的,"我纠正他,"但我没跟他们睡。"

"黛比,"赞茜打着嗝说,"你吻起来非常……有激情。这没什么错,只是那会让小伙子兴奋起来,进一步采取亲密行动……你会让他难以把持然后……"

"但我事先总是警告他什么都不会发生。"

"哇哦。"一瞬间,赞茜清醒了,"好吧,黛比,你发生过关系的。我亲眼看到过。在那张沙发上。"

"兄弟们,我没有。我发誓。我们是亲热过,但没有做什么。"

221

"我看到了。"赞茜说。

"啊?你有带 X 光的夜视镜和望远镜?"

"我不需要那些!天哪,黛比。我以为你会避孕呢。你真该去做个检查。"

"我不需要!"

我突然想到把男孩们带回赞茜家是多么粗鲁。我这么做是因为害怕我们回去时她男朋友也在家。我常常想象这样的场景:他们在隔壁房间,沙发上的我努力入眠。

"我不知道为什么会把他们带回你这里,真是对不起。"我小声道。

"哦天啊,我不是因为你把他们带回来跟你生气。"

"很不妥。"我说。

"不,挺好的。只是——你不记得发生了什么,这很叫人担心。"

"我记得啊。什么也没发生。"

"黛比,去看看医生。预约。做性传播感染检查。"

"我不是妓女。"

"我也觉得你应该去看医生,黛比。保险起见。"格里芬说。他似乎被我弄得哭笑不得。

"没人说你是,"赞茜说,"但你得知道自己喝醉后会发生什么。你刻意过滤了记忆。我这么说只是因为我爱你。预约医生吧,算是让我安心。"

※ ※ ※

我翻着杂志，尽量不被等候室电视机里的《杰里米·凯尔秀》[①]吸引过去。我跟接待员撒谎说耳朵痛。我考虑继续用耳朵痛打掩护，因为我不太确定该怎样绕到正事儿上。那个我不希望被分到的帅气男医生最终还是叫了我的名字。

"有什么可以帮你的？"他说着把我迎进他的办公室。

我等他关上门才开口。排练好的台词从我脑海里消失了。"呃，嗯，我得先道个歉。我跟接待员撒谎说我耳朵疼，因为我太尴尬了说不出来。"

"没事，没问题的。"

"我在想，你们这里有没有办法检测一下我是否发生了性关系。我知道这是一个奇怪的请求。我只是，我不太确定。"这些词语很快就冲出来了，一个绊倒在另一个身上。我盯着他的鞋子。

"发生了什么事吗？"他温和地问。

"呃，几次。"

"我是说骚扰。"

"哦天啊，不是。只是有时候喝多了，我记不得。"

[①] *The Jeremy Kyle Show*，真人秀节目，主持人杰里米·凯尔在节目中调解现实生活中的冲突。

他在桌上敲着笔。"明白了，嗯。不过体检测不出一个人是否性活跃。"

"当然。对不起，这很蠢。我不该浪费你的时间。"

"不，不。来这里咨询医生绝对是正确的选择。我们有几种选择。你可以通过诊所预约性传播感染检测。大概率是做完后没什么好担心的。或许最好还是考虑一下避孕手段。我们聊聊不同的选项。但最重要的是，"他在处方笺上草草写了一个电话号码，"我真的觉得你和心理咨询师谈谈会有好处。免费咨询，他们那边也很在行。"

我拿起那张纸。他梳理了他认为适合我这种学生的避孕药品牌。然后给我开了处方，提醒我跟诊所预约。我向他道谢。我没跟诊所预约，没按处方取药。那个号码我也无意拨打。

刺　猬

有只刺猬卡在我们的拦牛木栅底下。我俯身查看坑洞角落处的那堆刺。我想象着他前一夜在黑暗中游荡，先探出口鼻，然后披着尖刺斗篷，小脚轻擦着草地，最后落在两根金属栏杆之间的沟缝里。

"蠢蛋。"我说着蹲下来仔细看他。看不出来什么。在他身旁，有两只最近才死去的刺猬侧躺着。他们舒展开的身体暴露出脆弱的肚皮。他们似乎比依然活着的伙伴要放松得多。

我现在已经平趴在地，透过监狱栏杆俯视他。草地中响起一阵嗖嗖的脚步声，栏杆在靴子的重量下咯吱咯吱响。比利在我身边蹲下。

"这是在看什么呢？"

"那边。"我指着角落说。

"蠢蛋。"

"是啊。"

"现在他们真该冬眠了。这个十二月不冷,但这一两个礼拜就要下雪了。"

"谢谢你,爱尔兰气象监测服务。"

"我去棚子拿把长锹弄它出来。有时候他们鼓得太大了,根本没办法从栏杆里掏出来。"

"不,别去,"我说,赶在他行动前抓住他的胳膊,"我们还是让它待在那里吧。我们又不能把所有的都弄出来。"

"这可是个大家伙,至少要一两天他才会开始挨饿赴死。"

"其他可怜的小魔鬼就是那样死的,他们要被挖出来的时候你又在哪里?"

"我还真不知道你是个施虐狂,黛布。"

"我不是,但这种破事一直都有。你不能就这么冲过来假装可以挽救一切。"

比利站起身来,开始沿着拦牛木栅来来回回踱步。"那你是不许我把可怜的小刺猬从死神手里救走啦?"

"不,不许,也不许你把这件事讲成一个笑话。这并不好玩。"

"那我明白,"他说,"你只是好像有点……"

"有点什么?"

"没什么。我得丢下刺猬不管了。那么,我该跟他道个歉吗?"

"走开。"

他离开了,我继续趴在柏油碎石上,想着那个在我肚子里蜷曲的拳头。我看着拦牛木栅底下那团刺膨胀起来,直到感觉尖针扎入我的体内。

魔法师的袖子

我醒来,感到口渴难耐。我汗津津的脸粘在赞茜的皮沙发上。我把自己从上面撕下来时发出钩毛搭扣的声音。我的脑袋依然因为酒水而昏沉。我已经渐渐习惯这座城市清晨发出的声响。轻轨呼呼地飞过,它的警铃似乎在我脑袋里叮叮回响。

赞茜卧室的门吱呀一声开了。我转身,只见面露窘色的格里芬出现在厨房门口。

"早啊。"我说。

"早。"他嘟哝着把头发拉到脸上。"我要教的课再过一刻钟就要开始了。"

"祝你好运。"

"现在发邮件说课取消了太晚了,是吧?"

"我觉得是。"

"好吧,"他嗅嗅自己的胳肢窝,"你有除臭剂吗?"

"没带,没有。"

"赞茜!"他大喊着回到卧室里。

等他走后,赞茜溜进厨房,准备好了接受盘问。

"妈的这又怎么了?"我说。

"显然没怎么。"

"你有男朋友。"

"他是弯的。"

"你们接吻了吗?"

她没说话。

"你有男朋友!"

"别说了。我知道。"

我叹了口气。"他在利用你,赞茜。他明白自己什么时候想上你的床都可以,这对你俩都不健康。"

"只是抱在一起睡而已。"她坚持道。

"真的吗?"

"我不知道。"

我递给她一杯茶。

"你没带人回来?"她说。

"为什么是惊讶的语气?"

"只是……这挺好?进步?"

我刚要大光其火,却发觉这是我跟赞茜出去后难得没带陌生人回她公寓的一次。

"那天看医生怎么样?"她问。

"不错，嗯。"

"你们讨论了什么？"

"我的性爱健康。"我忍不住带上讽刺的语气。

"你有没有查出来你有没有……你知道的，做过爱？"

"记忆回来了。比如，有一次，酸疼……然后……早晨……我流血了。但我不知道那是因为，呃，他的手指还是——"

"你真的不记得？"

"不。呃，这跟酒精的确有点关系。但我和自己的身体也失联了。就像你去跑步，却完全忘了自己在跑步，哪怕跑完之后浑身是汗，都记不得跑步这件事本身。"

"可以想象，做爱习惯之后就会自动化，但第一次呢？你真的不记得你的第一次了？"

"我都不知道哪次是第一次呢，"我抬头看着她，"你不相信我。"

"不是我不相信你，只是——这讲不通啊。"

我想象赞茜的第一次是在清晨，沐浴着柔和的阳光。他肯定会问她可不可以，而她可爱得像《危险性游戏》[1]中的瑞茜·威瑟斯彭。是最近吗？是和他吗？"你第一次是什么时候？"我问。

"我还没。"

---

[1] *Cruel Intentions*，1999年美国影片，美国演员、制片人瑞茜·威瑟斯彭（Reese Witherspoon）在其中饰演一名清纯女孩。

"噢。"

"我跟人说我有过,如果有人问的话。我差不多自己都要信了。我差点和格里夫做了,但我不能继续。他还在因为这件事调戏我。"

"混蛋。"

"后见之明,我很高兴没把第一次给他。"

"这不是礼物,你知道的。童贞。"

"我知道,但这是可以被他当成把柄的东西。"

"要是你任由他那样做的话。"我说,"我以前会在客厅里骑沙发扶手。妈妈看见我那样就会揍我,好像我是条狗。你记得你第一次你——你懂的——摸自己吗?"

"我觉得我做错了。"

"这无所谓对错啊。"

"不,我谷歌了,我发现我全弄错了。我讨厌自己的阴道,这就更糟了。"

"你谷歌了什么?"我问。

"怎样自慰。"赞茜小声嘟哝。

我从包里掏出笔记本。

"你在做什么?"她问。

"谷歌'自慰'。我想看看这个词是怎么来的。"

"书呆子。"

"你小时候就没迷恋过词源?"我问。"这是我最喜欢的消遣方式。哈。十九世纪拉丁语。词源不详。哇哦。你知道自慰的同义词是什么吗？自虐。实施自我虐待。"

"天啊。"

"你到底哪儿做错了？"我问。

"我不能直接摸它。我的生殖器是全世界最恶心的。"

"啊，别自恋了。每个人的生殖器都很恶心。"

"我的最糟。"她说。

"你怎么知道的？"

"我的是魔法师的袖子。"

"是什么？"

"谷歌。"

"《哈利·波特》里面的？"我问。

"不，跟《哈利·波特》没关系。"

只有都市词典才能查到。"'当一位女士下面那部分被刺激得足够厉害就会膨大，好像永远都探不到底。'这句话太别扭了。"

"我知道。"

"啊亲们，"我哼哼道，"松垮垮的私密部位？他们不是开玩笑吧？"

"这不好玩。侧翼，它们就，垂在那儿。太尴尬了。"

"所以你怎么——对付的？"

"我透过内裤下手，我不得不这样。我不能碰到它。有些人会矫正牙齿，但换了我，要是能矫正点什么，我希望有正常的阴唇。我想要个投币口。"

"你以为你是什么,自动售货机?"

"我是认真的。一想到让其他人看到它我就不能忍。"

她男朋友没见过她赤身裸体,我既惊讶又感到一丝宽慰。

"人们一般不会细看的。"我跟她说。

"我上完一节中学性教育课才发现它是多么畸形。我的和图表上的完全是两回事。我想把突出来的唇部切短一点。我甚至偷了我爸的手术刀,把冷冰冰的刀刃放在多出来的部分上。不过我就是下不了手。我胆子没那么大。"

"我天,赞茜。你知道吗,有些文化里他们真的会对女孩这样做。"

她点点头。"女性割礼?嗯。在我们的文化里,他们能让我们自己下手。"

疯　牛

妈妈摸黑坐在厨房里被我撞见，打开的笔记本让她的脸闪着蓝光。这多少有点令人震惊，就好比发现雅各布用爪子在手机上拨打电话号码叫外卖一样。

她一见我就合上笔记本。

"我都不知道你会用呢。"我说。

"我在做研究。"她抽抽鼻子，把视线从我身上移开。

我在她身边坐下，打开笔记本，本以为会看见关于梦的内容，结果却是一页关于疯牛病的维基百科。

"我觉得我肯定染上这个了。"

"哈？"

"牛海绵状脑病病毒。也能传染给人的，你知道的。症状完全对得上。"

我伸出胳膊握住她的手。"妈妈，你没得疯牛病。"

"妈的，我说什么都没人信。"

"我没说不相信你。"

"我自己身体里发生了什么,我自己最清楚。"

"嗯,但要说你也可能没得疯牛病,是不是一样合情合理?"我问。

她抱起胳膊。"但我可能得了!"

"没错,但可能性非常、非常小。"

"吃病牛的肉就会染病,这种概率也不小。听起来可能不合情理,但我真的一看到肉就想吐。"

"嗯,那我们试试暂时不吃肉。这听起来怎样?"

"可以吗?"

"嗯,当然可以。"我说。

"听起来不错,嗯。那比利怎么办?"

"他怎么了?"

"他的午餐怎么办?"

"管他呢,我们给什么他就得吃什么。"

我看看妈妈打开的其他标签页。她在 JSTOR[①] 上读关于牛的论文。

"好。那连火腿都不吃了?"妈妈说,好像对自己的素食主义未来摇摆不定。

"火腿会让你感到不舒服吗?"我问。

"不太会。"

"好,那火腿可以。"

---

① 欧美较为常用的学术期刊网站。

"好，谢谢。那我们吃什么呢？"
"我有个朋友是严格素食主义者。我来问她要菜谱。"
"那太麻烦了吧。炖菜怎么样？"
"呃，那里面也有肉的。"
"那种肉我倒是不介意。只是说不放肉排那一类。"
我还没见过妈妈吃肉排。"嗯，好主意。"我说。
"谢谢，黛比。"
"客气了。"

※ ※ ※

水下有奶牛——三头——白色、红色、黑色。她们的后腿戴着镣铐，站在从海里升起的一座山上。从水中冒出来的时候，她们的眼睛鼓着。

※ ※ ※

我醒来，试图倒带，回溯更多的梦中场景。水下奶牛之前的那部分……只有一闪而过的网页。感觉就好比此前我在努力备考，处理信息。不过内容让我感觉似曾相识。是关于奶牛的事实。

我打开笔记本，查看网页浏览历史。我感觉自己见过那些一闪而过的网页。"产犊的奶牛吃海草有益健康"——

这是一条事实。"奶牛的垂皮是脖子或喉咙部位垂下的那堆松散的皮"——这是另一条。"'库尔(cumhall)'一词最初意为'女奴'。"这让我想起在学校里学过的芬恩·麦克·库尔[①]。芬恩(意为"金色"或"白色")、麦克(意为"之子")和库尔。我想到了自己的姓——白色(White)。但我入睡前根本就不知道这些。读到这些事实的是妈妈,不是我。

逻辑悄悄向我爬来,我后退躲开。我绝不可能是在自己的睡梦中掉进了妈妈思维的兔子洞。

[①] Fionn Mac Cumhall,凯尔特神话人物,费奥纳骑士团(the Fianna)的传奇英雄,库尔(Cumhall)被认为是其生父。

咖　啡

我的手机在振动。

是赞茜：

有空一起喝咖啡？

我回复：

必须的。星巴克见？

赞茜：

我在南威廉街的一家独立咖啡馆。

她发来地址。我真想叫她去星巴克，因为那是我们的老据点。我认识那里的员工，所以互动起来不会尴尬。我刚刚才习惯面不改色心不跳地用"大杯美式"来称呼一杯普普通通的咖啡。

我为进入陌生领地做着心理准备。跟随谷歌地图上代表我的蓝点，我朝那个地方走去。

❋ ❋ ❋

才四点，天却已经开始慢慢变黑。整座城市陷入一片深蓝色的雾。那座独立咖啡馆在一家寿司店旁边。外面有圣诞小彩灯。

❋ ❋ ❋

过了好一会儿才有人注意到我。我从一个剪着不对称发型、扎了一堆耳洞的女孩那里点了一杯美式。她接过钱，给我一张覆膜的纸。我看着它，是一张中美洲地图。上面唯一标出的国家是危地马拉。我在我们那桌坐下来，把它拿给赞茜看。

"这个是用来做什么的？"

"等你点的东西做好了，他们会喊'危地马拉'。"

"我点的咖啡是从危地马拉来的？"

"不是。"

"那危地马拉跟它有什么关系。"

"没关系。只是方便送餐而已。"

"他们为什么不问名字，像星巴克那样？"

她笑起来。"你很爱星巴克呀。"

"那样的确更符合逻辑啊。"

"星巴克的咖啡就跟屎一样，黛比。"

"那你还去喝？"

"因为你总是想去那里！"

"危地马拉！"有人大喊。

我举起那张覆膜的地图，咖啡摆在我面前，马克杯比鸡蛋杯稍大，杯柄袖珍，简直是个摆设。我感觉在参加一场非常文艺的洋娃娃茶会。赞茜的目光径直穿过我。她抹着面颊上的眼泪，好像它们与她没有任何干系。

"怎么了？"

她摇摇头。"没什么。"

"发生什么了？"

"没什么。"

"肯定发生什么了。"我把和我咖啡一起送来的纸巾递给她。我不敢相信她居然有胆子在公共场合抹眼泪。

"不，什么也没发生，"她擦擦面颊说，"只是，今天心情不好。"

"可是"——我说，盯着她的大包小包——"你去买东西了啊。"

"嗯。"她笑起来。"我心情不好就会去买东西。"

"可是，你经常买东西啊。"

"没错。"她叹口气，"我就感觉自己是一坨屎，我也不知道为什么。"

"但你不是一坨屎。你跟一坨屎正好完全相反。"

"谢谢。"

"我说真的。"

她开始把东西从购物袋里掏出来摆在桌上。一本正念填色书、一本心情日记、一本子弹笔记、一盒美术用品、蜡烛、香熏棒、沐浴气泡弹、植物精油、睡衣、面膜、足浴包、毛绒绒的连袜便鞋。她最后拿出的一样东西，是一本心理自助书。她把书名转向我。这本书叫《战胜抑郁》。

"我有抑郁症。"她抽了抽鼻子，"为什么说出来就那么难？"

我原以为整个咖啡馆的人都会满怀期待地望着我，看我如何回应，可四下里望望，却发现每个人都继续着自己的事情。

"哦桑蒂。"我伸出手去握住她的指尖。

我任由她向我倾诉她的烦恼。她觉得收费一小时八十欧的心理治疗师只是在跟她调情。她抱怨认知行为疗法练习册和冥想法。阅读周去瑜伽修行地时，她差不多一直在哭却没告诉任何人，生怕人们会猜到她的小秘密——她可怕的秘密是，有时候她会有点难过。

我想摇晃她。我想一巴掌把理智扇到她美丽的脸上。我想告诉她,她是不可能抑郁的。医生给她的诊断肯定有误。要是连我都拿不到抑郁的头衔,她更拿不到。因为她绝对没我那么惨。至少按理说应该是这样。

雪

我们已经被大雪封了两周。有理由不去上学我很高兴。格里芬的脸书上有一段学校前广场史诗级雪仗的视频。我看着脸蛋红扑扑的人们穿着新潮的滑雪装在校园里蹦蹦跳跳。他们兴高采烈的神情让我焦虑。我觉得我可能永远都找不到当学生的感觉。要是我在那里,肯定会在图书馆里躲到雪仗结束。

比利不停地劝我出门,但我告诉他学校布置了很多功课。按计划,我要写一篇关于《无名的裘德》的论文。他总是不时地问裘德怎样了,我会尽量给他一个满意的答案。他没读过那本书,只知道故事梗概。于是我畅通无阻,可以让他相信我努力在脑海中厘清的各种蠢话。

我想把这篇论文写好,因为我喜欢那位助教。她一头粉色的短发,还会带糕点到班里来。而且她不像其他老师那样高高在上。听她跟我们说话的语气,就好像我们也能教她一样。

在我们的托马斯·哈代导读课上，她说，她教哈代都教腻了。

"但我喜欢他。"我任性地小声说。

她看着我说："我也喜欢过他，我十六岁的时候。"然后她捂住嘴，好像说了什么可怕的话。"我不知道我怎么会冒出来那句的。真对不起。"

我不明白她为什么要道歉。下一次课开始的时候，她叫了我的名字。"黛比。我想了一下上周对你说的话，还有我为什么会那样说。很抱歉我用居高临下的态度跟你讲话。"

"没事的。"我说。

"我像你这么大的时候，也很爱哈代。但后来我长大了，我意识到他对自己的人物很不公平。哈代所有的人物——都渴望着某种他们不可能拥有的东西。所以我对他感到愤怒，因为这些人物的梦都是遥不可及的。"

"他的梦想之大，堪比他所处环境之小。"我答道。这是在谷歌读《无名的裘德》名句时让我深受触动的一句话。

"没错。"她微笑道。

"读读《苔丝》，"后来从教室里出去，经过我身旁时她说，"你肯定喜欢。"

❋ ❋ ❋

无法到校上课，我给她发邮件解释自己为什么去不了，充分利用我可怜乡巴佬的身份。她回了我一封邮件,提议雪后一起喝咖啡,带我梳理一遍我错过的材料。但后来全国都封停了。现在大学已经停课一周,所以她或许已经忘了。我跟自己说没关系。要是我跟她一对一,她就会发现我是个蠢蛋。

❊ ❊ ❊

挤奶简直是一场噩梦。今天清晨,我是在户外黎明前的黑暗中度过的,我试着用喷灯给管子解冻。要是没有干练的马克·卡西迪,我们根本应付不过来。他是清理牛棚、饲喂牛犊的一把好手。比利开着挖掘机出去清理道路,方便人们去商店。昨天他开拖拉机去店里为雪莉采购物资,又从酒馆给妈妈带回了一箱小瓶葡萄酒。比利推到床底下的瓶子叮当作响把她吵醒了。她惊讶地轻轻说了声"谢谢"。

❊ ❊ ❊

妈妈在和幽闭烦躁症做斗争。她的康复治疗有很大一部分聚焦于迈出家门、亲近自然。平日里,她一醒来就穿着睡衣走到屋外。然后她光着脚踏上草地,闭起眼睛呼吸。这叫作"接地"。比利和我一致认为,这总比让她自己在一丛荨麻里挨刺要好得多。刚开始下雪时,她执拗地坚持自己的清晨仪式。她把自己那片草地上的雪铲走,然后她就得流感了,只得被迫放弃那仪式。

※ ※ ※

妈妈不能进城赴约。而那个精神病医生肯定也厌倦了她无休无止的电话,所以他推荐了一位本地的心理治疗师。非常本地。她就住在我们马路对面。

"奥德丽·基恩?"比利皱起眉头,"她看精神病的?"

"心理治疗师,没错。"妈妈说。

"奥德丽·基恩,我以前的钢琴老师?"我问。

"是,"妈妈坚持道,"据说她很在行。"

"哦天哪。你不能去找奥德丽·基恩看,梅芙,"比利叹气道,"这……离家也太近了。"

"比利,我不太好。我需要和人聊天。"

"啊,跟你闺女聊啊。"

我瞥了比利一眼。

"她收费特别合理。才五十。"妈妈说。

"五十欧!"比利大叫,"能给你买多少瓶小酒啊!"

"这是优惠价。"

"所以我要给你五十块钱去跟我们的邻居倾吐心事。我何苦呢?"

"拜托了，比利。"

他让她冒了一会儿汗，然后在厨房桌上留下一张五十的钞票，出去挤奶。

妈妈已经淋浴，头发也吹了造型。这是守灵后我第一次见她化妆。

"你看起来很棒。"我说。

"谢谢。"她面露微笑，然后闭上嘴，因为想起了她的牙齿。"待会儿见。"

"好运。"

❋ ❋ ❋

三小时后，我窝在扶手椅里等她回家。她打开门，见到我一蹦老高。

"我天。"

"抱歉。"我说。

"没事，我只是没想到你在这儿。"她说。

"怎么样？"我问。

"很好，嗯，"她说着一屁股坐到沙发上，"跟我大脑之外的人聊聊天真好，如果你懂我意思的话。"

"懂，"我说，"她让你弹琴了吗？"

"哈哈，没有。"

"你知道我最喜欢钢琴课的哪一部分吗？"

"哪一部分？"

"上厕所。奥德丽·基恩家的卫生间是我见过的最棒的卫生间，太神奇了。每节课我至少进去两次。烛光照明。舒缓的音乐。配套的毛巾。人间天堂啊。"

"我还没看到。"

"你亏大了。"

"我不记得你学过钢琴。"妈妈说。

"我求比利让我去的，因为学校里其他女孩在学。我没坚持多久。但奥德丽·基恩绝对是个淑女。"

"的确，"妈妈说，"她还主动提出和你聊一次呢，如果你有兴趣的话。我觉得这可能对你会有好处。"

"我考虑考虑。"

光滑阿耳忒弥斯

我努力回想着奥德丽·基恩家大雪覆盖之下的花园长什么样子。雪中有一排修剪整齐的月桂树篱,还有一座通往池塘的拱门。她的圣诞彩灯亮着。玫瑰丛还在苦苦支撑,粉色的花瓣在雪中冻结。我要等比利去酒馆才能偷偷溜出去。他在厨房的桌上给妈妈留了一张五十欧,妈妈不情愿地给我了,好像我从她那里骗走了一次疗程。

奥德丽打开门,我嗅到松针、肉桂和烘焙的气味。

"久别重逢。"奥德丽拉着我的手领我进去,然后关上门。"黛比,"她看着我说,好像需要重复确认我是谁,"再次见到你真好。"

"你的头发很棒。"我说。

奥德丽的头发已经变成了一片优雅的银色。

"你一点儿都没变。"我微笑道。

"你变了!"

"谢谢。"我咧嘴笑道。我迫切地希望她能喜欢我。她接过我的夹克、帽子、围巾和手套,把它们搭在暖气片上。

"进来吧。"她说着打开她左手边的门。

怀旧之心把我引向门厅里的钢琴室。不知道我为什么会假设谈话将要在我学会大调和小调音阶的地方进行,但奥德丽带我走进的是起居室的玻璃暖房。两把扶手椅在炉火边面对面,等着我们落座。一层蓝色的雪覆盖在玻璃天花板上。感觉我们好像身处地下。

奥德丽把炉挡拿到一边,打开黄铜箱,用火钳往火中添了一些泥炭。黄铜像金子一样闪闪发光。

"想来点茶、咖啡还是热巧克力?"

"茶就好。"

"淡茶还是浓茶?"

"浓茶。麻烦加奶。多一些。"

"饼干自己拿,卫生间在走廊里,右手第二扇门。"

她在身后关上门。我迟迟没有坐下,因为不确定哪把椅子是我的。我认真地盯着她的书架看了一会儿。她在心理疗法书旁边放了一套《哈利·波特》,我觉得很好。

一只装满贝壳的陶碗摆在壁炉边的小桌子上,旁边是一碟黄油小饼干,闻起来好像刚出炉,还有两杯水,一盒纸巾。我从碗里拿起一对光滑阿耳忒弥斯——嘴巴和尾巴咬合在一起的两只白色贝壳。我把它们放在手里翻来翻去,观察花纹。蓝色的半圆在它们的脊上延伸。

我把它们的嘴掰开。贝壳的两瓣在我手中张开,沙子吐到了桌上。奥德丽回来时我仍在清理。

"没事,那种贝壳里就是有很多沙,"她说着把我的茶放在茶杯垫上,"你妈妈也干了这事儿。"

她坐下,我也跟着坐下,好像这是一场访谈秀。

"精神分析就是这样开始的?"

"一针见血,"她说,"你以前找我这种人聊过吗?"

"没。"我撒谎,是因为我觉得礼貌比诚实更重要。

"啊,我自己就经历过很多种不同的疗法,"她说,"有些效果更好。有时候,我从第一次就知道自己不会去试第二次。"她会意地看我一眼。"手册里的所有技巧你都能拿出来用,但归根结底,心理治疗就是两个人在一间屋子里谈话。我努力去理解你。所以我头一次与客户见面都是试聊。如果第一次聊完觉得我不适合你,不用付钱。这种情况发生过很多次。我不能指望自己合所有人的胃口。参加弥撒的时候见到你,我还是会和你友好握手。"

我笑得有点儿太大声了。"明白。"

"你跟我说的一切都不会从这间屋子泄露出去。我不会在商店里拦住你说治疗的事情。出了这间屋子,我就是你从前的钢琴老师。这里很少有人知道我现在在做什么。"

"比利就很惊讶。"

奥德丽似乎乐了。"我和比利以前是同班同学。"

"真的吗?感觉你更老。"

她扬起眉毛。"是因为头发灰了吗?"

我捂住嘴。"哦天啊。我是说更睿智。绝对更睿智。"

奥德丽什么也没说。我小口喝茶,好让自己有事可做。换一边翘二郎腿。低头看我放在大腿上的手。仔细观察我的指甲。

"那么,"她说,"对我们来说,完全从零开始很难做到,因为我们对彼此已经有所了解。或者更准确地说,我们以为我们了解彼此。我觉得或许可以这样开始:我先跟你说关于我的事,两件是我觉得你应该知道的,另一件是你不知道的。然后轮到你来说。听起来还行吧?"

我点点头。

"好,关于我,我觉得你知道的两件事可能比较明显。我是钢琴老师,我父亲以前是我们这里的药剂师。"

"我记得他。"我说。基恩先生退休得很早,但我依然记得他穿着白大褂站在柜台后面的模样。他看起来闷闷不乐的,说话鼻音很重。

"关于我,你可能不知道的是,我本来是学医的。我在大学读医学,但拿到资格证后行医并没有多久。我二十出头被诊断出抑郁症,在医院里待了一段时间,然后我开始对精神病学感兴趣,嗯,然后就入了这行。"

"噢。"我拼命找寻合适的反应。

"你对我的了解,我有没有漏掉什么?"

"有。你家的卫生间漂亮极了。"

"哈!"

"是我们这里最神奇的。"我说。

"谢谢,"她说,"该你了。"

"好。嗯,你认识我妈妈。如果你跟我妈妈连续聊过一段时间,应该也知道那些梦。"

我努力判断她的反应,但她依然不动声色。

"关于我,我觉得你可能不知道的是,我害怕自己会变成妈妈那样。我害怕一辈子困在家里,无法应对现实。要是我再不找人聊聊,我觉得我会被这种担心折磨死,"我盯着自己的手说,"我的意思不是我想自杀。我一点儿自杀的念头都没有。"

"我明白,"奥德丽说,"以我对你的了解,有几点你没提到。你和最近去世的詹姆斯·卡西迪很亲。我知道这对你妈妈有影响。这对你肯定也有很大的冲击力。我能想见这对你们所有人来说都很难熬。你有时在路上慢跑。你跑步的时候迈着坚定无比的大步。你和你舅舅似乎也很亲。"

"唔。"我说。

"你来这里,比利是什么态度?"

"比利不知道我来这里。"

"那你来这里的钱是谁给的?"

"比利以为来的是妈妈。不是我。"

"那么如果你决定继续来见我,钱是不是成问题?"

"嗯,比利已经帮我付了今年的学费,对我够好了……"

我没跟她说,要是比利知道我在跟她聊天会有多生气,

253

但不知为何,我觉得她知道。

"明白。嗯,目前,如果你决定下次继续来,不收费。这样我和你谈话会觉得更自在。"

"哦天啊,不行,我可不能那样。"

"你觉得我不太适合。"

"不。我是说,谢谢你的好意,但你是在提供服务。"

"那你反过来帮我打扫卫生间怎么样?"

"那远远不够一次的费用。"

"你低估了我对家务活的厌恶程度。"

我笑起来。"你要变成我的宫城先生[①]吗?"

"年轻版的,头发也更好看。"她伸出手。"成交吧?"

"成交。"我说。

尽管火光就在我们面前闪耀,她的手却是冰凉的。

[①] 1984年美国电影《龙威小子》(The Karate Kid)中保护主人公男孩并向他传授空手道的日本老人。

第一印象

这样的天气,我们原本不确定赞茜能否顺利抵达。火车和汽车依然停运。圣斯蒂芬日①的清晨,她的男友开着他爸爸的路虎揽胜接到了她。她去见了他的父母。

她给我发信息说她现在正往我们这边来,要看看农场。

我没想到她那么早就来。水池里堆满盘子,我们家的厕纸还用完了。

"要命,要命,要命,要命,要命。"我又抓起一些脏盘子放进水池。我回复她:"教堂见!爱你哟。"

外面明晃晃的。寒意直直地灌进我的胸腔,灼烧着我的肺。雪让一切异于尘世。好像整个村庄都铺上了一层床罩,将所有枯燥的东西掩住,迎合着我在大学里构建的家乡的童话叙事。感觉简直像在作弊。

我见她在墓园入口附近等着。她看到我了,我们两人挥

---

① 12月26日,为纪念基督教殉道者圣斯蒂芬而设立。

手都过于迫切。她戴着一顶黑色仿皮草帽子，穿着勃艮第酒红大衣，手里提着一只篮子，走近了我才发现那是食物礼品篮。

我们像所有女孩们久别重逢时那样：难以置信地盯着对方，然后持久地拥抱、尖叫，直到筋疲力尽。

"你怎么样？"

"你怎么样？"

"你看起来真棒！"

"你看起来美极了！"

我们都知道这很滑稽，但还是顺着脚本走下去。

"这件外套你在哪儿买的？"

"乐施商店[①]。"

"这样一件外套得是谁捐的？安娜·卡列宁娜？"

我眼前是她精心为男友家人呈现的形象。她居然找到了一家雪天也照常营业的美发店。她剪了刘海，头发造型吹得无可挑剔。在那顶帽子底下，她戴了一副黑天鹅绒耳套。她真美。我还穿着睡衣，外面套着我的运动服和我从烘衣橱里随手抓到的奥乐齐滑雪衫。

"你要带着那只篮子上哪儿呢？"

"小心意而已。"

"啊桑蒂，这不小！"

---

① 国际联会乐施会（Oxfam）开设的慈善商店。

"啊,所以该叫我圣诞老人呢。"

"谢谢。你太客气啦。"我说。

"能来这里真是太好了。"

"你有没有参观村子?"我问。

"没。"

"嗯,我们这里有教堂、学校和酒馆。"我已经把聚在一起的它们指了个遍。"导览结束,小费来者不拒。"

"那是我们今晚要去的酒馆吗?"

"嗯,卡西迪酒馆。"

"看起来很像是住家。"

"的确是。"

"你家房子在这边?"

"嗯,就在拐弯的地方,正对小山上尖叫的孩子们。比利把一片地打开,给小孩子当临时滑雪坡了。"

"哦天啊,太棒了。"

"圣诞节过得怎么样?"我问。

"挺好,嗯。我早上在收容所做义工。"

"就猜到你会去。"

"我觉得我妈妈跟我生气了,因为她在家的时候我不在。她下午要上班,所以我只有和《小鬼当家》的凯文做伴。"

"你爸爸也在上班吗?"

"其实我不知道。爸爸不和我们一起住。"

"哦天啊。对不起。"

"哦一点都没关系。你妈妈和比利呢?"她趁我塞进另一个问题之前赶紧问道。

"妈妈在睡觉,但比利应该醒着。"

我们穿过拦牛木栅,雅各布立刻一头撞向赞茜的裆部。

"雅各布别扑她。"

"他是最棒的狗狗。"赞茜想看看他的脸,但他非要把脑袋埋在她大腿之间。

"顶多不算最糟的。"我说。降雪开始,雅各布终于离开拖拉机驾驶室去棚子里睡了。他已经把詹姆斯离开后减轻的重量补回来了,逐渐恢复了从前的模样。

我从赞茜手中接过礼品篮,把它放进厨房。我试着用她的眼光来评判我们家的房子。我们的厨房阴暗湿冷,几乎和她市区公寓里的那间一样小。窗台上的贝壳看起来像脏兮兮的陶器。木头橱柜的几个手柄都掉了,油毡地板翘曲不平,在她脚下此起彼伏。

"你们家真可爱!"

"眼下像个垃圾堆,"我说,"你想下午茶之前去旅行拖车,还是之后去?"

"哦,之前,拜托啦。我可以用下卫生间吗?"

"嗯,只是……很抱歉我们的厕所没纸了。"我一把打开柜子找厨房纸或其他能给她当替代品的东西。

"完全不用担心,"她说着从大衣兜里掏出一包纸巾。"我用这个就好。厕所在哪儿呀?"

"楼上。左手第一扇门。"

※ ※ ※

听见厕所冲水,我舒了一口气,至少水箱运转正常。我用手指在桌上敲节奏,等待她再次出现。接着我听见一阵低语。我快步上楼,可已经晚了。妈妈已经把赞茜迎进"圣体龛",她正四下走动,参观那些墙壁,好像置身于卢浮宫。

我力求控制损失。"赞茜,这是我——"

"这间屋子真是令人难以置信。"赞茜刚看完衣柜上贴着的一页《芬尼根的守灵夜》,转过身来。"能见到你真是太好了,梅芙。"

她表现得像是在见教皇。妈妈揪着自己那件红色针织套头衫的袖子,把它们扯到手上。她看着赞茜抚摸"圣体龛"里的圣物,似乎有些将信将疑。这是一间令人惊叹的屋子,和我们家里的其他屋子比起来尤为如此。

"真美妙。"赞茜小声说着,把那个名叫塞巴斯蒂安的头骨放归原位。

"你的大衣很好看。"妈妈看着赞茜,眼里混杂着惊羡和嫉妒。

"非常感谢。"赞茜微笑道。"黛比跟我说你是作家?"

妈妈皱眉。"她真这么说的?"

"你写哪类东西?"赞茜把一缕头发拨到耳后。

妈妈眨眨眼。

"对不起,这个问题可能不好概括。"

"我记录梦。"妈妈匆匆取出桌子底下的一叠练习簿。

"赞茜,我觉得我们该去比利那边了。"我说,但妈妈已经递上一本阿诗玲练习簿[①]供她翻阅。

"我记下找上门来的梦,"妈妈解释道,"它们大多抗拒叙述形式,所以有时候我尝试用录音,或者速写维度或突出的特定图像。"

"你每天早晨都写?"赞茜拉过椅子,在桌边坐下,"黛比,我可以在这里喝茶吗?"

我叹了口气。"妈妈你现在喝茶吗?"

妈妈咬着下嘴唇。

"我带来的篮子里就有格雷伯爵。"赞茜说。

"我想来点那个。"妈妈嘟哝道。

"太棒了!我也是。"赞茜说着翻起妈妈的日志,"谢谢,黛布丝。"

❋ ❋ ❋

等我回来,妈妈已经点了香,她们正在讨论太极和脉轮

[①] 爱尔兰最受欢迎的学生练习簿品牌。

260

疗愈。

"我跟你说,梅芙,它能改变你的生活。"赞茜说着从我手中接过那杯格雷伯爵。"你在里面放牛奶了吗?"她问。

"你能喝吗?"

"没事,我可以的。"

"没放,但冰箱里有燕麦奶,"我说,"妈妈,你那杯要加奶吗?"

"要的,多谢。"

我气鼓鼓地走出屋子下楼,继续给她们当服务生。

✳ ✳ ✳

一小时后,妈妈和赞茜还在说梦。妈妈完全放松了,畅所欲言,有时哈哈大笑,任由赞茜看见她嘴里本该有牙齿的豁口。

"讲真,梅芙,你给我带来很多灵感。"赞茜握着妈妈的手说。"人们对于现实的定义过于狭隘。我们只能在艺术或音乐里瞥见共同的想象。"

"唉,人们害怕让自己显得无知,"妈妈说,"我们进入梦的最深层时,就会冲破自我,这个念头会让很多人不舒服。我们的社会被个体的概念牢牢禁锢了。真正的灵感源于我们自身之外,那些共有的东西,那些我们不了解的,只存在于梦中的。莫扎特直接在做梦的状态下作曲。卡夫卡只在夜间写作。就连DNA的分子结构都是在梦中发现的。"她猛地把手抛到空中,好像在说:"这些证据还不够吗?"

"说到这里,我觉得我们也该出去走走了,"我说,"赞茜还没看到农场呢。"

"你想和我们一起来吗?"

我瞥了妈妈一眼。

"不,我还要写点东西,"妈妈说着松开赞茜的手,"你给我带来了灵感。"

我尽量抑制翻白眼的冲动。我们离开前,赞茜在一本阿诗玲练习簿的封面上草草列出书单、一长串瑜伽课清单和她的号码。

❋ ❋ ❋

"梅芙今晚来酒馆吗?"我领赞茜去旅行拖车时她问。

"应该不会来。"

"我能跟她聊上几个小时。"

"她很喜欢你。"

"嗯,我没想到她会那么……"赞茜停下脚步。"你知道你妈妈有多棒,对吧?"

"胡扯八道她最拿手。"

"我觉得她讲的很有道理。"

"你不用和她一起生活。"我说。

※ ※ ※

我们打开旅行拖车的门,只见比利正在往他的圣诞树塔上添一只空喜力罐头。

"比利——"

"嘘——"他说着举起一只手,把罐头放在塔顶。

他转身面对我们。"这一定是桑蒂。"

"比利。"赞茜与他握手,"很高兴认识你。"

比利看着我。"她握手挺有劲啊。"

"不是轻轻地捏一下,有力度。还有,绝不汗津津的。"赞茜说。

"啊,叛徒才是汗津津的手。不信任那种人。"

赞茜的微笑有些颤抖。我能察觉到她很紧张。她背着手走来走去,审视比利家的内部,假装没有注意到他的凝视。

"赞茜。我以为是个金发女郎呢[①]。"他说。

"我小时候就是金色头发。"

"你的名字和外星球某个山脉一样。"

"火星上的赞茜山脉,我记得是。"她说。

"火星上的女人。她在男人中必有福气。"

[①] 这个词在希腊语词源中就有"金发"的意思。

"天哪!"她尖叫起来,跪下朝比利床上的一个纸板盒里望去。我走过去看那是什么。是那只刺猬。

"那是爱德华。"比利说。

"他太可爱了!"

"有人这么想我很开心。黛比想把他弄死。"

"我没。"

"他呼吸很重。"赞茜说。

"我知道。"比利说着在她身边蹲下。"你可能以为他一天抽四十支烟呢。他鼻子被撞了一下,可能跟这个有点关系吧。"

"看他的小脚。"

"嗯,他的脚比你想象的要大得多。"比利指着分隔针刺和肚子的那道线说。"这些肌肉非常结实。在背上扛着针刺军团,就像穿了很贵的晚礼裙。爱德华需要快速行动的时候,这些肌肉用力抬起裙子,他就能迅速逃跑了。"

"大卫·爱登堡①直播。"我说。

"你们是怎么在这里塞进一架钢琴的?"赞茜问。

"别提了。"我叹了口气,"一半琴键都不响,没调过音,也没人会弹。"

赞茜的手指在琴键上走了一遍。落灰的蛛网缠上她的手

---

① David Attenborough,1926年生,英国著名博物学家和探险家,英国广播公司(BBC)电视节目主持人和制作人,被誉为"世界自然纪录片之父"。

指,她把它们掰开。

"这姑娘会弹。"比利说。

"哦天哪,不会呢。"她说。

"从架势就能看出来。"比利用胳膊肘捅我。他又用起谈论刺猬的语气。"她一坐下来,背就挺得笔直。"

"不要有压力,赞茜。"我说。

"我不知道该弹什么。"

"随便弹。"

"别弹伤感的。"比利说。

我在他胳膊上捶了一拳。"想弹什么都可以。"

钢琴的键盘是脏兮兮的奶油色——像沾着烟渍的指甲。赞茜的手指就位,演奏出一段旋律,她的脑袋低垂向手指。

"曲子叫什么?"比利问。

"'黎明'。是《傲慢与偏见》的电影配乐。"

"凯拉·奈特莉那个?"比利问。

赞茜停下。"你是凯拉的粉丝?"

"啊,要是她能多吃一两块火腿三明治就好了。"

赞茜笑起来。

"比利,你不能那样胡乱评论女性的体重。"我争论道。

他向天花板翻翻白眼,让赞茜猜谜。"继续,"他对她说,"你是个典型的玛丽安·达什伍德。"

"赞茜更像简·费尔法克斯①。"我说。

"你不会读奥斯汀吧?"赞茜再次停下演奏,瞪着比利。

"这是他最近一边内疚一边享受的乐趣。"我说。

"没什么好内疚啊,"比利说,"那女人就是个天才。"比利看赞茜的眼神不同寻常,好像他眼底很久没有打开的灯突然亮了起来。

---

① 简·费尔法克斯和玛丽安·达什伍德分别为奥斯汀小说《爱玛》和《理智与情感》中的人物。本章标题"第一印象"恰为奥斯汀小说《傲慢与偏见》创作之初的书名。

十二个小酒馆

  赞茜身着一件小羊毛球鲁道夫鼻子的别致套头衫来到酒馆，黑色紧身皮裙配丝袜，及膝高筒靴。见她是一个人来的，我舒了一口气，却也有点失望。因为我已经为他俩的一同出现做好了心理准备。
  "你那位呢？"我问。
  "他晚一点来。"她说着溜到我身旁的座位上。
  "你喝什么？"比利问。
  "我觉得我还是喝喜力吧。"
  "这女人跟我是一路的，"比利说，"雪莉！忙好了给这边再加杯啤酒。"
  我们为熬夜做好了准备。斯蒂芬之夜就是我们村的圣诞毛衣晚会——本地GAA俱乐部的募捐活动。人称"十二个小酒馆"。
  "你要参加'十二个小酒馆'吗？"赞茜问。
  "哦天啊不行，"比利说，"运动量太大了。"

雪莉的酒馆像是坐落在一座小岛上，那是一片形成三岔路口的地。有人开创了一杯啤酒下肚就绕酒馆跑一圈的传统，每圈都假设是在一家新酒馆。只有中坚分子才会老老实实地跑完十二圈，但大家很把它当回事。

"我可能会跑一两圈找找乐子，"我说，"其实有小孩子在的时候很好玩。他们特别认真。"

"他们喝果酒喝得晕晕乎乎的。"比利说。

"几点开始？"

比利转身冲着雪莉咆哮："几点开始啊雪儿？"

雪莉走过来，把赞茜那杯啤酒放在比利边上。"七点。"

"雪莉，这是赞茜，黛比大学里的朋友。"

"认识你很高兴。"赞茜说。

"嗨，宝贝儿。"雪莉拍拍她的脑袋，把空杯子从桌上收走。

赞茜掏出手机。我猜她在提醒他七点前过来。我的心已经开始怦怦直跳。

❅ ❅ ❅

赞茜在问比利挤奶的事情。

"她们有名字吗？"

"不，但她们有编号。"

"你怎么把她们区分开？"

"看奶子就知道了。"

赞茜大笑起来。

"我不是开玩笑,"比利说,"是真的。"

"赞茜是严格素食者主义者。"我告诉他。

比利扬起眉毛,夸张地深吸一口气。

"我并不反对所有的奶牛场。"她澄清道。

"你有件 T 恤上面印着'我的燕麦奶解放奶牛场的所有奶牛'。"

"我不反对在乡下以挤奶为生的农民。你们家奶牛看起来过得还不错。"她对比利说。

"畜生过得比人好。"比利嘟哝道。

❋ ❋ ❋

比利开始扮演大方舅舅的角色,拒绝让我们掏钱。

"一人一巡的规矩呢?"他让我收起钞票时我问。

"圣诞节啊。"他说,好像我才是那个整个冬天都闷闷不乐、吐槽农场活儿太重的人。

赞茜和我看着他在酒馆里穿梭,向他见到的每个人致以节日的问候。

"他就像个政客。"我说。

"他很不一般。"

"真尴尬。"

"黛比,我不知道该怎么跟你说,不过,你舅舅真是个有魅力的小伙子。"

"啊？呃。别说了。他是个小老头。"

"他不老啊。他还读奥斯汀呢。"

"那是因为我逼他跟我一起看剧。他老了。"

"他不老。"

"啦——啦——啦——啦——啦，我要把这段对话从脑子里洗掉。"

"我只是随口一说。"

"你有男朋友了。"我提醒她。

她笑起来。"我有男朋友也可以迷上别人啊。"

"比利不行，"我说，"讲真，你别。"

"对了……"赞茜努力转移话题，"梅芙不来了？"

"今年进酒馆对她来说太难了，詹姆斯走了，"我说，"雪莉是詹姆斯的妈妈，呃……妈妈和雪莉处得不太好。"

"那她一个人在家？"

"嗯，不过她喜欢自己一个人。"

赞茜好像要说些什么，但还是决定不说了。

"你们圣诞节怎么样？"她改口问。

"算是熬过来了。"

"那么糟？"

"今年我试了烤火鸡。呃，我本来是想做全素宴的，但比利坚决不肯。我们以前圣诞节从没吃过火鸡。"

"那你们都吃什么？"

"马里兰炸鸡。"

"你逗我吧?"

"真的。"我说。

"配什么吃呢?"

"水煮土豆和水煮豆子。"

"听起来很没劲。"

"是啊。所以今年我才想掌勺。不过,我也不知道我都对它做了什么,总之不能吃。最后都给雅各布了。他吃得挺开心的。"

"那你们吃什么?"赞茜问。

"土豆和豆子。"

"妈呀。"

"还有几块土豆华夫,为了丰富品种。"

"讲真,至少用上两种土豆才算圣诞节,"赞茜说,"礼物方面战况如何?"

"好得不得了。比利给我买了很多零零碎碎的小玩意儿,泡泡浴液和香水之类的。我有点担心他。他还给自己买了一对羊驼。"

"不是吧?!"赞茜一巴掌拍在桌上。

"嗯,他在成交网[①]从北方一家农场买的。他说雪太大了送不过来。"我掏出手机给她看那对羊驼的照片,他们直

[①] DoneDeal,爱尔兰在线交易平台。

直地盯着镜头，好像长着长颈鹿脖子、剪了疯狂发型的傻泰迪。

"他们太可爱了！"

"名字我们都取好了。莫霍克发型的是杰克西，米尔德丽德眼里有光点。"

"一男一女，以后就有羊驼宝宝了。"赞茜两眼放光。

"天啊，我觉得他没想那么远。我还是不敢想象他居然下单了，他今年花钱挺疯的。"

"真是个传奇。"

"见公公婆婆怎么样？"我问。

"不错。他们看起来挺好的。但这事就是有点奇怪。为了让他们评判，我花了好多时间和精力准备。我不知道。好像他把我当成路边捡到的闪亮新奇玩意儿一样炫耀。"

她不知道，以他女朋友的身份被介绍给他父母，是这间酒馆里有多少女孩梦寐以求的事情啊。她们已经发现她了。她走进来的时候，阿兰娜·伯克就把她从头到脚打量了一番。尽管我嫉妒赞茜，却也很骄傲。看看这位大美女，居然决定和我交朋友。我。那个在学校里没朋友的女孩。那个你总是觉得脏兮兮、古古怪怪的邋遢女孩咸鱼翻身了。成为赞茜的朋友让我觉得自己干净清爽，上得了台面，但这也让我压抑得难以想象，因为无论我多努力，都不会像她那么好。

"他晚点过来？"我问。

"嗯。感觉怪怪的，你们以前居然没正式被介绍过。"

"而且我见面开场还不能问'你是哪里人？'这种。"我说。

"哈哈，就这么问吧。"

"他会觉得我是个白痴。"

"他其实说过你是全校最聪明的人。"

"呃开什么玩笑呢。"我说，心里却很高兴。赞茜看我那眼神，差不多让我断定她也有点嫉妒我呢。

※ ※ ※

赞茜想去和比利一起打台球，但穆尔特·穆尼在那边，我怕比利当着赞茜的面拿我开涮。

我们往吧台走。马克端着一托盘酒路过时，我和他打了个招呼。

"那是谁？"赞茜问。

"詹姆斯的弟弟。他现在和比利一起挤奶。"

"你从来没提过他，"她扬起眉毛说，"他看起来不错。"

"马克就像自家兄弟。我压根儿就不会靠近他。"我说。

"我可什么也没说。"

"无论如何，他有女朋友。"

她举起双手。"我可什么也没说。"

已经过了七点。"十二个小酒馆"的参与者已经在跑第三圈，捂着套头羊毛毛衣流汗不止。几位监督员对我们旁边的一队人感到气愤，他们喝下一杯之前总会忘记要把啤酒杯上的隐形小精灵扯下来。

赞茜又看看手机。

"他来吧？"我问。

"嗯，晚上出来他有点紧张。因为他不喝酒。他怕大家觉得他扫兴。我劝他说喝杯啤酒不算什么坏事，你懂的，社交而已。他有点跟我急了。"

"你是说生气？"

"不，他从来不生气。只是，我说不好，就是心烦意乱的。要不是他看上我，我都不知道路上碰见他他会不会跟我打招呼。"

我笑起来。"哎哟喂，可怜的桑蒂啊。长得太好看还要抱怨。"

"我不是那个意思。这也是双向的，就是说，如果我不喜欢他的模样，那还会和他在一起吗？我们之间并没有过思想碰撞的对话。"

这条信息给我带来的快乐超乎想象。我抿一口啤酒，试图掩盖我的欢欣。今晚我要把赞茜灌醉，我决定了。烂醉。

❄ ❄ ❄

他一进来我就注意到了。同校的女孩们一见他就活跃起来，她们聊得更欢，笑声更响，拍照，看起来快乐得叫人害怕。他整个人看起来都很紧张,见到哥们儿就往背上拍一下。他这个板棍球手乍看似乎都有些单薄。队里其他男孩都长着土豆脸,简直是他们父辈祖辈的年轻版。他颧骨很高,手指颀长。他若是生为女子绝对很美。他似乎也意识到了自己的女性气质,因为一发觉有人在看,就要虚张声势。某个女孩拦住他合影,他用胳膊搂住她的肩膀,把脑袋歪向一边,用手指着那个女孩。

他偷偷溜到赞茜背后,蒙住她的眼睛。我努力面不改色地与他对视。

"噢,我在想这是谁呢。"赞茜干巴巴地说。

他松开手,吻吻她的面颊。

"黛比,"他伸出手,"谢谢你为我说好话。"

"啊,这可不是我的功劳。"我说,感觉自己脸红了。我同他握手。

"你在喝什么?"他问赞茜。

"正好,你能帮我要杯白葡萄酒吗?"

"黛比?"他看看我。

"啊不用,一杯够我喝了。"我举起杯子说。

"两杯白葡萄酒。"赞茜说。

"不,说真的,我不用。"他离开时我踢了赞茜一脚。"别让他给我买酒了。"

"他想买就买。"她叹口气。"说他坏话我心里有点过意不去。"

275

"你不是说他坏话,你是讲实话。这没什么错。"

※ ※ ※

他从吧台回来时拿着两瓶白葡萄酒和两只干净的酒杯。
"我说的是两杯!"赞茜一巴掌拍在他手腕上。
"从长远来看,瓶装肯定更便宜。"
"天哪,你打算跑多远?"我说,"非常感谢。"
他举起双手。"此后惨状我概不负责。"
他起身给赞茜斟酒,一只手背在身后。"今天玩得怎样?"
"比起你家,我更喜欢黛比家。"赞茜说。
"让我猜猜,书更多?"
"书更多,奶牛更多,乐子更多。"
"黛比,我不爱看书,她看不惯。"他说。
"连《哈利·波特》都不看?"我问。
"我看过电影。"
我们都摇摇头。"那不一样的。"
"这不是我的错。我有生理反应。我一看书就犯发作性睡病,直接不省人事,我无法掌控。不管怎样,我读书不如你俩。"
我冲赞茜笑笑。我很高兴,他至少是把我和赞茜归为一类的。

※ ※ ※

我们第二瓶酒下肚后,赞茜终于鼓足勇气去台球桌和老男孩们一起玩。她像拿指挥棒那样用球杆,屡试屡败。比利叫她,她回过头,差点一杆子把杜利的脑袋削下来。

我以为他会去找球队的人,但他却在我身边赞茜的位子上坐下了。

"圣三一感觉如何?"他问。

"哦挺好的,嗯。"我的嘴干得说不了话,所以我咽了下口水,继续。"我这种乡巴佬觉得有点蒙。UCD怎么样?"

"讲真,我也有同感。学校很大,校园里居然有交通环岛什么的。"

"这种话你一般不会大声说出来,对吧?"我问。

"我上头条了:惊叹于交通环岛的乡巴佬。"

我笑起来。

他冲吧台点点头。"约翰神父真是个人物。"

神父站在吧台后,拿出发圣餐的架势给人们分发泰托薯片。"十二个小酒馆"的参与者已经整齐地排成一队,拖着步子朝他走去,双手合在胸前。

"哦上帝啊。"我说。

"为仪式而狂。"

"为基督而狂,为啤酒而狂。"

迫在眉睫的沉默在我们对话的边缘游荡。我们已经快无话可说了。

"赞茜就是个传奇。"我看着正在打一杆球的她说。

"她很棒。我觉得自己能遇见她真是太走运了。"

"很好。"我点点头。"很好。"

"你俩关系很不错吧?"

我不确定这是陈述句还是问句,所以还是点点头。

"这里真挤。"他说。

"每次'十二个小酒馆'都这样。"

我向其他女同学望去,她们正在密切关注我们。她们中任何一个都愿意放弃日光浴美腿,换一次跟他说话的机会。我不知道自己为什么沮丧起来。这一刻过于平常,我很失望。沉默几秒钟,我才反应过来自己是觉得无聊。

"我去趟卫生间。"我宣布。

他似乎松了口气。他站起来让我出去。没有擦肩而过,没有瞬间来电。

我再次转身面对他。"你知道吧,这实际上是我们第一次讲话?"

他瞪大眼睛。"还真是呢,没错!"

"嗯。"我准备走开,却再次转身。"真的,我从没跟你说过话,但在我的脑海中,我跟你的关系相当复杂。就好比放不下的积怨?就是说,我跟你生气,自己却不知道是为什么?"

"嗯。"他点点头,但他的眼神游离了一两秒。他不明白我在说什么。

我说完夺路而逃。我挤过排队打酒的人群，路过穿着细高跟聚在一起的同校女生，路过正在给指着炉灶上方"暖屁股宝"标牌的赞茜拍照的比利。

※ ※ ※

我旁边那个隔间有个女孩在吐。我坐在马桶上深呼吸。我也不知道自己原本指望发生什么。我跟自己生气。我跟一个自己不了解的人生气，因为他与我的幻想并不吻合。他和赞茜约会不是为了激起我的嫉妒。他是个真诚、善良、无趣的男孩，而且对我没意思。

我给赞茜发信息：你为什么要跟我舅舅调情？

我的手机在地板上振动，闪出赞茜发来的一条信息。

啊？

手机响了。我没接。

又来一条信息："？"

※ ※ ※

几分钟后，隔间的门砰砰作响。

要是我不动也不出声，可能一切就会过去。

赞茜的脑袋从厕所隔间上方探进来。"我们真的要这样讲话吗？"

我打开门。她迅速钻进隔间把门在身后关上。"这到底是怎么了？"

我像个被惯坏的孩子那样耸耸肩。

"怎么了？"

"你男朋友觉得我是神经病。"

"不，他不会的。我要上厕所。"

我们交换位置，赞茜脱下丝袜。

"哦我天。"我说。

"怎么了？"

"你没剃毛！"我大喊。

"啊？"

"你那部位没剃毛！这真让我开心啊。他喜欢这样吗？"

"啊？不！他还没看到过。"

"噢这样啊。"

她冲厕所，提起丝袜，扭着把短裙放下来。

"比利对你有意思。"我跟她说。

"这你都是从哪儿听来的？"

"别跟我说你没在跟他打情骂俏。"

"我没跟他打情骂俏。我今晚只想开开心心地玩。这到底是从哪儿冒出来的？"

"从你和我舅舅打情骂俏时冒出来的。"

"我第一次见到你家人，我想努力留下好印象。"

"那你试试别和他打情骂俏吧。"

"妈的就算我跟他调情又怎么了?"

"你有男朋友了!"

"我他妈的知道!谁也不是专属于你的,黛比。你不能控制别人的感觉。我对天发誓,有时候我觉得我就像是在跟你谈恋爱似的。"

"哦滚开,赞茜。"我打开隔间的门,眼前是我那等待方便的一队邻居。

※ ※ ※

我试图打开板门去吧台后面。我撞到了几只玻璃杯,它们在地板上摔碎,人人都欢呼起来。马克用簸箕和小扫帚收拾起这一团糟。

我靠在他身上,他说:"黛比,我觉得该回家了。"

"你和我一起回家吗?"我喃喃道。

"不,黛布丝。"

"你要把我赶出去吗?"

"我只是说我觉得该回家了。"

"我该回家了。"我指着自己说。

"没错。"

"别人不用。"

他叹了口气。

"给我来杯双份伏特加兑汤力水,谢谢。"我说。

"我不能再给你调酒了,黛比。你喝多了。"

"酒馆里每个人都喝多了,马克。你为什么偏偏找我的茬儿?是因为你对我有意思吗?"

"不,黛布丝。"

"所以你不会跟我回家啦?"

"我有女朋友的,黛比。"

"上次你就没收敛。"

"上次,我脑袋里一团糨糊。我哥的尸体躺在棺材里,你妈趴在他身上,你们一群人像该死的疹子似的把我包围了。"

"哇哦。"我感到这些话在我脑袋里横冲直撞,它们让我清醒了。"多谢提醒。"

"对不起。听我说,黛布丝,我把你当朋友。我觉得你是颗开心果——是一个乐呵呵的疯姑娘,但我对你没那个意思。"

"你觉得我是疯子。"我慢慢地说。

"乐呵呵,挺能疯的。跟你在一起很开心!"

"好吧。"

"你跟我生气了?"

"没。"

"你确定?"

"嗯,"我说,"不过我觉得你说得没错。我得回家了。"

他往我背上拍一下,露出微笑。"明天你就要谢我了。"

※ ※ ※

赞茜在酒馆外面抽着烟等我。"黛比!这他妈的到底怎么回事?你到底怎么了?"

我抓住她的胳膊,把她从一群吸烟者中拖走。"显然,我什么问题都没有。问题都被你一个人占尽了——各种悲惨。"

"你是不是在笑话我……我只跟你一个人说了我的心理问题。"

"'我只跟你一个人说了我的心理问题。'"我张牙舞爪地模仿她说话。

她望着我,好像我是个陌生人。

"你等不及要跟我说你那个心理问题,"我说,"但那只是别人拿你赚钱的办法!你付钱给医生,让医生跟你说你很特别,说你忧伤,紧张不安。你富于光影变化,赞茜。复杂多变。层次分明。远远不只是一个漂亮女孩。"

"抑郁不是自主选择的生活方式,黛布丝。"赞茜用颤抖的声音说。

"哦滚蛋吧,你拥有一切还不开心。我才不在乎你花多少钱让自己显得凄凄惨惨。你他妈的就是小雪花,赞茜,"我一边后退远离她一边说,"小雪花。"

283

※ ※ ※

在外面的雪和体内的酒精之间，世界似乎是那么的不真实。我还没有感觉到冷，尽管我把外套落在座位上了。我艰难地往家走，把酒馆的喧嚣留在身后。"十二个小酒馆"的参与者已经把路上的雪踩成了棕色的烂泥。

雅各布到门口来迎我，我把他推开。我在包里摸索着钥匙。我们以前从不锁门，但近来妈妈突然迷上了安全。我在锁眼里试钥匙，但它纹丝不动。

"快开啊。"我呻吟道。

※ ※ ※

只好从后面绕。旅行拖车也锁着。以前从来没锁过。比利说，等里面有了值得被偷的东西他就上锁。这下我觉得他是故意的，想要气我。

我一路爬到拖车车顶，在上面躺平。我的眼皮沉甸甸的。我开始察觉到寒意。它从我的腿向上蔓延，钻进我的肚子。这让我想起走进海里的感觉——日光层，暮光层，午夜层，深渊……冬之冥后普西芬尼的超深渊。

内　部

　　旅行拖车在我底下发出咳嗽般的声响，嘎拉拉的一阵，里面肯定有什么东西掉下去了。我用指甲刮着屋顶的冰。我盯着我的手，它们看起来通红，我却没觉得冷。我觉得我整个身体都浮在雪球般的一杯白葡萄酒上。我站起来，试着让摇摇晃晃的视线落到地平线上。放眼望去是淡蓝的新雪。珍惜这光辉的睥睨瞬间，这一刻酒精战胜了现实。值了，我想：饮酒，别无他求。

　　我渴了。我从旅行拖车上跳下来，往嘴里塞了一些雪。它灼痛了我的舌头，所以我把它吐出。

　　旅行拖车还在发出声响。我想起了那只刺猬，也许它想从盒子里出逃。门依旧锁着，所以我刮开窗户上的冰，透过一小片清晰的玻璃朝里望去——足以让我看见比利的某件粗花呢外套在前后摇摆。我在玻璃上擦出更大的一片，稍稍退后。我能看见一只手。

　　是比利的手。他吊在天花板上。离开地面。前后摇晃着，前前后后。

"比利！"我拼命敲打窗户，"比利！"

我到处找能砸玻璃的东西。我浑身发抖。什么也没有。没有。

然后妈妈拿着锤子从旅行拖车一侧全速冲刺过来。她试着推门。

"锁上了！"我喊，不过她已经在往窗户这边跑了。

"让开。"妈妈一锤砸进窗户。她敲碎一层玻璃，又敲碎一层，直到一个大到能让她爬进去的洞出现。她一头钻进去，努力推开碎玻璃碴，手和脸都被割伤了。她用力钻进去，站起身来割断绳子。比利落到地板上。

"我去叫救护车！"我大喊。

"雪天他们来不了。"

我给雪莉打电话，但她的号码直接转入了语音留言。

"别进来。"妈妈说。

"他还活着吗？"

"他没事的。"

"别骗我。"

我半个身子探进窗户，但她把我推出去。我又试一次，可这一次，她抓住我的手，一直捏，直到它们恢复知觉。我们都在发抖。她看着我，下唇碰着上唇，下颌颤动。"我说了，别进来。"

所以我在外面待着。

我急得团团转。雅各布上蹿下跳地扑我，狂吠。他知道出事了。我无法原地不动，我无法思考。动脑子啊。我眺望四野，开始奔跑。

※ ※ ※

气鼓鼓的雪莉打开酒馆的门。

"比利！"我已经歇斯底里，"他要吊死自己！他要死了。他死定了。"

雪莉和马克和我一起穿过田野跑回去。雪莉在问话，但我回答不了。

她不停地说"可雪天救护车进不来啊"，我不停地说"我知道，我知道，我知道"。

※ ※ ※

旅行拖车的门敞开着。我们冲进去，妈妈正在把比利搡进他的扶手椅。

"耶稣玛利亚约瑟夫。你们在这里做什么？"他的声音低沉而沙哑。

"你没事！"我冲过去拥抱他，但他挥手赶我。

"当然啦，我怎么会有事呢？"他越过我看着马克和雪莉说，"朋友们，你们看起来不错啊。"

雪莉一身睡衣，马克穿着平脚短裤，披了一件外套。他们都看着地上的碎玻璃，地板上的绳子，还有比利脖子上的红肿印子。他把夹克领子立起来，掩饰那些痕迹。

妈妈咕哝了一句"交给你们了"就从雪莉身边挤了过去，走出门。

"你没事吧，比利？"雪莉小心翼翼地问。

"棒极了，我只是逗她玩玩，哪知道她把整个教区都吵醒了。"比利的声音发颤。他脸色发紫，不停地咳嗽。

一阵尴尬的沉默。马克和雪莉盯着自己的脚。

比利把手一拍。"既然我们都在这里，不如开个派对吧。"

"比利，我们或许应该叫辆救护车，确认你没有伤到自己。"雪莉说着掏出手机。

"柜子里有瓶威士忌，最上面一层有马克杯。"比利冲马克点点头，马克过去拿威士忌。

雪莉转向我。"你没事吧，宝贝？"

"我没事。"我把一只手搭在比利肩上。"比利，看在老天的分上，让我们帮你一把。"

比利看看我搭在他肩上的手，放声大笑。"你猜怎么着？我都不敢相信我俩居然是亲戚。你简直是个戏精。"

雪莉搂住我的肩膀。"来吧宝贝，我们送你进屋。"

"她肯定是做噩梦了。"比利说。

我挣开雪莉，冲比利脸上就是一拳。这一拳令人满意。我看见真相在他眼里一闪而过。"妈的你怎么敢，"我说完转向雪莉，"我自己回去就好。"

内　莉

我敲敲"圣体龛"的门。妈妈猛地推开门把我抱住。

"让你看到那些我很难过。"她低声说着,搂着我摇晃。

"你怎么知道的?"我问,"你怎么知道他要干那种事?"

她皱起眉头。"帮个忙行吗?你能不能等我写完再听我解释?"

"啊妈妈——"

"求你了?这很重要。"

"好吧。"

她盘腿坐在椅子上,在阿诗玲练习簿上草草记录。

我的脑袋里砰砰响,她笔尖的沙沙声让我平静下来。我躺在床上,盯着她的文字之墙。

妈妈曾告诉我,她不住地往墙上粘贴书页是为了让它们足够厚实,让她的秘密躲过住在墙纸后面的内莉。内莉是我外婆的发明。她说,内莉夜里会把鼻子从墙纸里探出来,趁我们睡觉爬进我们的想法里。

墙上有一首新近从报纸上剪下来的诗歌,妈妈已经将它在墙上抚平。诗的名字叫《拉格伦小路》("Raglan Lane")。是布伦丹·肯内利[①]写的,他创作这首诗是为了应和帕特里克·卡瓦纳的《拉格伦之路》("Raglan Road")。

"有一次我在圣三一看见布伦丹·肯内利坐在长凳上。"我小声告诉内莉。

妈妈坐到床尾开始揉搓我的脚。她的手就像一团火。"你跟他打招呼了吗?"她问。

"没,他夹克肩上有头皮屑——很多。他的脑袋看起来自成气候——能让九月下雪。"

妈妈的手指在我的脚趾间扭动,她揉搓着它们里面的空隙。

"妈妈,跟我说说到底是怎么了。"

她一次拽住我的一根脚趾,轻轻扭转,等它们发出"咔"的一声再换一个。我的小脚趾啪的一声,就像是叉骨断了。

"你怎么知道要去看他的?"

"你说我为什么要睡那么多觉呢?比利说他不做梦。并不是这样的。他的梦找到了我。我照看它们。我从这个梦里醒来就感觉不对劲。我知道发生了什么。"

"你救了他的命,妈妈。"

[①] Brendan Kennelly(1936—2021)爱尔兰著名诗人和学者,曾在圣三一执教多年。

她摇摇头，把阿诗玲练习簿递给我。"我记下来了。那个梦。这是我能记起来的部分。现在它已经被污染了，因为我试着用词语把它固定下来，但我只能这样了。看看吧。读起来像孩子的记忆。比利梦到妈咪的时候，他就会变回小男孩。"

我打开练习簿，读起新写下的那段文字：

沙 人

　　肥仔水①瓶子标签上的宝宝看起来像个小老头。每次我把它从水池底下的藏身之处拿出来的时候，妈咪就会像唱歌一样念出广告词："外婆告诉妈妈，妈妈又告诉了我。"

　　肥仔水是给宝宝喝的，但他的妈咪却说我们都是大宝宝——就连妈咪也是。我只能喝一小盖，但妈咪可以喝一杯，因为她比我大。

　　去厨房给妈咪做睡前饮料是我的任务，爸爸直接去睡觉。我能得到这个任务，完全是因为我发现妈咪在厨房里偷偷喝酒，她不希望我告诉别人。妈咪解释说，她不能像爸爸那样倒头就睡。她需要她的沙人②。那个沙人就是我。

---

① 又称"止哭水""肠痛水""驱风剂"等，用于婴幼儿腹绞痛、消化不良、疝气等症状。
② 即传说中撒沙子让孩子揉眼犯瞌睡入眠的睡魔。

沙子裹在妈咪从基恩药房买来的绿胶囊里。它们是从月球送来的。那里有一家工厂，小小的月球人把月球上的尘土吹进要送给妈咪、帮助她入睡的时空胶囊。我尝过一口月球尘土，味道恶心极了。等我们从药房回来，妈咪把胶囊从锡板里抠出来，把月球尘土倒进我们本该等到圣诞节才能用的漂亮糖碗里。她动作很快。她的手颤抖着。她用指甲在锡板上划开一道缝，打开胶囊，把沙子倒进碗里。

每天晚上，我都要制作我的独家配方。我倒一杯肥仔水，加两瓶盖伏特加。我把一勺沙子倒进去搅啊搅，看着它们消失，就像糖在茶水中融化那样。

妈咪这些天睡得不多。就算能睡着，她也会做噩梦。所以每天晚上我都往她的饮料里多加一勺沙，希望能带来好运。我搅得很快，我可不想跟上次打开降临节日历[①]上面所有的小门、早早把耶稣放出来那样惹上大麻烦。

杯子里有好多沙，多到已经不会继续消失。我摇晃杯子，但沙子就是沉在杯底，像飘落的雪。妈咪在我身边坐下。我们干杯——葡萄酒杯碰得叮当响——她喝下了——所有的——一口气喝完。

---

① 一种可以开小门、挂在墙上的卡，孩子们从12月1日到圣诞节前每天打开一扇门，露出不同图画。

原　因

　　我去旅行拖车看比利。他正在用簸箕和小扫帚清理窗户的碎玻璃。玻璃碴看起来像破窗而入的冰块，比利像收拾冬天的清洁工。

　　"注意脚下。"他说。

　　"没事，我穿鞋了。"

　　"表演结束。观众散场了，"比利说，"感谢你把他们领过来。"

　　"我不知道该怎么办。"

　　"啊，这下我们知道了，要是真有紧急情况你可是靠不住的。"

　　"比利。"

　　他不扫了，抬头看着我。"怎么了？"

　　"我们能好好谈谈这事吗？"

　　他示意我坐下。"请随意。"

我坐下，看看周围的旧报纸堆、没叠被子的床，还有昏暗的小厨房。比利已经换过衣服了。一小片碎玻璃落在椅子的扶手上，我把它捡起来，用食指尖推着它在大拇指上滚来滚去。

"你想谈什么呢？"比利一边问，一边哗啦啦地将碎玻璃清入垃圾袋。

"这不是玩笑。"

"什么不是？"

"你现在穿高领的原因。"

"我平时就这样穿的。"

"你爱怎么装就怎么装，但我明白我看见了什么。"

"是吗？"

"没错。"

"那跟我说说。告诉我你知道些什么。"

我走到他水池底下的橱柜里到处翻，终于发现它藏在深处。我举起那只肥仔水空瓶。

比利笑起来。"所以你妈就往你脑子里灌了这些屁话？"

"她记下来了。"

"哦你现在开始帮助她解'梦'了是吧？你要把一辈子用来见证'梦'了？你终于被骗进她的屁话了。"

"我知道听起来讲不通。我都不太相信自己，可是——"

"可是梅芙一直在往你脑子里灌鬼话。我跟你说，黛比，如果你开始听她的，游戏结束。"

"妈妈刚才救了你一命。要不是她你现在就不可能活着，可你就这样回报她。"

"回报她？什么意思？我为梅芙做的还不够多，啊？"

"我不是那个意思。"

"我他妈的难道为你妈做的还不够多吗？"

"可她知道——"

"她知道什么？跟我说她知道什么？"

"她知道你为什么想自杀。她知道原因。"

"原因？"

"没错，原因，比利。"

"你想知道原因？你想知道？这和我的童年、和我妈妈、和我该死的'梦'没有半点关系。你才是那个原因。你。很久以前，你是唯一让我撑下来的理由。我对你尽心尽力，我真的尽力了，可你现在跟你妈是一路人了。我金盆洗手，再也不管你了。你他妈的给我滚出去。"

"我不能把你一个人丢在这里。"

"出去，要不我就把你丢出去。"

✹ ✹ ✹

妈妈见我坐在旅行拖车外面。我的牙齿咯咯响，但我感觉不到冷。我什么都感觉不到。

她在我身边蹲下。"你该去见奥德丽了呢。"

"我去不了。"

"我觉得过去聊聊挺好。"

"为什么人人都要假装一切都好?"

"不好。所以我觉得你应该去。你晚了一个小时,但我打电话跟她道歉了。我跟她说你在路上了。"

奥菲利娅

奥德丽递给我一只装满清洁工具的盆。黄色橡胶手套、玻璃清洁剂、厨房用纸、一块绿色百洁布、一块蓝色轻抹布、一瓶晶杰清洁剂，还有一瓶洁厕得，像食物篮中的礼物一样摆放着。

她举起一支牙刷。"这个能刷抹布擦不到的小角落。"

我点点头。

"不急。我要求很高的。"

"明白。"

❄ ❄ ❄

我以为奥德丽知道的。我以为妈妈跟她说过了。我满心期待的是她打开门，我倒在她怀中，她抱住我，我没缓过神是因为我坚信那才是会发生的事。

※ ※ ※

我打量着她一尘不染的卫生间,觉得自己要爆炸了。或许我可以把镜子砸了,或者试试我能不能站在马桶里,金鸡独立,然后使劲把自己冲下去。我希望她回来时看到我倒在血泊中,把自己切开——那种可怕到能把奥菲利娅吓坏的场景。

但现实中的我决定忍气吞声。我用尽各种极端、不自然的手段来清理奥德丽的卫生间。

※ ※ ※

淋浴房的瓷砖随时准备开裂。正当我擦着棕色六边形瓷砖的间隙时,白色小片碎裂了,就像被我碾成白沙的贝壳碎片一样。

※ ※ ※

我还在擦瓷砖上的沙子,奥德丽突然敲起门。
"黛比?"
"我还没干完。"
"不过,"她探头进来看,"已经很晚了。"
"啊。对不起。"

"没关系。到客厅里来吧,我去烧水。"

※ ※ ※

"昨天晚上,比利自杀未遂。"

我是在她给我递茶时说出来的。

奥德丽的手僵住了,茶水晃荡。"他没事吧?"

"嗯,"我说着从她手中接过杯子,"人人都在假装没这回事。"

奥德丽站在炉火前,扶着壁炉台。

"我以为妈妈跟你说了。"我说。

"她没提。比利?"

我点点头。

"这真是……唉,我简直不能想象你们有何感受。"

"他说是开玩笑 —— 逗人玩的那种。显然是胡扯。他不肯跟我说话。"这下我哭出来了。"他真的太过分了。"

"哦黛比。"

感到她的胳膊搂着我,我的眼泪更多,哭得更响了。我抓着她不放,以此确定她真的就在那里,生怕我一松手她就会消失。

布拉克内尔夫人

我从无梦的睡眠中醒来。我不在自己家。我躺在一张沙发上。我觉得我的胳膊已经死了,因为我看见它就在眼前,却感觉不到它。这只手动了。

"啊!"

"没事。"奥德丽喃喃道。

"太对不住了!"我从沙发上跳起来。起身俯视她感觉更奇怪。

"没事,"她说着站起来,张开拳头又合拢,"我想把你挪到床上去,但你就是不动弹。还有,你不肯松开我的手,所以我只好这样了。你手劲大得很,哪怕是睡着的时候。"

"我无地自容了。"

"你看起来不错。"她把手一拍,"来,早饭。"

"哦不用——"

"别跟我争。不吃点什么就别想出去。"

她从屋子里溜出去,我不确定是该跟上去还是原地不动。我的衣服发臭,我的双手皲裂,我散发着厕所清洁剂的味道。我无地自容到感觉好像睡了我从前的钢琴老师。

✳ ✳ ✳

我钻进厨房。那里很小,却有家的感觉,散发着烤面包的气息。奥德丽把培根片拍在锡纸上,把它们伸进烧烤架下面。她冰箱的侧面,葬礼纪念卡构成一幅拼贴画。盯着画上那些宁静的脸看,渐渐觉得他们没那么可怕。

"但愿你能吃肉。"奥德丽边说边往煎锅里扔香肠。

"哦吃的,"我说,"我能帮上什么忙吗?"

"还真可以,要是你不介意,可以帮我喂鸡。"

"当然了。"我舒了一口气,终于不用尴尬地静静站着了,"他们能熬过冬天还挺不错。"

"哦,他们是一群耐寒的家伙。饲料就在门外面,把他们的碗添满——碗一出去就能看到。"她从衣帽钩取下一件夹克给我。"要是你穿这件衣服,戴上连衣帽,他们就会以为是我。那样就不会找你麻烦。"

昨夜降下一层新雪,但从后门到鸡舍的小径被清扫过,只积了薄薄一层。那袋饲料比我想象的要重得多,最后我只好把它拖在身后。我看见一只老妇人模样的母鸡站在鸡舍外面,金鸡独立,一只脚嫌弃地抬起,像踩到水坑的老太太那样。

我记得我们小学时常常会玩一个游戏。奥德丽·基恩的花园和学校操场分隔开的栅栏那儿有个缺口,以前,我们课间的时候会钻进去玩"抓小鸡"。如果你很走运能抓到一只,就把他抛向空中,让他吓到发狂。我们内心深处能够感到这个游戏的残酷,但实在是太好玩了。单是被我们看一眼,母鸡都会吓得直发抖。了们拼命逃脱、尖叫求救的样子十分滑稽。

我把饲料倒进碗里。其他鸡也一只接一只地从自己的格子里探出脑袋。一只棕色的鸡跌跌撞撞地跑过来,拍着翅膀。

"吃吧。"我想拍拍它,它却躲开了。

※ ※ ※

桌上摆着代尔夫特精陶茶具和托盘。比利也有这样一套代尔夫特,放在旅行拖车里落灰。我记得他跟我说两只鸽子的传说时,我会让手指顺着青色的柳树纹样[1]游走。清晨的阳光在银色的餐具上闪耀着光点。一只盘子里盛满了小片培根、香肠、烤番茄,还有一篮子新鲜出炉的松饼,配有果酱和奶油。我冲着小盘子里用来蘸食半熟煮蛋的一队白面包士兵微笑。奥德丽煮了一壶咖啡,在两只葡萄酒杯里倒满橙汁。手里端着它,我感觉很阔气。抿上一小口,

---

[1] 欧洲瓷器仿中国青花瓷图案的纹样,构成要素通常有垂柳。

我有翘起小拇指的冲动。

"鸡怎么样?"她问。

"很好。有一只好像特别嫌弃雪地。她看起来架子真不小。她啄一口饲料就把头扭开,好像很失望,因为那不是鱼子酱。"

"那肯定是布拉克内尔夫人。"奥德丽说。

"他们都有名字?"

"有的。现在有布拉克内尔夫人、高林子爵、柏维克公爵夫人、阿尔杰农、格温多林和邦伯里[①]。以前更多,但狐狸把他们抓走了。"

"'做你自己。其他人都已经被占了。'"我引用道。

"没错。事实表明,母鸡和奥斯卡·王尔德笔下的人物有很多共同点。都是一群神经质的疯子。"

"但至少独一无二。这年头很少看到独一无二的了。"我一说出这些陈词滥调就后悔了。

"我觉得人是可以独一无二的,只是不见得始终有勇气做真实的自己。我们需要的是勇气。勇气和母鸡的牙齿一样罕见。"

"母鸡有多少牙齿?"我问。

---

① 布拉克内尔夫人、阿尔杰农、格温多林和邦伯里(在余光中先生译本中为谐音"两面人"的"梁勉仁")为王尔德戏剧《不可儿戏》(*The Importance of Being Earnest*)中的人物。高林子爵为《理想丈夫》(*An Ideal Husband*)中的人物,柏维克公爵夫人出现于《温夫人的扇子》(*Lady Windmere's Fan*)中。

"母鸡没有牙齿。"

"噢。"

"所以才那么说。"

"嗯,这下我明白了。"我心不在焉地笑道。

"坚强的家伙们。"她说。

"我记得我上学的时候你就养鸡了。"我一边用勺背轻拍煮鸡蛋的顶部一边说。

"我敢保证他们也记得你。你和别的孩子一起把他们赶得到处跑。"

"我们想看看它们会不会飞。"

"我记得从厨房窗户看到你把我的布拉克内尔夫人抛到了空中。我当时真想把你一巴掌扇到下个星期去。"

"那你为什么没跟我发火?"我问,感觉自己脸红了。

"你是我的钢琴学生。我不想把你吓跑。"

"这些可怜的家伙很怕我们。"

"我知道!你们肯定把他们折磨得要死,她们都不下蛋了。"

"啊?"

"然后学校老师打电话来,问我能不能带学生来看母鸡。我赶紧跑到店里买鸡蛋放到它们身子底下。"

"我记得!蛋一个都不是她们下的?"

"一个都不是。你们一个个跑来跑去,小脑袋好奇地往它们发抖的羽毛底下看,嘴里喊着'又出来一个,又出来一个!'"

"它们就好像是从自动售货机里蹦出来似的。"

"实际上不是!"她笑道,"都是演戏。"

"哈!"

"真是疯了。我赶在你们到来之前冲进商店买了一打鸡蛋。鸡蛋放到母鸡下面都没多久。刚从冰箱里拿出来的,还没焐热呢。"

"谢谢你为我们做了那么多,"我对她说,"太对不起了。"

"那时候你还是个孩子,"她说,"事实证明你长大了挺好的。"

❋ ❋ ❋

离开时,奥德丽递给我一盒鸡蛋。"要是你愿意,可以明天再回来打扫卫生间。"

"会的。"

"到时候我给你簸箕和小扫帚,这样你就能清扫淋浴间了。昨天你差不多把水泥浆都挖出来了。"

"哦天啊。对不起。"

"换我可能会把镜子砸了。要是我知道你昨天经历了什么,我绝不会让你扫厕所的。"

"没事,"我说着从暖气片上取下夹克,"你觉得雪还有可能停吗?"

"谁知道呢？广播上说这是二十五年来最厉害的雪灾。"

"多尼戈尔①昨天零下十二度。"

"天啊。"她为我打开前门。

"谢谢你为我做的一切。"

"不客气。你看，能不能帮我一个忙？"

"嗯？"

"今天试着跟比利说说话。"

"他不跟我说话。"我说。

"不一定说很多。只要进去看看他就好。我敢说有人陪他是乐意的。"

"但我不知道该和他说什么。"

"聊聊天气。"

我看看她。

"我说真的，"她说，"我们是爱尔兰人。"

"跟比利聊天气就像连线爱尔兰气象台。"

"那更好。能聊得开。"

我哼哼起来。

"能答应我去试试吗？"

她不肯关门，直到我说出"好。"

---

① Donegal，爱尔兰西北一郡，临大西洋。

307

雪　花

旅行拖车的门锁上了，所以我去破碎的窗户那里。我推开比利架在里面用来抵御全世界、寒冷和我的那块瓦楞镀锌钢板。它"哐"的一声撞在钢琴上，我扭着身子爬进去。就像是步入一座陵墓。比利用于活跃气氛的小古董装饰反而让屋里显得更加诡异。他面朝墙壁躺在床上，要么在睡觉，要么就是故意不理我。

我给自己下达指令。看看他有没有呼吸，烧水，灌热水袋，用茶巾把它们包住。在他脚边放一个，在他手下垫一个。去衣柜拿出一堆睡袋。打开这些茧的拉链，把它们盖在他身上。返回主屋拿两个电暖过来。第二个我本打算牵住带子拖过来的，但脚轮在雪中停滞不前。旅行拖车里插座不够，所以我又回去把接线板和一袋设备拿过来。

打开笔记本。进入声田①。播放黄昏乐队②的《朝圣者》，拧开燃气灶。敲开一只奥德丽给的鸡蛋，倒进碗里。橄榄油、蜂蜜、脱脂牛奶，快速搅拌，把面粉筛成雪白的山峰。全麦面粉、小苏打、盐、葵花籽和南瓜子。南瓜——火车上一位波兰女孩最喜欢的英文词。我无意中听到她和朋友说的，这让我开心了一整天。干配料堆在碗里看起来就像古罗马斗兽场的内景。我冲水，用手指给黏糊糊的混合物塑形，看着它缓缓倾泻在锡纸上。

关上烤箱的门。闻起来已有暖意。打开网页标签。谷歌"天气"，一头扎进旋涡，准备用信息武装自己。

只是内容……太多了。

合上笔记本，把煎锅放到炉架上。打开燃气。香肠冒泡泡了。培根嗞嗞作响。用厨房纸轻拍吸油，像擦干从泳池爬上来的孩子那样把它们吸干。再打几个鸡蛋，蛋黄摇摆，蛋白铺开，边缘褶皱香脆。时机成熟，把煎蛋从锅里揭起，轻轻地。

---

① Spotify，一家在线流媒体服务平台。
② The Gloaming，一支由爱尔兰和美国音乐人组成的当代乐队，曲目结合爱尔兰传统民谣特色与现代气息。此处提及歌曲应为《朝圣者之歌》("The Pilgrim's Song")缩略。

※ ※ ※

我摇摇他的肩膀。

"比利。"

没反应。我坐到床上,努力在我大腿上稳住他的早餐盘。我用积极的眼光审视摆在瓷盘中的油炸食品。

我又试一次。"比利。"

一个震天响的屁在床上激起地震波。

"我天。"我捂住鼻子,"你个混蛋。"

他在床上翻了个身。"这是给我的?"

"嗯,"我说,"你不吃也可以。"

他嗅了嗅。"这什么味道?"

"你那个破吉尼斯纪录的屁。"

"不,更好闻的。"

"面包。"

"噢。"他说着坐起来,"谢谢。"

我把餐盘递过去。他面露窘色。"听我说,黛布丝,我没想……"

"我不想说那些。"我说。

他看着一盘食物。"真美妙。"

"你没必要表现得那么惊讶。"

"可我的确惊到了。我说,几点了?"

"杜利来跟马克一起挤奶。我已经给他打电话了。"

他看看我。

"我跟他说昨晚你喝多了。"

"我很好。"

"你不太好。"

"我很好。"

"我要给你预约医生。"

"谁,骨头架子?"他嚼着一口煎蛋说。

我们这里的全科医生瘦骨嶙峋,我们都怀疑她有厌食症。"也许她就是怎么都吃不胖。"

"她就像刚刚起死回生。我可不去看一堆骨头。她连自己都照顾不好。"

"哦,反正我要给你预约。"

"去你的。"

他默默吃完剩下的早餐。我打开笔记本,谷歌脑海中闪现的名字。我找出要找的东西,把屏幕转向比利。

他伸手把笔记本从我跟前拿过去。我把他的盘子端走,让他自己浏览雪花的照片。

"你怎么发现这玩意的?"他问。

"乔治街拱廊市集里有个家伙在那里卖它们的照片。我拿了他的名片。"

"它们很美。"

"它们看起来就像玻璃,不是吗?"

"半个世纪前,我们登上了月球。我们现在能修改基因、克隆绵羊,但我们还是不知道雪花是怎么长出来的。它们很完美。"他合上笔记本望着窗外。

"我记得你出生的时候。你是那么的完美,看你一眼我都觉得不自在。那是我一生中最快乐的一天。我根本就没想到。我没想到,一点儿都没。梅芙把自己搞怀孕了,我只顾着生气。然后你出现了。小小的,粉色的奇迹。那么完美。我不希望这个世界把你给毁了。"

"呃,已经毁了。"

"我之前说的那些都是气话。"他说。

"你不能控制我经历的一切,比利。"

"我知道。"

"我不觉得你知道。你已经紧张兮兮好久了。你总是想着确保妈妈没事,确保我没事,却把自己给忘了。"

"啊别瞎扯,黛比。"

"没瞎扯。你住在这个破烂旅行拖车里,几乎没有取暖的东西,拼命把自己喝傻。你为什么不能也好好地照顾自己呢?"

"因为我害死了妈咪。"他小声说。

"那是一次意外。"

"我一辈子都在弥补……但我知道我什么都没补起来。我只能坐等下一场意外发生。"

我揽住他,任他哭泣。他的抽泣晃动着床,晃动着我。他一直哭到我的衣服被他的泪水浸湿。他用我递给他的纸巾擦眼睛时,我看到的是那个想帮助妈咪入睡的小男孩。

珍奇柜

奥德丽做笔记很勤快。我跟她说比利的进展时,她唰唰地写着。我不说了,她又草草记下一些才停下,然后抬头发现我正看着她。

"我做笔记是因为不写会忘。我希望我的记忆存储量更大一些,但它就是坚持要扔些东西出去。"

我想问她,为什么记下我和比利的互动会有所帮助。

"唉,他不肯去看医生,"我继续道,"我给他预约了,跟他说我要逼他去,可我又逼不了他。"

"不过他似乎很喜欢那些雪花。"

"嗯,那倒是件好事。"

"我觉得你可以继续挖。"她从扶手椅起身,走到她的酒柜跟前。她从藏品中抽出一瓶酒递给我。瓶子是空的,可里面有一只摆着乐谱的小小钢琴模型,还有一位银色头发的女士。

"哦天哪!"我说,"这是你!"

"嗯。我空闲时间挺多。"

我站起身走到酒柜跟前，抽出更多的瓶子。每个瓶子都塞着不同的东西——又一位坐在扶手椅上织毛衣的小小的银发女士、摆在画架上的袖珍版莱昂纳德·科恩诗歌集、一群在冬日仙境里旋转的小小滑冰者。一些瓶子里填满了羽毛、小雏菊、蝴蝶和贝壳。

"真神奇。"我说。

"戒酒后，我想念我的酒柜。我想念拿出一瓶酒、打开盖子给自己倒上一杯的仪式感。那种放松的感觉。我清空了酒柜，但一看到它我就难过得不行——就像看着立起来的棺材一样。所以我去城里上夜校，和老人家们一起学做瓶中船。我不喜欢船，所以决定放一些自己喜欢的东西进去。这是我的珍奇柜。"

"我很喜欢。"我看着不同的瓶子说。

"脑袋里会有个声音说我真没用，说要是让柜子发挥正常功用就会轻松得多，我得跟它理论。喝酒让我怨天尤人，放纵自己。我尝试在没有一杯或一瓶酒的情况下放松，这很不容易，我现在还在努力。但喝酒并不能让我感觉到活力。喝酒让我飘飘然，或者恶毒，或者头晕，或者麻木。我喝得太多了，做任何事情都不能集中注意力。"

她拿出一只瓶子，里面有一对父女的模型，他们指着树上的鸟儿。

"我十岁的时候妈妈就去世了。我们每次去墓园看妈妈的时候都会有一只知更鸟飞来，栖在墓碑上。有时候，爸爸会带我去观鸟。一见知更鸟，我就会说，看啊，妈咪来了。"

"很可爱。"

"爸爸临走前被阿尔茨海默病折磨了几年。最后他都不再是他自己了。我很害怕自己以后也会这样。失去我的记忆、我的思维。但即便那样，至少有人可以打开这只柜子，把我爱的东西、把我以前是谁拿给我看。"

我用力点点头，不知道该做些什么、说些什么。

❉ ❉ ❉

"我觉得你也许会有关于比利和雪花的某些重大发现，"奥德丽说，"放开手去挖掘。共同的好奇点非常管用。"

蒲公英

赞茜说我们不应该总是发信息。她觉得面对面交谈更好。她公寓的门掩着,没上锁。我敲敲开着的门,钻进狭窄的门厅。我得从她的自行车上爬过去,它拦在我面前,像个瘦高笨拙的保镖。她圣诞节前买回的盆栽已经开始枯萎。厨房里散发出奇怪的气味。

她坐在床上,裹着一层御黄色的埃及棉床单,布料的褶皱像奥斯卡晚礼服一样垂在她的周身。我认出那是我们学弗吉尼亚·伍尔夫的那节课上她订购的。她下巴上长了一颗痘,头发油腻。这是我第一次见她刘海乱糟糟的。

"嗨。"我说。

我在床边坐下。"奥尔拉还在克莱尔吗?"我问。

"她不回来了。"赞茜说。

"噢。为什么啊?"

"她退学了。"

"噢。"

"嗯,其实她在这里过得挺惨的。她不喜欢这种生活,觉得交朋友很难。"

"我有点内疚。"我咕哝道。

"要是当初知道,你又会做些什么呢?"她嘲笑道。

"可能什么也不做吧。"

地上有几碗麦片。我认出是杏仁牛奶荞麦片,那是赞茜唯一允许自己吃的麦片。有一碗打翻了,米色的糊糊倾泻在地毯上,已经凝结在里面。

"你俩——"

"我们上周分手了。"

"我很遗憾。"

"我跟他说我心里还想着格里夫,这至少算是真话。我说我对格里夫来说永远不够好,除非我有睾丸和三条腿。"

"我觉得或许也不是这么回事。"我发现罗蕾莱和洛瑞在她的笔记本上定格在一个拥抱中。"你在看第几季?"我问。

"我意识到她们都是自恋混球的那一季。她俩都是。"

"噢。"我呼出一口气。

"我妈没给我打电话,"她说,"每次都是我给她打。所以我不打了,想看看她会不会注意到。我们一个半礼拜都没说话了。一个电话都没。她甚至都不发信息问问我是死是活。"

"她肯定只是太忙了。"

"还有我爸——他从来不给我打电话。要是他打电话,那准是出什么大事了。我都不知道我们可以聊什么。很尴尬的。"

"我想我和比利打电话也一样。"

"这不一样。我和我爸,除了每个月直接从他的银行卡划到我银行卡上的钱之外,没有任何关系。"

"肯定不是这样的。"我说。

"上个礼拜我去文身了,我想要文点有意义的图案。"她转过身把头发拨到一边,炫耀一朵颠倒的蒲公英——草茎从她的颈背垂向左肩。"记得你跟我说的那个故事吗?你走到屋外,去旅行拖车那里,用蒲公英换比利的睡前故事?"她说着转过身,"看看我肩膀上的这些玩意,飘散的种子。"

我细看她肩膀上散落的一团团墨色。"酷。"

"本来是要文雪花的。"

"呀,我叫你小雪花只是说气话。"我说。

"不过你觉得怎样?实话实说。"

"挺好的。"

"你死活都骗不了我。"她说。

"我想说,你要文它的理由有点吓到我了。"

"不会又要开始了吧。我不是因为迷上比利才文它的。只是……并不是每个人成长过程中都有一个陪你玩、给你讲故事、像魔法师一样的舅舅来引导你,能理解吗?"

"嗯,但文上象征我童年的东西?"

"蒲公英不独属于你,黛比。别紧抓自己不放。并不是所有事情都跟你有关系。"

"我没说是啊!"

"真的吗?我确信我和我前男友的关系也跟你有关系。"

"妈的,赞茜,"我边说边下床,"我他妈的不想听这些。"

我出门时绊倒在自行车上。"去他妈的该死的自行车。"我喊着把门摔上。

格洛丽亚

打扫奥德丽·基恩的卫生间越久，我就越能找到要干的活儿。我正在用牙刷清理壁脚板顶部。广播从奥德丽宅中安装的一只复古音箱里传来。要是我们家也有这种音箱就好了。广播响着的时候离开厨房总会让我感觉不舒服。它对着一间空屋子喋喋不休。我担心会错过什么，比如那些声音说出什么有趣的事儿，或者趁我听不见时说我的坏话。

《荒岛唱片》①正在播出。肯定是播客（podcast）。比利说我们这里收不到 BBC，除非你是新教徒，能靠自己的脑电波调频。听到柯丝蒂·杨②的声音，我露出微笑。她是比利的女神，也是他最终屈服、用笔记本听起 BBC 的理由。他推测，要是苏格兰人能打入 BBC 内部，我们也可以。有

---

① *Desert Island Discs*，BBC 四台老牌栏目，该节目会假设参与嘉宾在一座荒岛上，只能携带固定数量的书、唱片和物品，请他们谈谈自己的选择及其原因，借此畅聊人生经历。
② Kirsty Young，1968 年出生的英国苏格兰女演员。

一次我进门撞见他听着谢默斯·希尼[1]那一集哈哈大笑，他叫我别出声，自己却因为想到谢默斯·希尼在荒岛上穿着一双黄色马丁靴、迈着重重的步子打转的画面而放声大笑。

柯丝蒂用甜美的声音介绍她的嘉宾——格洛丽亚·斯泰纳姆[2]，我只是模模糊糊地听说过这个人。我喜欢她的名字。"glorious（光辉的）"是我最爱的单词之一，我喜欢这个词在唇齿间的感觉。

格洛丽亚·斯泰纳姆选的第一首曲目是妈妈的晨曲——佩屈拉·克拉克的《闹市区》。她父亲是个梦想家。他有一辆旅行拖车，他们经常到处跑。柯丝蒂引她谈论她那曾经是新闻界狠角儿、却因神经崩溃而在疗养院度日的母亲。格洛丽亚的童年大部分时间都在照顾母亲，她母亲经常游离进入梦的世界，和看不见的声音说话。然后柯丝蒂向格洛丽亚提及，格洛丽亚曾说，自己活出了母亲被抹去的生活。

我放下牙刷，躺在浴室地板冰凉的瓷砖上。泪水在我的眼角聚集，滚下我的太阳穴，流到我的头发上，像湿漉漉的羽毛一样挠着我的痒痒。

---

[1] Seamus Heaney（1939—2013），爱尔兰诗人、剧作家和翻译家，诺贝尔文学奖得主。
[2] Gloria Steinem，1934年出生的美国女性主义者、政治活动家、编辑、编剧、制片人，20世纪末、21世纪初女性解放运动的坚定支持者。

※ ※ ※

奥德丽给了我一本日记，让我做每周计划。我列出我下个月想做的事情。我在一家诊所预约了性传播感染检测，对此我很紧张，但这却可能是列表上最容易的一件事了。其他任务似乎都无望完成。跟赞茜道歉。不喝酒。不吻不喜欢的人。

"如果你喝了酒或吻了陌生人，这也不算什么大事，记住这一点很重要。你可能还会做这种事。你是人，不是神。况且你还是个大学生，更该放轻松一点。但如果你能意识到这可能属于自我破坏行为，就应该为自己感到骄傲。"

"我不知道要不要跟赞茜说比利的事情，"我说，"我觉得比利不会希望我说的，而且这只会让赞茜难过。"

"听起来你已经决定了。"奥德丽说。

"我不用告诉她？"我问。

"黛比，你用不着跟任何人说任何事。"

"好。"

"这样你感觉好些了？"

"嗯。"我说。

"我们还没谈到那些梦。我们第一次见面时，你说那是你最想讨论的事情。"奥德丽把笔记本往回翻。"你说，'我害怕自己会变成妈妈那样。我害怕一辈子困在家里，无法应对现实。要是我再不找人聊聊，我觉得我会被这种担心折磨死。'"

"我不记得自己说过那话了。"

"现在聊，你觉得你准备好了吗？"

"我记得你说了，我用不着跟任何人说任何事？"

"的确。如果你没做好谈论它们的心理准备也没关系。"

"不是我没做好心理准备，"我说，"我是觉得我永远也不可能做好心理准备。我描述不来。我也怕你不相信我。"

"我信不信你很重要吗？"

"你开玩笑吧？"

"我信不信有什么关系呢？"

"因为就连我自己都不相信自己。那些梦完全讲不通。我从小到大都听人说梦就是扯淡，我妈妈就是个疯子，我从来就没质疑过那种说法。所以没错，要是我努力去解释它们，你愿意听，而且不会立即判定我是疯子很重要。有人相信我——不管是谁都行，这很重要。"

"好。"奥德丽合上笔记本，身体前倾。"我听着呢。"

"唉，你就这样突然让我开始真是太不公平了。我不知道应该从哪里讲起。"

"你有什么感觉，现在？"

"生气。我气你不能看到我脑袋里面，不能直接看见到底发生了什么。我生气，因为我得自己来解释。"

"看得出来。你试过把它们写下来吗？"

"梦？"

"嗯，还有它们怎么影响你清醒时的日常。你妈妈写了很多。我觉得这对她应对生活很有帮助。"

"妈妈写得一塌糊涂。"

"那么依你之见，写写是可以的，只要写得'好'就行？"

"我可没那么说。"

"可你希望自己的文字'好'而不是'糟'。"

"嗯，是啊。"我说。

"要是你什么都不写，怎么知道文字'好'不好？"

"妈妈写写就没事，因为她不在乎别人怎么想。"

"这听起来很超脱。不在乎别人怎么想，"奥德丽说，"但那可能是时间磨出来的。"

"呃……要是我试着去写它，写出来怎么都不对劲，听起来我就像是在撒谎。我不指望任何人相信我。我怀疑再过几年，连我都不相信自己了。讲故事——哪怕只是讲关于我生活的故事——都需要某种后见之明。我才十八。我没多少后见之明。我不能确切地说，很久以前，这事发生在我身上，因为它还在发生。"

奥德丽看我的眼神好像在说解决方案显而易见。"那就别说'很久以前'。"

探测者

我小时候，比利常常要去找一个人谈买狗的事情。我会为此激动，直到渐渐接受我不会因为这些见面得到狗的事实。每当詹姆斯因为比利让我白高兴一场跟他生气，比利就会回应："很好。这样她就学会别指望任何人给她任何东西了。一定剂量的怀疑毫无坏处。"

有时，我会问能不能跟他一起去，他会耸耸肩嘟哝一句"要是你想的话"，那口气我一听就知道他不想让我去。然后他就假装自己完全忘了我也想去这回事，飞快地从门前车道开出去，我在后面跟着追。

所以当比利来到我卧室，朝我被子扔过来一串钥匙把我弄醒的时候，我十分惊讶。

"来吧，"他说，"我们去找那个人谈谈买狗的事情。"

"啊？"

"你到底想不想来？"

"想啊。"

"很好,因为你得开车。"

※ ※ ※

我得关掉广播才能集中注意力。我反应不算太快,但时间却在愉快地流淌。我的运气越来越好。十字路口很安静,让人犯迷糊的岔路口也不多。我听从比利的指令。

"左转,往左转。"

我打开右边的指示灯。

"你另一个左边。"

※ ※ ※

我们顺着蜿蜒的公路开,直到比利令我驶入一条私家车道,两边是高高的石墙,大门看起来拒人千里。这个地方叫作"巴利莫尔庄园"。还有一块更小的牌子打着广告:"快乐笑脸蒙特梭利幼托 —— 注册开始啦!"

电子门敞开。我启动紫罗兰,我们沿着那条大道缓慢驶入。比利指示我开到那栋房子后面。后门打开,我们靠近时,一位女士朝我们挥手。

"乖乖在这停下,别让她撞到什么。"

他把手伸到后座,抄起一根大木棍。

"哎哟，甘道夫，你打算带那玩意去哪儿？"

"我要用到的。"他说着，把那根长着节疤的老树枝夹在腿间。

我们从车里出来，在砾石车道上拖着脚朝那位穿着松软睡袍和拖鞋的女士走去，睡意残留在她脸上，还没完全消失。

"这么说你就是那个带棍子的人啦？"她问。

"的确，没错。这是我的学徒。"他把手搭在我肩膀上。

"好，那我带你看看这里的情况。"

她引我们走进花园。园中有几处花圃，还有一片修剪整齐的草坪。苹果树很老，闻起来怪怪的。果子烂了，爬满昆虫，飞着苍蝇。有一间用树枝搭成的小屋——这是一顶引人注目的圆锥形帐篷，里面有塑料马克杯和盘子。其中一只马克杯中填满了碾碎的花朵。这让我联想起我儿时制作尿味蒲公英香水的时光。

比利拿着木棍在花园里游荡。他把棍子点在枝条像叉骨那样一分两半的树梢。那位女士看着他，似乎想弄明白他到底在做什么。他其实什么也没做，只是到处走，不时停下来挥舞棍子。

"孩子回家跟父母哭，"那位女士说，"你知道口碑多重要。人们不想把孩子送来托管了。还以为我对他们做了多可怕的事呢。真是噩梦啊。我们在这栋房子里住了四年，以前从来没有过。从来就没有。有人来我们这里消暑，他们的孩子特别爱这座花园——所以我们才想到了办蒙特梭利幼托。我一直很喜欢和孩子打交道。这里现在就是有一种奇怪的感觉。那么多诡异的事故。我去年摔断了五根骨头——五根！"

"这座房子以前属于马路对面种马场的主人。"比利说。

"是的，没错。"

"你从他们家儿子手里买下来的。他继承了这片地产。"

"没错。迈克尔·科克伦。"

"你最近扩展了花园。"

"没错，为了办蒙特梭利幼托。"

比利在用他给年幼的我讲故事的声音说话。

"以前这里是一片地——种马场的一部分。卖给你房子的那个人，那个科克伦家的，他妹妹……还是个小女孩的时候，在这里从马背上摔下来了。那时她才七八岁，她摔断了脖子。"

那位女士倒吸一口凉气。"那就讲得通了。"

"你扩展花园前，那些苹果树长得可比现在好，我说的对吗？"

"没错！我以前做苹果挞，孩子们也爱在果园里玩，可现在他们都不肯靠近了。你怎么知道的？"

"大地会讲故事。我只是去听。不过呢，我不是施洗者约翰。我有点生疏了，我好长时间没干这事了。以前我爸爸探测，他试着把这种本领传给我，但我觉得全都是屁话——不好意思爆粗口了。"

那位女士笑起来。比利已经把她迷住了。

"我可以帮你中和这片地,一般这样就可以消除紧张的局面。扩展花园引出了小女孩死去时激起的可怕能量。孩子们往往很敏感,他们很擅长感受能量。我预感这就是让你摔断骨头的原因。"

那位女士点点头。"有道理。"

"我不能给你任何承诺,但我有预感,只要治愈这片土地,你果园里的树就能结出成熟的果子了。"

"太感谢了。"

"先别谢我,我还没试呢。"

"不管你要怎么做,请继续。我付多少钱给你?"

"哦,什么都不用。"

"我得付钱。"

"不,你不需要。我不能保证一定有效。"

那位女士看起来不太舒服。"那,至少进来喝杯茶,等你们忙完之后。"

"那当然。现在我和我的学徒要开工啦。"

"好嘞。好运。"她边说边退开,冲我们竖起大拇指。

"来吧。"比利一边对我说一边朝车子那边走去。他打开"紫罗兰"的后备厢,取出两根长长的钢管递给我。

"我们拿这玩意儿做什么?"我问。

"把它们插进地里。有点像针灸。"

他又取出四根钢管,还有一只锤子。我们走回草地,朝后面的栅栏走去。比利指导我把钢管放到特定的位置,然后用锤子把它们敲进地里。

"你怎么知道那些事的?"

"我不知道。"他说。

"但你的确知道。"

他停止敲打。"很难解释。我也不知道我怎么知道的。所以我有一段时间没做了。我觉得自己在招摇撞骗。"

"但你没说错啊。"

"谢天谢地。"

"那么你以前做过的?你小时候?"

"是啊。我父亲会带我一起。"

"那你怎么不干了?"

"因为我不相信。就是不能相信。"

"那我们为什么还要来?"

"因为我想好起来。有人告诉我,要是我重操旧业,帮助别人,没准会让我感觉好得多。"

"哦,好吧。那这样感觉挺好?"

"嗯。"

"那你为什么要捎上我?"

"有人跟我说,让你知道我做什么可能会有帮助。因为,呃,你好像觉得自己疯了。咱们家有很多种疯法。"

"你打算告诉我这个人是谁吗?"

"奥德丽·基恩。"

"你去她那儿谈话了？"

"她有一天突然到旅行拖车里来，邀请我去她家吃饭。我不想太无礼，我也知道她对梅芙的帮助很大，所以我答应了。"

"噢。所以你只是去吃了个饭。"

"是啊。"

"只去了一次？"

"啊，她厨艺很棒，她费了那么大劲，我心里过意不去。我想回报她一下，所以请她出去吃了一顿，表示感谢。"

"所以你们去了哪儿，酒馆？"

"不是。"

"哪儿呢？"

"我才不告诉你。"

"你穿什么去的？"

"衣服。"

"她从你嘴里掏出很多话？"

"没错。呃，我们一起上学的。她父亲和我父亲是好朋友。他们以前一起去观鸟，老爸跟基恩说过探测的事情。所以她知道。"

"她是位迷人的女士。"我说。

"她是个淑女。"

"你还会请她出去吃饭吗？"

"我请过她一次了。作为感谢。"

"明白。可她的确是位迷人的女士。"

"她是个淑女。"

开胃菜

圣诞假期还没结束,但我打算去图书馆看书,为开课后就要提交的论文做准备。校园里静悄悄的。唯一和我互动的人是进入伯克利[1]时遇到的门卫。我进去时看到格里芬从十字转门出来,但他忙着整理头发,没注意到我。我的手机在口袋里振动。是赞茜发来的信息。

嘿。你想见见我爸妈吗?

她发来一个地址,说七点跟他们碰面。

※ ※ ※

那家餐馆看起来偏纽约风,不像是在都柏林。里面有

---

[1] 圣三一大学图书馆之一。

红砖墙和高大如树的植物。服务员或许以为我走丢了,穿着运动服、背着书包晃来晃去。他是一名五十来岁的男子,已经厌倦了邋遢的我和他的轮班,但他努力挤出一个微笑,因为这行全靠小费。他把我引向一片有取暖设备和圣诞彩灯的室外用餐区。赞茜坐在那里,抿着一杯白葡萄酒。我很紧张,她却似乎因为见到我而松了口气。

"嗨。"我们说。

服务员拉出我的椅子。我放下书包入座。

"请问喝点儿什么?"他边问边开始撤退。

"不用了,谢谢。"我说。

赞茜等到服务员离开。"听我说,我很抱歉——"

"别。没必要。我也很混账。"

"好。那好。"她深吸一口气。"我觉得我爸不一定来了,我妈会迟到。"

"离七点还有五分钟呢。"

"我跟他们说六点吃晚饭的。"

"噢。"

我们一声不响地坐了一会儿,接着听见一阵脚步声。我转身,只见一位穿着海军蓝套装的女士朝我们走来。她的头发吹了造型。她似乎很喜欢自己的细高跟在餐馆瓷砖上碰出的声音。

"这是什么情况呢?"她来到桌边时问赞茜。她有一副高雅的电台嗓音,那种难以绑定具体情境的声音。我注意到她的镜框与套装相配——蓝得分毫不差。我很好奇，她是不是每套衣服都要搭配不同的眼镜。

赞茜站起来介绍我们。"妈妈，这是黛比。黛比，这是我妈妈，琼。"

琼和我握手，上上下下地打量我，把我油腻腻的头发和运动服看得清清楚楚。"我的天，你俩不会打算告诉我你们是一对吧？"

我拼命摇头。

"如果是呢？"赞茜问道。

我看看赞茜，又看看她妈妈。"我不是同性恋。"我指着自己澄清道。

"不过就算是又怎样呢，妈妈？"赞茜又坐下，翘起二郎腿，手托下巴。

琼冲我微笑，然后坐下。"赞茜就喜欢吓我。她喜欢惊吓元素。"一说到"吓"的时候，她就把眼睛瞪大。"我很惊讶，这顿饭她居然没带上她爸。"

"我邀请他了。"

"我猜也是。"

"他刚发信息说估计要迟到了。"

"要是你爸出现了，我就签字把我的房产证转给这一位。"她说着拍拍服务员的胳膊。

服务员僵硬地冲她微笑。"请问要喝点儿什么？"他问。

"我们能看看酒水单吗？"她问。

"酒水在菜单背面。"他说着为她把菜单翻过来。

"就这么点儿?"她问。

"对。"他说。他回话的语气,用来叫她滚开也同样合适。

"那我们喝水好了。"

"蒸馏还是气泡?"他问。

"水龙头的就好。"她说。

服务员离开,琼看着我,好像方才意识到我是一个人,而不是她女儿生活片场上跑龙套的。"我一直都记不住你叫什么。"

"黛比。"我说。

"你学什么的,黛比?"

"英文。"

"在圣三一?"

我点点头。

"你是哪里人?"

"我住在基尔代尔的一个农场上。奶牛场。"我补充道,只是为了有话可说。

服务员带着水回来,将我们的玻璃杯一个个注满。

"请问我们能上点面包和橄榄吗?"琼问他。

"当然。"他从桌上撤掉葡萄酒杯。酒杯在他手中相互碰撞,发出弥撒上那种"叮叮当当"的钟声。

"你们有多少头奶牛?"琼的注意力又回到我身上。

"哦我不知道。我从没数过。"我开玩笑,但琼并没有笑。比利教过我怎么回答这个问题。要是他在，他肯定会说："来收税的都不会问我这个问题。"刚认识一个农民就问对方有多少头牛，相当于刚认识一个人就问他年收入是多少。大部分人都意识不到这一点。

"我在奶牛场长大的，"琼说，"我每天上学前都要先挤奶，然后晚上回家还要挤奶。我讨厌那样。"

"哇哦。"她给我的感觉是，她不会轻易吐露这一信息。

"我三岁的时候就决定要当医生。"

"哇哦，"我又说了一遍，"你梦想成真了。"

"我没有其他选择。"她说着抿紧嘴唇。

我想问她，为什么觉得除了在牙牙学语时就做出职业决定之外她别无选择。有琼在场，两分钟足以让我感到紧张。我了解这种人。她是那种盘问你未来规划还能察觉出你胡扯八道的人。

"你会不会参加"——她在空中挥手，摸索需要的词语——"明年的奖学金考试，黛比？"

"我不知道。"我试着面不改色地说。她看我的眼神，好像能看出我年初那篇论文拿的是二等二。"说实话，我觉得自己可能不够聪明。"

"她很聪明的。"赞茜说。

"可不能这么说，"我说，"但赞茜应该去。"我冲桌子对面的她点点头。"她能拿奖学金。"

"我知道，"琼赞同道，"不过，这不见得能给你带来什么，不是吗？拿个英文学位。"

"的确不能吧。我们肯定有失业救济金保底。"我说。我忽然间变成了那种讲了笑话自己发笑的人。

服务员带着一篮子面包和一盘塞着绿色玩意儿的光滑小粉卷出现了。"我们没有橄榄了，但大厨准备了开胃菜。"

"没有橄榄？"琼看起来一脸疑惑。

服务员咬紧牙关，他的话是冲着桌子腿说的。"很抱歉的确没有，但这是加了柠檬和炸藜麦的牛油果和三文鱼小食。"

"要我们付钱吗？"琼问。

"不用。"

"那好。"

❊ ❊ ❊

晚餐继续在痛苦的氛围中进行。琼退回了她的主菜。服务员提出另送她一道菜，她表示拒绝。巧克力舒芙蕾甜点是免费送的，我对服务员连连道谢，而这似乎让他更恼火。

就连带血的油封鸭，琼都会认为烧得太熟。除此之外，我对她的了解并无增加。赞茜面对她妈妈的各种奇怪反应似乎泰然自若。琼站起来去埋单时，我偷偷往茶托下塞了一张二十欧。赞茜侧着脸冲我逗趣地一笑，说："愿意跟我回家吗？"

※ ※ ※

走出餐馆,琼看起来很不自在。她问赞茜钱够不够花。赞茜点点头。

"那就先这样了。缺什么跟我说啊。见到你很高兴,黛比。"

"见到你很高兴,琼。"

我们看着她转身走开,细高跟在人行道上嗒嗒作响。

赞茜问:"怎么样?"

"什么怎么样?"

"你对她印象怎么样?"

"琼这个女人不简单。"

赞茜大笑起来。"我很爱我妈妈,可是……我觉得很难喜欢她。"

"看得出来。"

※ ※ ※

我们默默走回赞茜的公寓。我有点晕。到达时我很开心,心想终于能坐下了。她打开一瓶红酒,从柜子里取出两只杯子。

"我只喝水,"我说,"我尽量保持清醒。"

我等她扬起眉毛或说些什么,但她没有。我接过水,蜷缩在皮沙发上,把她的拼色毯子拉到我膝盖上。

"我只是不能理解你怎么会……是她生的?"我终于开口。"你是领养的吗?"

"我觉得我们很像,说真的。"

"不,你们不像。"

"我们很像。"赞茜在我身边坐下,沙发被我们两个人的重量压得直叹气。"只是我更喜欢讨人欢心。其实妈妈有一点我是非常欣赏的,她觉得没必要让人喜欢她。这种品质在女性身上十分罕见。"

"但她主动把人推开,那个服务员把她杀了都不奇怪。你就不会那样,大家都爱你。"

"爱吗?"赞茜朝她的葡萄酒杯中望去,把它转来转去。"还是说他们只是喜欢我呈现的自己?妈妈生在一个没多少财产的大家庭里。她三岁决定当医生的时候"——她翻了翻白眼——"拒绝了家庭和他们代表的一切。她完全是靠自己。"

"独立的三岁孩子。"我说。

"她没开玩笑。"

"我能想象她穿着宝宝连体裤,戴着同色系眼镜的样子。"

"没错。"赞茜抿一口酒,皱皱鼻子,"这酒真难喝。"

"有木塞味儿?我们要不要请琼把它退了?"

赞茜没笑。

"对不起,"我说,"议论你妈妈,我有点内疚。"

"妈妈只是……"她在沙发上换了个姿势，试着说下去，"妈妈是个完美主义者。我们都是。这没让我比谁强到哪儿去。它让我动弹不得，让我做什么都缩手缩脚的。"

"可从某种意义上来说的确让你更优秀，"我争论道，"你是全年级唯一拿到一等的。"

"我拿一等只是因为我每天都逼自己，逼自己去图书馆。同一篇论文我写六份不同的初稿。你想知道怎么拿一等？跟自己生气。一直生气。对自己写的任何东西都感到失望。跟自己说，要是不能超过百分之七十你就一文不值。我实际上享受讨厌自己，那是我的舒适区。"

"你以为我们其他人成天都很爱自己？"

"所以我才对你的家人那么着迷。你们都那么——"

"疯疯癫癫的？"

"嗯。也很美。"

我伸出手，她看着它。

"握手。"我说。

她握住我的手。

"这个手握得不错。"我恭维她。

"近乎完美。"

"欢迎入伙。"我说。

黄房子书店

春季学期第一周。赞茜和我在一家书店阳光灿烂的黄色墙体外已经站了十分钟。我们透过橱窗、穿过自己的倒影窥探他今天有没有来上班。

"我们现在不能进去。我们在外面站了那么久,这太奇怪了。"

"我们当然可以进去,"赞茜说,"那么,我们进去以后你打算怎么办?"

"呃,到处看看?"

"还有呢?"

"没准买点东西?"

"你不能买,那是作弊。"

"我还是会跟他说话的。"

"可那就不是交谈了。那是交易。"

"请允许我提一下讽刺点:你居然劝我别买东西?"

※ ※ ※

自从我搬进赞茜的公寓后，我们常常去黄房子书店里逛。她不让我付租金，比利表示这非常合他的心意。我们一直在二手慈善店物色装饰公寓的玩意儿。我们买了黑胶唱片机，现在收藏了一堆装腔作势的古典乐和爵士碟片。我们的二手书藏品也初具规模。

黄房子书店离我们的公寓走路只要一刻钟。进去就像坐在某户人家的客厅里那样。里面有地毯和搭着毯子的摇椅。他们家的植物养护得非常好。我喜欢一个在那里工作的男孩——我们文学理论辅导课班里的意大利人。

※ ※ ※

门上方的铃铛叮当作响。他坐在柜台后面座位上，抬头看看，冲我们咧嘴一笑，然后继续读书。赞茜走向经典名著区。我用一根手指掠过书脊。逛书店就像大晴天在海滩上捡贝壳，我什么都想要。

我很难分清买过的书和读过的书。赞茜说她也一样。我们不希望书架上堆的都是没读过的，所以一致决定列出"想读"列表。我们没空读的书就不能买。这是自我提升的尝试。

"我能买这个吗?"赞茜举着一本《无尽的玩笑》[①]问。

"你开玩笑吧?"

"抱歉,夫人。"

她等我去和那个男孩搭讪。我继续逛,没搭理她。

赞茜倒吸一口气。"我天!黛比!"

我转过身。她跪着从经典名著区抽出一本大部头。她把封面转向我。

"我天!"我在她身边跪下来。

罗蕾莱和洛瑞在《吉尔莫女孩指南》上冲我们微笑。

"神啊。"

"这是完美的咖啡桌图书。"

"我们没咖啡桌。"

赞茜翻阅着它,翻页的动作会让人误以为那是一本《地球脉动》。"居然有整整一章都在讲艾米丽[②]!"

"艾米丽?"那个男孩突然停止阅读,他看着我们,好像我们侮辱了他亲妈一样。"艾米丽绝对是最糟的。我是说,所有人物从道德上来看都有待商榷,除了莱恩。莱恩最好了。"

"挺迪恩还是挺杰斯?"赞茜问。

[①] *Infinite Jest*(1996),美国作家大卫·福斯特·华莱士(David Foster Wallace)的小说,英文版长达一千多页,且有大量注释。
[②] 《吉尔莫女孩》中罗莱蕾的妈妈,身处上流社会,总是希望为独自抚养孩子、独立谋生的女儿提供经济帮助。后几行中提及的卢克为小镇咖啡馆老板,罗莱蕾经常光顾他家店。

他思索片刻。"力挺别把卢克扯进去。"

赞茜点点头。"尊重你的意见。"

"别误会，"他在柜台一边说一边替我们把书裹上两层，"我原本没打算把《吉尔莫女孩》每一季都看完，我本来该好好写《尤利西斯》的论文来着，然后'砰'——就看起来了。"

"可以理解。"我说。

"有门讨论课咱俩是同班。"他对我说。

"哦是啊！文学理论？"我答道，假装自己刚刚才认出他。

"没错。现在我对得上人了。黛比，是吧？你特别逗。"

一阵尴尬的沉默，我在琢磨这到底是在损我还是夸我。

"我们应该玩一次《吉尔莫女孩》问答之夜。"赞茜说。

"听起来不错。"他说。

"很高兴认识你……"

"我叫尼克，"他说，"也很高兴认识你。回头见。"

※ ※ ※

"他很有可能对你有意思。"回家路上我说。

赞茜停下脚步，抱起胳膊。"看着我。你不能再这样了，对我，对你自己。"

"我只是说实话。"

"不，你没有。你在贬低你自己。更糟糕的是，你把我想象成不是我的那个人。"

"就是你啊。"

"黛比,我心目中唯一的夸赞就是,我这个人'还可以'。你觉得我是这个人还可以吗?"

"觉得。"

"谢谢。你觉得你自己也还可以吧?"

"呃。"

"看着那扇窗户上的你,对自己说,你这个人还可以。"

我看着玻璃中的自己。

"说啊。"赞茜恳求道。

我看着窗户上的女孩。她脸上的表情很放松,她没有皱眉。通常,我的脸上写满担忧,但我今天认真化了妆。我昨晚睡得很香。梦还会来,不过我已经允许它们来去自由了。赞茜给我买了一袋子危地马拉分忧娃娃[①],我放在枕头底下。妈妈装裱了一句话放在我的新卧室里,时刻提醒我,我们都生活在彼此的阴影之中。

Ar scáth a chéile a mhaireann na daoine[②]

我穿着别人穿过的衣服,是我上个礼拜从二手慈善店买的。我觉得穿着自带历史的衣服令我宽慰。"我真的很开心,"我对窗户里的女孩说,"我真他妈的开心。"

---

① 危地马拉印第安人的一种小玩偶,据民间传说,对娃娃倾诉,忧愁就会减轻或消失,有助于缓解失眠。
② 即爱尔兰格言"人们生活在彼此的阴影之中"。

银色小岛

妈妈在一个诗歌比赛中获奖了。几周前，我们在当地报纸上看到这个比赛，我叫她申请。奖金只有二十欧，但奥德丽建议她做点什么庆祝一下。妈妈希望我们可以一起去那座小岛。我问能不能带上赞茜，然后妈妈提议我们邀请奥德丽一起来。

比利对这些安排持怀疑的态度。

"那个可怜的女人已经受够我们一家子了。"他说。

"啊比利，我们当然只是通过邀请表示感谢。"

"我觉得，要是真想谢她，就不要去烦她了。"

"呃，我已经问过了，她答应了。"

"真他妈的好极了。"

"你能这么想我很高兴。"

※ ※ ※

妈妈和比利小时候常去那座岛。那里有一座茅草屋顶农舍，家族里祖祖辈辈都在用。我们的祖先来自那里。我们的家谱可以上溯到 20 世纪二十年代——在我小学制作的家谱树上，詹姆斯和布里吉特·奥唐奈高居树梢。我记得我因为态度认真得了一颗金色的星星。妈妈陪我一起做的。她对寻根以及我们的起源非常着迷。

她告诉我，我小时候她带我去过，但我不记得了。我都不记得上次我们一起度假是什么时候了。农场一般离不了比利，但马克和杜利说他们可以把挤奶的活儿包了、帮忙打理农场，直到我们回来。

妈妈一丝不苟地为出行做规划。她给远房表亲朱迪写信，问她度假农舍的钥匙藏在哪儿。朱迪有时用打字机给妈妈写信，每次都是蜡封，里面还要塞一张塔罗牌。她立刻回信告诉妈妈说，钥匙在花园里那尊无头的佛像里。

※ ※ ※

奥德丽来我们家时一身户外行头。我本以为比利要拿她开涮，但他没有。他等赞茜过来，在谈话停顿的尴尬一刻环顾四周，说："他在女人中必有福气。"

这是一段四小时的车程。比利提出和我轮流开，但我想证明给自己看，我能一口气把"紫罗兰"开过去。比利坐在副驾驶座上，妈妈、赞茜和奥德丽挤在后面。

"我在谷歌地图输什么？"我问。

"钱岛。"妈妈说。

"钱啊！它真叫这个名字吗？"

"嗯。是爱尔兰语，被翻译毁了。它以前叫'阿里格特岛（Inis Airgead）'。银色小岛。但是'阿里格特'也有'钱'的意思，所以，现在是钱岛了。"

"好一条冷门知识。谢谢你，梅芙。"比利说。

"我还是叫它银色小岛吧。"我说。

我把车开出去时，比利下令由赞茜开唱。她唱了一曲《美国派》[1]。"紫罗兰"慢慢爬上时钟山，我看着村庄在我的后车镜里渐渐消失。比利放松地靠在椅背上，低声道："多妙的歌啊。"

❋ ❋ ❋

我们到蒂珀雷里[2]才发现谷歌地图领错了路。妈妈想找家商店补充补给，我们其他人都只想尽快赶到。

"岛上没有商店的。"她坚持道。

---

[1] "American Pie"，美国民谣歌手唐·麦克林（Don McLean）创作于1971年的超长叙事性歌曲。
[2] Tipperary，爱尔兰南部一郡。

"妈妈,你上次登岛还是石器时代呢。我敢保证现在很不一样了。"

"呀,我觉得要是我们准备不够充分就不该去。你可以让我在这里下车,我自己走回家。"

"从蒂珀雷里?那可是漫漫长路呢。[①]"

"我坐大巴。搭车也行。"

"现在没人搭车了,妈妈,很危险的。"

"老天可怜那些在路边停下把你捎上的倒霉蛋,"比利嘟哝道,"他们可没想那么多。"

"其实我觉得梅芙讲得很有道理,"奥德丽说,"准备充分肯定是好的。"

一阵沉默笼罩在车内,奥德丽和妈妈站在一边,我们其他人还在消化这种新形势。

"路上有超划算[②],"比利说,"我们可以在那里停一下。"

❋ ❋ ❋

经过八个小时,我们才开到小岛岸边。漆黑一片,下着雨。风把紫罗兰摇得嘎嘎作响,我紧握方向盘,努力让她平静。

---

① 有一首自"一战"期间流传开来的歌曲名为《去蒂珀雷里道路漫长》("It's a Long Way to Tipperary")。
② 此处指爱尔兰本土连锁超市 SuperValu。

"我们要坐船上岛吗?"赞茜小声问。

"不用,有桥连着陆地呢。"

"谢天谢地。"比利说。

前车灯照亮小路[①]中央一小片珍贵的草。开过一座桥后我们发出试探性的欢呼。我们依然不确定方向是否正确,但妈妈坚信就在这里。直到我跟随导航让"紫罗兰"来了个急转弯,比利才确定房子就在这座小山顶上。

"我早就跟你们说了,"妈妈说,"我他妈的跟你们说了。就是没人信我。"

❈ ❈ ❈

我们到房子跟前时天已经很黑了,找钥匙花了我们不少时间。我们在瓢泼大雨中,打开手机电筒照向湿漉漉的黑暗深渊。

"佛像多大?"比利问。

"她没说。"妈妈答道。

"要是没有头,我们怎么知道是一尊佛像?"

"靠胸肌?"我提议道。

"她为什么就不能把它放在花盆底下呢?"比利吼道。

"那太明显了。"

---

① 此处原文为爱尔兰语"bohereen"。

"而花园的无头佛像完全不会有人想到。"

奥德丽最后从车里出来找钥匙,她一路上都感觉不太舒服,所以我们坚持让她在车里等。她一走出车子就说:"我看到啦!"

那尊佛像在房子侧面,挨着一大袋柴火。

"奥德丽,你太神了。"我说。

她把钥匙交给妈妈,妈妈把它插进门里。试了几次,锁才转开。这是一扇黄灿灿的大门,对半开,就像童话里那样。妈妈打开上半扇,就能从里面打开下半扇了。

"比利,搬些柴火进来,这样早上我们就有干柴了。"妈妈说。

他照办。我们其他人带着大包小包拥进屋里,为从雨中逃脱而感到欣慰。

"噢,哇哦。"奥德丽是第一个开始仔细观察这里的人。我们所站的位置,恰是这栋房子曾经的单间农舍。焦点落在壁炉上。那儿有一只大大的黄铜箱,里面堆满煤炭和旧报纸。生火用具在架子上闪闪发亮,好像巨人颈上垂下的珠宝。

门背后挂着潜水服,它们闻起来有夏天的味道。我看着老石墙上相框里的一张张照片。快乐的脸,使坏的表情。堆沙堡的孩子们站在海里,海水浸没脚踝。一张摆拍的全家福上有个搞怪的小男孩,冲着镜头伸出舌头。

比利站到我身边,指着那个小男孩。"认出前面这一撮翘起来的头发了吗?"

"我天!这是你!"

"很久以前啦。"他说。他指向另一张更接近他成年形象的照片——推着一个坐在手推车里的孩子。"那是你。"

"我都不记得来过这里。"我说。

"就是没人信我。"妈妈说着吻吻我的面颊。

"不,我是说,我以为我能记得,可一点印象都没有。"

"呃,那时候你才三岁。"

"三岁半。我记得你见人就说你三岁加半岁。"

"你真是个好看的胖娃娃。"赞茜说。

"我就像是个卷心菜娃娃[①]。"

❈ ❈ ❈

分寝略显尴尬。妈妈坚持要睡儿童房的单人床,赞茜和我抢下里面的双人床。比利说他睡沙发,但奥德丽坚决不同意。

"床垫我都带来了。我睡地板。"

"你不能睡地板,你是客人,你睡卧室。"

比利的口气就像在威胁她。奥德丽摇摇头,毫不退让。

妈妈把手一拍。"就这么定了,比利睡沙发,奥德丽睡

[①] 曾流行于20世纪80年代的一个玩偶系列。

另一间卧室。"

"我一个人占一间卧室感觉很不自在。"她说。

"啊,除了沙发我睡哪儿都不自在,"比利说,"我已经突破我的舒适圈了。别再逼我到房子里的床上睡觉。"

"好吧。"奥德丽让步,优雅地认输。

※ ※ ※

我们都饿坏了,却疲惫得不想做饭,所以直接吃麦片粥和薯片三明治。

我们坐等妈妈说"幸亏我们顺路去了商店吧",她却一声不吭,暗自得意我们肯定都在想这件事。我们一致认为该直接上床休息。寒冷刺骨。妈妈在衣柜里发现一堆睡袍,它们闻起来有霉味却很暖和,所以我们把它们紧紧裹在身上。我忘了带牙刷,只好找了一支古老的替代品,刷起来感觉是稻草磨牙。

赞茜睡上铺。我一脚蹬在支撑她床垫的钢丝网上。

"妈的这是什么情况?"她问。

我放下脚,钢丝网咯吱咯吱地归位。"不好意思啊,是我。"

"你俩还没睡呢?"妈妈小声道。

"没。"我们齐声说,感觉自己像是胆大包天的孩子。

"赶紧睡。"

❄ ❄ ❄

我在透过白色百叶窗照进来的阳光和油炸食品的气息中醒来。妈妈和赞茜还在睡。我从房里晃出去，光着的脚丫拍在地板上。以为奥德丽是第一个起来的，我觉得很尴尬，心想我应该帮忙一起做早餐。

广播里传来《杰克与黛安》[①]。比利身着一件粉色睡袍站在煎锅前，嘴里叼着烟斗，随着音乐舞动。

我靠在门框上看着。他没注意到我，直到我说："尽你所能，詹姆斯·迪恩[②]。"

他差点把香肠甩出煎锅，一把揪住自己的睡袍。"基督耶稣啊。"他说。

"不，是我而已。"我说。

"早啊，黛比。"他说。

"早啊，比利。你这烟斗到底是从哪儿弄来的？"

"这是我的假日烟斗。"

"你要为我们秀厨艺了？"

"我饿了。我前一晚难得没喝多，而且眼前一头奶牛也没有。我得做点什么。我想生火，但炉灶就是不搭理我。"

[①] "Jack and Diane"，成名于 20 世纪 80 年代的美国歌手约翰·梅伦坎普（John Mellencamp）的流行歌曲。
[②] James Dean（1931—1955），美国电影演员，被奉为 20 世纪 50 年代青年反叛形象代表，对美国文化有较大影响力。

"我来谷歌一下?"

他笑起来。"等你妈起来就行了。在这里大家都喊她灶神赫斯提。"

"赫斯提——泰坦神孩子中头一个出生的。"我说。

"结果被克洛诺斯吞了①。她绝对是个被低估的角色。炉灶和家庭的女神。"

我看着壁炉。"这地方让我希望以后自己也能有一个壁炉。"

"这年头郡政府不许修烟囱了。"

"别扫我的兴。这房子棒极了,"我摸着客厅的老墙面说,"现在的房子已经不这么盖了。"

"这里就像帕德里克·科勒姆②的房子。"

"那当然不是他的房子。是路边老太太的③。"

"的确。"

"你们后来为什么不来了?"

"呃,就是,后来没这个习惯了,农场那边走不开。"

---

① 希腊神话中乌拉诺斯和盖娅的孩子,他打败父亲乌拉诺斯,统治世界,后因有预言称孩子同样会推翻他,做出了吃掉新生儿的决定,其子宙斯因被母亲瑞亚偷偷送走得以长大,成人后推翻克洛诺斯,救出被吞的赫斯提亚等兄弟姐妹。
② Padraic Colum(1881—1972),爱尔兰著名诗人、小说及戏剧作家,《爱尔兰评论》的创刊者,著有《金羊毛》《奥丁的子女》等作品。
③ 帕德里克·科勒姆的诗歌《路边的老太太》("An Old Woman of the Roads")讲述了一位没有家人、无家可归的老太太渴望拥有一座房子安享晚年。

"你想说酒馆那边走不开吧。"

我发现一张用爱尔兰语标注的地图,但底下有英文翻译。"这里有张地图,"我喊道,"有些地方的名字也太好笑了。"

比利走出厨房,在我身旁站住。

"闹那岛(Oiléann na nGamhna)——牛犊岛。"我指着散布在主岛周围的偏远小岛之一说。"现在不太像岛啦,顶多是海里冒出来的大石头。"比利说。

"雷利格湖(Loch na Reillige)——墓地湖。"

"那个我知道在哪儿,"比利摸着下巴上的胡子茬说,"我们以前在那里玩寻宝游戏。"

"我想考察考察这里面的一些岛。路黑盖岛(Oiléann na Luchoige)——老鼠岛。"

"哦没错。它们只接受啮齿类移民,"比利说,"你看过玻璃暖房了吗?"

"还有玻璃暖房?"

"嗯,很小。穿过那扇门,在卧室那一边。"

我轻轻转开把手,生怕吵醒奥德丽。等我偷偷溜进玻璃暖房,却发现她盘腿坐在中间,正在冥想。

"对不起!"我小声说。

"没事,进来吧!"她笑道。

玻璃暖房能看见小岛全景。我在长沙发上坐下,呼出一口气。我们周围还有其他小片度假屋聚在一起。这里能看见小山那边的海滩,黑亮的公路,还有我们前院野蛮生长的小花园。

"你睡得还好吗?"我问。

"哦,我睡得可香了。"

她的脸闪着光,头发湿漉漉的。"你已经冲过澡了?"

"我下海游泳了。"

"啊?!"

"感觉很美妙。"

妈妈和赞茜冲进屋子。妈妈猛地伸出双手框住风景。

"我天,太棒了!"赞茜尖叫起来。

"奥德丽已经下海游过了!"我说。

"奥德丽,你个疯混球!"妈妈说。

"哦,我们来这儿的都挺疯呢。"奥德丽眨眨眼。

"你几点起来的?"

"日出。也没那么早。七点。"

"那时候我刚翻过身睡第二觉。"妈妈说。

"我等不及要下水了。"赞茜说。

妈妈倒吸一口气,俯身拾起摇椅后的一台钮扣手风琴。"真不敢相信这玩意居然还在。"

"是你的?"

"我外婆的。她以前在军乐队演奏。她只知道一首曲子。等等。"妈妈龇牙咧嘴地用手指摸索记忆。她慢慢演奏起那首曲子。

穿着睡袍的比利端着一托盘茶水走进屋里。我帮他端上一盘子焦糊的香肠和吐司。

他把手一拍,为这顿大餐感到愉快。"拿出状态来!今天要玩一整天呢!"

❋ ❋ ❋

我们环岛游览。梅芙和比利轮流担任导游。第一个景点是弃屋。透过窗子往里窥探,我们能看见20世纪70年代的家具和室内装饰、宗教肖像,诡异的是,还有一份停在七月的玛丽亚·凯莉①月历。

我们站在岛屿荒地的巨石之上,眺望被风搅动的大海。海浪上垂着大片泡沫流苏,风把它们卷起,从我们身边飞过,像雪花一样。

❋ ❋ ❋

我们去布赖恩海滩——从玻璃暖房就可以看见的那一片。我把泳装穿在衣服下面,但不确定是否会下水。

"它为什么叫布赖恩海滩?"我问比利。

"布赖恩是那个把旅行拖车停在它最高点的人。"

---

① Mariah Carey,出生于1970年的美国流行歌手、词曲作家和唱片制作人。

"是布赖恩启发你踏上旅行拖车置业道路的吗?"

"天啊,不。他是个可怕的老混蛋。"

赞茜和奥德丽顷刻间脱得只剩泳衣,冲进波浪。妈妈同我和比利一起缩在后面。我们在海滩上走着,拾起钟意的贝壳。我要找最白的鸟蛤。我很好奇它们晾干之后会变成哪种灰色或米色。

"我觉得你的贝壳不想跟我的贝壳交朋友。"妈妈说。

我仔细看看她手心里受伤的竹蛏和玉螺。"你这是一堆残次品。"

"哟,你真是个势利眼。"比利说。

"圣三一让我变了。"

"其实这是个病态的爱好,"妈妈看着她的藏品说,"为什么不研究软体动物呢?它们才是贝壳的创造者。"

"可它们烂糟糟的。"我指出。

"正是这样。它们是滑溜溜、黏糊糊的小玩意儿。我们更乐意等小生命死去、消失,留下干净的空骨架。贝壳都是这么来的。要是我们像收集贝壳一样收集人类骨架会怎么样?"

"你怎么会往那方面想?"比利问。

"说说而已。"

"我可不认账。贝壳不是骨架子。"我指着她手里那只开裂的玉螺的中心说,"它们有肚脐。"

妈妈爆发出嘎嘎大笑。"真是呢。"

"我可从来没在骨架上看到过肚脐。"我说。

妈妈用手指在贝壳的肚脐上游走,然后把它抱到胸口。"它们象征生命,而不是死亡。"

"哦天啊,又来了。"比利翻起白眼,但我可以看出,他也松了口气。妈妈在沙中轻快地跳起,与掌心里的贝壳共舞,好像那是她小小的恋人。

比利和我退后,看着妈妈在沙中舞蹈。"他们在火星上发现碳酸钙的痕迹了,"我对他说,"贝壳就是由碳酸钙构成的。"

"她现在可听不见你说话,你别显摆了。"但他笑起来,摇摇脑袋。"太空里的贝壳。想象一下梅芙在太空里会怎样。"

"她已经在了。"我说。

他冲她咧嘴一笑。"我们自己家的宇航员。"

❄ ❄ ❄

我们在沙丘的一团灯芯草里翻翻拣拣。比利用他的小折刀割下一些灯芯草,留着编织圣布里吉德十字架。他回去查看炉火,顺路把草带回房子。奥德丽和赞茜瑟瑟发抖地从水里出来,顺着公路跑回去洗热水澡。

"我们下去吧?"妈妈问我。

我深吸一口气。"好吧。"

我弯腰脱下外裤,转身看到我赤身裸体的母亲正在蹦蹦跳跳地取暖。我们都在笑她活蹦乱跳的乳房。我看看我的黑色莱卡泳衣。我觉得自己像是在作弊，但我就是不能把它脱下来。

潮退了，但海水还是奔涌着迎向我们。冷水的第一次触摸就把我吓回原形。我尖叫，转身要走，但妈妈牵住了我的手。此时她对我很有耐心。我的下颌开始发抖。我的手通红，我的脸色就像拔了毛的火鸡。

我们涉入水中。感觉我们好像已经走了很久，但海水才没到大腿。大海在我们的眼前铺开，像水银一样闪闪发光。云朵蓬蓬松松的，染着紫色和蓝色。感觉我们就像正在步入天堂，然而这是一次测试，我却要挂科了。

"放松。"妈妈说。

"真的对不起，我觉得我做不到，妈妈。"

"保持呼吸就好，"她说，"和波浪一同呼吸。停住别动，仔细听。注意水是怎样呼吸的。"

"我连气 —— 都 —— 喘不过来 —— 堵在胸口。"

"你的身体会适应的。"我开心地发现她的牙齿也在打战。我觉得自己再也暖和不起来了。"你不会有事的。现在把头闷到水里。"

"谢谢，还是不了。"

"来吧，我们一起。"

"我没准备好。"

她走进去，念着那不变的台词。"日光层，暮光层，午夜层，深渊——"她潜入水下。

"冬之冥后普西芬尼的超深渊。"我替她说完。

几秒后她从水里冒出来。"我感觉好多了。"

"干得漂亮。"

"来吧。"

"别跟我说话。给我一分钟。"

我注意到地平线上有一道浪，看着它朝我们涌来。它一碰到我，我就交出自己，我想。它朝我逼近。穿过我。

"该死的。"我说。

"再试一次。"

"别看我。"

我等待着，直到我体内的某种东西碎裂。我弯曲双腿，跪入大海，交出自己。一道浪涌来，我一头钻下去。妈妈在欢呼。海水把头发从我的脸上捋开。我的鼻涕流个不停。我尝到了咸味。我傻里傻气地为自己感到骄傲。

妈妈朝我泼水。"感觉好点没？"

"没。"我坚持说。

"动起来。"

在水下，我的运动方式开始改变。海浪把我拉拉扯扯，感觉我被拉伸出自己之外。妈妈握住我的手，在水下蹬腿。我跟着她，直到我们两人都仰面浮在水上，眼中只剩天空。妈妈捏捏我的手。我也捏捏她的。水涌入我们的耳膜。片刻之间，将我们与这个世界联系在一起的，唯有彼此。

✽ ✽ ✽

半夜里我被人摇醒。一只手捂住我的嘴,我发出惊恐的呻吟。

"嘘——别把他们吵醒了,"比利耳语道,"出来。带上被子。"

我在床上躺了一小会儿,掂量这段对话发生在梦中的可能性有多大。

我还是出去了,尽管对现实心存怀疑。比利在等我。

"我们要去哪儿?"我问。

他从背后变出一朵蒲公英。"今晚是满月。来吧。"

微风摩挲小岛,摇它入睡。我们拖着步子朝着轻抚海岸的浪花声走去,在布赖恩海滩一块扁平的大石头跟前停下。比利像铺红毯那样展开睡袋,然后扭进去。

"我就是在这里开始注意到它们的。"

"星星?"我用被子把自己裹住,在石头上挨着他躺下。

"以前妈妈睡不着的时候我会跟她一起出来,"比利说,"我们一起溜出那栋房子,在这里躺下。她会挑一颗星星,给我讲个故事。"

"讲希腊神话?"

"嗯。"

我们听了一会儿海滩的声音。

"我都不愿想起它们。"比利说。

"希腊人？"

"不，那些梦。小时候妈妈跟我们说起时，我都不愿想。梅芙照单全收，可我嫉妒它们。它们把我的妈妈抢走了。我知道它们对她的影响。她这个人容易生气。脾气不好，睡不好就更糟。她从未离开那栋房子。我觉得要是对梦不管不问就会轻松许多。她走了以后，我更不相信它们了。我跟自己说，那都是她脑子里幻想出来的 —— 在她的大脑里。看看梅芙。她脑子里有多少梦，问题就出在这儿。吃不消，任何人都应付不过来。实在是…… 吃不消。所以我担心你 —— 担心它们会对你做什么。"

"我一直都在想那些梦，除了聊起它们别人会觉得我疯了，我倒觉得这算不上我见过的最奇怪的事，"我说，"这么说吧，世上有北极熊，这才算奇怪。它们竟然真的存在。要是从统计学的概率来看，北极熊存在的可能性，比我自由出入可能属于我、也可能不属于我的梦更要小得多。再说，有什么是属于我的，我也说不好。"

"黛比？"他问道。

"嗯？"

"给我讲个故事吧。"

图书在版编目（CIP）数据

雪花 / (爱尔兰) 路易斯·尼伦著; 徐阳译.
成都: 四川文艺出版社, 2025.3. -- ISBN 978-7-5411-7092-8

Ⅰ. I562.45

中国国家版本馆CIP数据核字第202469E57E号

SNOWFLAKE
Copyright ©2021 by Louise Nealon
Published by arrangement with Marianne Gunn O'Connor Literary Agency, through The Grayhawk Agency Ltd.
All rights reserved.

本书简体中文版版权归属于银杏树下（上海）图书有限责任公司。
版权登记号：图进字 21-24-009 号

XUEHUA
雪花
[爱尔兰] 路易斯·尼伦 著
徐阳 译

出 品 人	冯 静	选题策划	后浪出版公司
出版统筹	吴兴元	编辑统筹	王 頔
责任编辑	邓 敏	特约编辑	张 怡
装帧制造	墨白空间·曾艺豪	营销推广	ONEBOOK
出版发行	四川文艺出版社（成都市锦江区三色路 238 号）		
网　　址	www.scwys.com		
电　　话	028-86361781（编辑部）		
印　　刷	河北中科印刷科技发展有限公司		
成品尺寸	143mm × 210mm	开　本	32开
印　　张	11.75	字　数	230千字
版　　次	2025年3月第一版	印　次	2025年3月第一次印刷
书　　号	ISBN 978-7-5411-7092-8	定　价	65.00元

后浪出版咨询（北京）有限责任公司 版权所有，侵权必究
投诉信箱：editor@hinabook.com　　fawu@hinabook.com
未经许可，不得以任何方式复制或抄袭本书部分或全部内容
本书若有印、装质量问题，请与本公司联系调换，电话010-64072833